KB097625

리볼브

리볼브2

REVOLVE 2

—

이종관
미스터리 스릴러

고즈넉
이엔티!

리볼브 2

1쇄 발행 2022년 7월 22일

지은이 이종관
펴낸이 배선아
편 집 유민우
디자인 엄인경
펴낸곳 (주)고즈넉이엔티

출판등록 2017년 3월 13일 제2021-000008호
주소 서울특별시 중구 청계천로 40, 1203호
대표전화 02-6269-8166 **팩스** 02-6166-9199
이메일 gozknockent@gozknock.com
홈페이지 www.gozknock.com
블로그 blog.naver.com/gozknock
페이스북 www.facebook.com/gozknock
인스타그램 www.instagram.com/gozknock

ⓒ 이종관, 2022
ISBN 979-11-6316-347-3 04810
    979-11-6316-345-9 (세트)

무료폰트, 마포 브랜드(김민정 디자이너), Mapo꽃섬
표지/내지이미지 Designed by Freepik, Getty Images Bank

"모든 접촉은 흔적을 남긴다."

— 에드몽 로카르(Edmond Locard, 프랑스 범죄학자)

차례

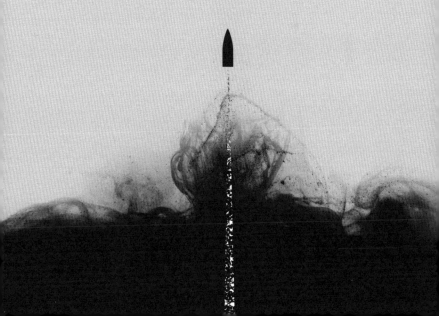

17

기억에는 안전장치가 없다.

그는 준비할 겨를도 없이 그녀와 맞닥뜨렸다. 아니, 오랫동안 준비했지만 무의미했다. 그녀가 하는 말 한 마디와 몸짓 하나가 수많은 트리거가 됐고, 안전장치 없이 쉽게 당겨졌다.

총알에 맞은 것처럼 모든 기억들이 불쑥, 그의 머릿속에 떠올랐다. 기억하지 않으려고 그렇게 애를 쓰며 살았는데도 한순간 모든 것이 생생하게 기억났다. 까맣게 잊었다 믿었던 것들이었다. 그녀의 목소리, 깊은 눈, 웃음소리, 말할 때 버릇 같은 사소한 것들. 반대로 기억 속에서조차 그녀의 얼굴은 초점이 맞지 않은 사진처럼 또렷하게 기억나지 않았다.

기억은 그의 의지와는 아무런 상관 없이 떠오르거나 떠오르지 않아 그를 괴롭혔다.

선우현은 아래로 내려가는 엘리베이터에서 추락하는 기분

을 느꼈다. 그녀는 그에 대해 아무것도 기억하지 못했다. 도트 무늬 머그컵이나, 몬스테라, 아이비, 나무가 그려진 티셔츠 같은 사소한 것들은 기억하면서도 정작 그를 기억하진 못했다. 사소한 것들은 기억이 아니라 취향이라는 것을, 그를 기억하지 못하는 건 당연하다는 것을 아는데도 선우현은 아팠다. 통제할 수 없는 기억들이 봇물 터지듯 머릿속을 채웠다. 아마도 그녀가 눈앞에 있어서 더 그랬을 것이다. 선우현은 그날, 은색 총알을 쏘았을 때처럼 고통스러웠다.

B1, 엘리베이터가 멈췄다. 선우현은 문이 열리는 것과 동시에 인기척을 느끼고 뒤로 물러섰다. 경찰 근무복을 입은 짧은 머리의 남자가 서 있었다. 남자의 눈 코 입이 여러 겹으로 겹쳐져 얼굴을 알아볼 수 없었다. 그가 아는 사람이었다. 선우현은 빠르게 남자의 계급과 이름을 확인했다. 순경, 이름표는 휴대폰을 들고 있는 팔에 가려 보이지 않았다.

"안녕하세요."

남자가 옆으로 비켜서며 인사를 했다.

"예, 수고하십니다."

선우현이 내리고 남자는 한 박자 늦게 엘리베이터에 탔다.

"저, 몇 호 사시죠? 몇 번 뵌 분 같은데, 혹시, 층간소음으로 신고한 분 아니신가요?"

평소 위층의 발걸음 소리나 TV 소리, 변기 물 내리는 소리까지 들리는 터라 아파트 주민들 간의 다툼이 잦았고, 경찰 출동도 빈번한 편이었다. 선우현은 돌아서서 남자를 보았다. 정확하게는 남자를 보는 척했다. 그는 한 손으로는 엘리베이터의 열림 버튼을 누르고 있었다. 거리가 있어 이름표는 보이지 않았다.

"아닙니다."

선우현은 누군가 자신을 알아보는 게 불편했다. 그를 알아보는 사람들은 그가 알아보지 못하면 서운해할 사람들이거나 그가 과거에 잡아넣은 범죄자들이었다. 선우현은 누군지 짐작조차 할 수 없는 그들을 경찰서 밖에서 되도록 마주치고 싶지 않았다.

"그럼 어디서 뵀죠? 분명 안면이 있는 분 같은데."

"글쎄요. 제가 사람 얼굴을 잘 못 알아보는 편이라."

"저도 그런데."

남자는 답을 알기 전에는 열림 버튼을 계속 누르고 있을 기세였다. 남자의 목소리가 어딘가 익숙하긴 했지만 딱히 기억나는 얼굴은 없었다. 아마도 언젠가 출동한 현장에서 사건 정황을 확인하느라 몇 마디 나누어본 사이일 것이다.

"지금처럼 엘리베이터에서 마주쳤겠죠. 아파트에 경찰 출동이 잦은 편이던데."

"아, 그렇겠죠? 층간소음 때문에 저희도 죽을 맛이네요. 출동해봐야 할 수 있는 게 딱히 있는 것도 아니고요."

"그러게요. 그럼 수고하십시오."

남자가 스위치에서 손을 뗐고 문이 닫혔다. 선우현은 돌아서서 지하 주차장으로 이어지는 복도의 바닥부터 살폈다. 등 뒤에서 엘리베이터 문이 다시 열리는 소리가 들렸다.

"저, 혹시 경찰서 같은 데서 마주친 건 아니죠? 이상하게 낯이 익어서요."

남자가 열림 버튼을 누른 채 그를 보고 있었다. 선우현은 과거 어디선가 마주친 순경에게 잡혀 시간을 낭비하고 싶지 않았다. 그는 자리를 피하기 위해 되는대로 대답했다.

"그럴 리가요. 전 법 없이도 살 사람인데."

"역시, 그렇죠. 실례했습니다."

그가 열림 버튼에서 손을 뗐다. 엘리베이터 문이 다시 닫혔다. 신임 순경이라면 한참 의욕에 불타오를 때였다. 신임일 때 그 역시 수배 전단에 있는 얼굴을 전부 외우고 다니며 눈에 익은 사람들을 불심검문 한 적이 있었다.

선우현은 복도를 지나 주차장 바닥을 눈으로 훑었다. 주차된 차에 도착할 때까지 약봉지는 없었다. 이어 조수석의 문을 열었다. 옆에 주차된 차와의 간격이 좁아 열린 문틈으로 몸을 비스듬히 밀어 넣어야 했다. 그는 몸을 돌릴 수도 없는 자세로 오른손을 뻗어 바닥을 더듬었다. 약봉지는 없었다. 선우현은 손을 의자 아래 깊숙이까지 넣으려고 했지만 몸의 각도가 좋지 않아 손이 깊이 들어가지 않았다. 이곳저곳 손끝으로 더듬었지만 만져지는 건 없었다. 약을 먹고 나서 흘렸다면 약봉지가 더 깊이 들어가지는 않았을 것이다.

약봉지가 차에 없다면 도착하고 나서 희령이 주차장 바닥에 떨어뜨렸을 것이다. 허리를 숙여 그는 주차된 차들의 밑바닥까지 샅샅이 살폈다. 눈에 띄는 건 영수증 조각이나 담배꽁초가 전부였다.

누군가 주워갔을까? 약인데? 그는 고개를 저었다. 만약 누군가 약봉지를 주웠더라도 관리실이나 경비실에 맡겼을 것이다. 그는 관리실에 전화를 걸었다. 관리실 직원은 약봉지는커녕 분실물 자체가 들어온 것이 없다고 했다. 그는 관리실 직원에게 주차장에서 약봉지를 주워 보관한 사람이 없는지 안내 방송을 해달라고 부탁했다.

선우현은 주차된 차를 뺐다. 그리고 조수석을 최대한 뒤로 밀어서 바닥을 살폈다. 휴대폰의 플래시를 켜자 의자 바닥의 틈이 훤히 보였다. 약봉지는 조수석 의자의 가장 뒤쪽 레일과 차의 시트 사이 틈새에 있었다. 그는 약봉지를 꺼내며 이상하다고 생각했다. 약봉지의 위치가 자연스럽지 않았다. 조수석에 앉은 사람의 손이 자연스레 닿을 만한 곳이 아니었다. 무엇이 되었건 일부러 밀어 넣지 않는 한 들어갈 수 없는 위치였다. 촉이 좋지 않았다. 희령이 약봉지를 실수로 떨어트린 게 아닐지도 모른다는 불안이 그를 서두르게 만들었다.

선우현은 차를 다시 주차하고 집을 향해 뛰었다. 희령이 뭔가 눈치챈 것 같았다. 등줄기로 식은땀이 흘렀다. 가쁜 호흡 때문인지 현관문 비밀번호를 누르는 선우현의 손끝이 떨렸다. 그는 이런 식으로 들키고 싶지는 않았다. 조금만 더 시간이 있었으면 모든 걸 정리할 수 있었는데, 상황은 기대하는 대로 흘러가지 않았다.

¤

두만의 차가 내부순환로에 들어서자 차량의 흐름이 눈에 띄게 둔해졌다. 그는 급하게 차선을 바꿔 앞차를 추월했다. 요란한 경적이 따라왔다. 조급한 탓에 운전이 거칠었다. 희령에게 무슨 일이 생긴 건지 두만은 짐작도 되지 않았다. 집 안이 더 위험하다는 말과 집 밖에서 할 말이 있다는 걸로 봐서 선배와 관련된 일인지도 모른다고 막연하게 추측했다.

무도경찰로 특채된 후 두만은 선우현과 15년을 함께 보냈다. 그중 5년은 용산서 강력팀에서 형사로 같이 근무했다. 그와 선우현은 사건 현장에 함께 출동해 범인의 칼을 나누어 맞을 정도로 가까운 동료였다. 만약 10년 전 선우현이 갑자기

과수팀으로 옮기지 않았다면 두만은 희령보다 더 오랜 시간을 그와 함께 보냈을 것이다. 두만은 선우현이 피해자들을 보호하고 배려하는 모습을 수없이 보았고, 가진 지식과 체력을 쏟아부으며 수사하는 그를 보아왔다. 그는 선했고, 누구보다 정의로웠다. 그리고 두만과 희령을 진심으로 아꼈다.

두만은 고개를 저었다. 그와 관련된 일은 아닐 것이다. 그렇게 생각하면서도, 희령의 일이라 두만은 여전히 마음 한구석이 불안했다.

휴대폰의 진동음이 그의 생각을 끊었다. 최 형사였다.

"반장님, 지난번 확보한 주차장 CCTV에 찍힌 피해자 확인했습니다."

"뭐가 나온 거야?"

최 형사는 시키지 않아도 나름대로 수사를 계속하고 있었다. 그가 전화를 했다는 건 피해자뿐 아니라 뭔가가 더 나왔다는 뜻이었다.

"Y 자 로고의 야구 모자 쓴 놈요."

그놈이다. 두만이 아파트 CCTV에서 찾은 놈, 희령을 스토킹하고 있던 놈, 연쇄살인의 진범.

"비 와서 우산 썼잖아?"

"피해자 동선을 거꾸로 타고 올라갔죠. 타고 타고 올라가보니 우산 쓰기 전 모습이 있더라고요."

최 형사의 목소리가 칭찬받고 싶어 하는 아이처럼 들떠 있었다.

"잘했다. 어떻게 확보한 거야?"

두만은 짐짓 모르는 척 최 형사의 무용담을 들어주었다. 타고 타고 올라갔다는 쉬운 말에 담긴, 최 형사의 쉽지 않았을 긴 시간에 대한 그의 격려였다.

최 형사는 B 지점, 그러니까 사설 주차장의 외부 CCTV에 피해자가 찍힌 시간과 이동하는 방향을 확인했다고 했다. 보통은 피해자를 뒤따라오는 용의자를 찾는데, 이 사건의 경우엔 피해자의 거주지를 알고 미리 가서 기다렸을 가능성을 배제할 수 없어 확인해야 할 범위가 넓었다. 그 때문에 용의자를 정확하게 특정하기 어려웠다. 최 형사는 다음 단계로 B 지점에 도착하기 위한 경우의 수, 그러니까 B 지점으로 올 수 있는 모든 경로에 있는 각각의 CCTV를 확보했다. 그리고 그 CCTV 영상들을 전부 확인해 피해자를 찾았다. 하지만 그날은 피해자와 용의자가 우산을 쓰고 있었으니 바지, 신발, 걸음걸이 정도만이 식별할 수 있는 단서였을 것이다.

A 지점에 찍힌 피해자를 찾은 다음 최 형사는 A 지점과 B 지점에 모두 찍힌 동일인을 찾았을 것이다. 대개 이 과정에서 유력한 용의자를 추릴 수 있다. 하지만 용의자가 피해자의 주거지를 알고 있다면 같은 경로로 피해 현장에 가지 않았을 가

능성도 있다. 이 사건의 CCTV 수사는 그래서 어려웠다.

"용의자가 피해자와 같은 경로로 현장에 가지 않았을 가능성도 있잖아?"

"역시, 그렇죠. 그래서 일일이 발로 뛰며 CCTV를 모았죠."

"고생했네."

"CCTV 자체가 별로 없어서 고생한 만큼 많이 건지진 못했어요. 아무튼 확보한 CCTV는 모두 깠죠. 혹시라도 놓칠까 봐 실시간으로 다 봤고요. 그러다 중복되는 놈을 하나 찾았는데, 그날따라 비가 와서 몽타주를 확보할 수가 있어야죠."

"그럼, 어떻게 확보한 거야?"

"반장님 덕분입니다. 피해자랑 똑같이 걸어서 경로를 되짚어보니 올리브영에서 골목의 주차장까지 가는 데 두 사람 모두 시간이 너무 많이 걸렸더라고요."

"어딘가 들른 거구나?"

"저도 그렇게 생각했어요. 그래서 두 지점 사이에 있는 상점 내부 CCTV까지 다 깠고, 그러다 편의점 CCTV에서 피해자를 발견했어요. 피해자가 퇴근길에 출출했는지 라면을 먹느라 늦었더라고요. 근데, 피해자가 라면을 먹는 동안 Y 로고의 야구 모자를 쓴 놈이 편의점에 들어와요. 놈은 우산을 사 가지고 바로 나갔고요."

"그놈이야?"

"예. 놈의 바지랑 신발이 주차장 CCTV에 찍힌 놈이랑 같아요."

"네가 한 건 했다."

"근데 편의점에 설치된 카메라가 천장에 달려 있어 각이 안 좋아요. 모자에 가려 얼굴 아랫부분밖에는 찍히지 않았어요."

"수고했어. 다음은 뭘 해야 하는지 알지?"

"일단 제대로 얼굴 나온 거 없나 주변 CCTV 더 확인하고, 야구 모자가 편의점까지 온 경로를 거꾸로 추적해보겠습니다. 뭐라도 나오겠죠."

"그래. 근데 팀장님한테 보고했어?"

"아직 안 했습니다. 반장님께 보고하고 지시를 받으려고요."

"가서 보고해. 수사회의에서 혼자 지르고 나서 떨고 계실 거야. 네가 가서 이걸로 안심 좀 시켜드려. 너도 점수 좀 따고."

"감사합니다."

최 형사는 비교적 인상착의가 뚜렷하게 나온 편의점 CCTV 화면을 두만에게 전송했다. 얼굴은 잘 보이지 않았지만 모자에 찍힌 Y 로고만큼은 선명했다.

야구 모자가 땅콩껍질과 냉장고 AS 기록으로 차정후에게 범행을 뒤집어씌우려고 설계했다면 차정후를 같은 수법으로 살해하는 건 공들여 쌓은 탑을 허무는 멍청한 짓이었다. 더군다나 아직 범행 목적을 이루지 못한 상황이라면 시간을 벌기 위해서라도 차정후를 죽여서는 안 됐다. 차정후가 살아있어야 놈이 앞으로 저지를 범행 역시 차정후에게 뒤집어씌울 수 있으니까.

그럼에도 같은 수법으로 차정후가 살해당했다. 차정후를 살해한 진범이 땅콩껍질과 냉장고 AS 기록을 이용해 야구 모자에게 자신의 범행을 뒤집어씌운 것이다.

다만 놈은 야구 모자가 1, 2차 사건 현장에 유류한 땅콩껍질에서 차정후의 DNA가 검출될 거라는 건 계산하지 못했을 것이다. 야구 모자가 땅콩껍질을 이용해 차정후에게 연쇄살인을 뒤집어씌우려고 설계했다는 건 알지 못했을 테니까. 그래서 놈은 차정후를 살해하고, 살해당한 피해자인 차정후의 DNA가 남아 있는 땅콩껍질을 냉장고의 지퍼 백 안에 넣어 증거로 심었을 것이다.

차정후를 살해한 진짜 범인은 단순히 연쇄살인의 수법을 모방한 모방범이 아니다. 놈은 사건의 핵심을 정확하게 알고 있다. 놈은 이 모든 걸 어떻게 알았을까?

야구 모자의 범행 수법은 아직 대중들에게 노출되지 않았다. 더구나 땅콩껍질은 경찰 중에서도 일부만 아는 정보였다.

두만이 심호흡을 했다. 기분 나쁜 촉이 신경을 건드렸다.

두만의 생각은 거기서 더 이상 전개되지 않았다. 이 모든 걸 충족시키기 위해서는 생각하기도 싫은, 넘지 말아야 할 선을 넘어야 했다.

두만은 희령에게 전화를 걸었다. 차정후가 범인이 아니라는 건 확실해졌지만 희령은 더 위험해졌다. 누군지도 모르는 연쇄살인마가 희령의 주변을 맴돌고 있을지도 몰랐다. 연결음이 계속되다 음성사서함으로 넘어갈 때까지 희령은 전화를 받지 않았다. 두만은 선우현에게 전화를 걸었다. 마찬가지로 전화를 받지 않았다. 두만은 불안하다 못해 신경이 타들어가는 것 같았다. 가속페달과 브레이크를 번갈아 급하게 밟으며 앞차들의 작은 틈을 비집고 추월했다. 차 안에 고무 타는 냄새가 진해졌다.

¤

선우현은 빠른 호흡이 느려질 때까지 불안한 마음을 애써 눌렀다. 현관문 안에선 아무 소리도 들리지 않았다. 조금 안심이 되었다. 빠르게 오르내리던 가슴이 잠잠해지자 그는 도어록을 풀고 현관문을 열었다. 순간, 선우현은 자신이 예상한 가장 나쁜 시나리오대로 상황이 흘러가고 있다는 걸 직감했다. 희령은 집에 들어올 때와 같은 모습으로 어깨에 가방까지 멘 채 닫힌 방문 앞에 서 있었다. 족히 15분은 지났을 시간 동안 그녀는 뭘 했을까?

그녀의 표정을 읽어보려 했지만 눈 코 입이 출렁거리며 모자이크처럼 뒤섞였다. 메스껍고 현기증이 일었다. 그는 시선을 돌려 그녀 뒤에 있는 방문을 보았다. 닫힌 방문 너머 그가 숨겨놓은 것들이 눈에 보이는 것만 같았다. 주머니 속에서 휴대폰과 주머니칼이 만져졌다.

혹시, 방문을 열었을까? 아직은 알 수 없었다.

희령은 나쁜 짓을 하다 들킨 아이처럼 그 자리에 얼어붙어 있었다.

"걱정했죠? 조수석 틈에 끼어 있어서 찾느라 오래 걸렸어요. 그래도 찾아서 다행이에요."

선우현은 주머니에서 손을 뺐다. 신발을 벗고 희령을 향해 한 걸음 다가갔다. 그녀가 움찔하며 뒤로 물러섰다. 발뒤꿈치가 방문을 차는 아주 미세한 소리가 들렸다. 방문을 열었다면 그녀는 무엇을 어디까지 보았을까? 그리 길지 않은 시간이었는데.

그녀는 더 이상 물러날 곳이 없었다. 얼굴 윤곽이 흔들려서 표정을 알아볼 수 없었지만 희령의 얼굴색이 하얗게 질려 있다는 건 알 수 있었다. 선우현은 천천히 손을 뻗었다. 그의 손이 다가갈수록 그녀의 호흡이 거칠어졌다. 쇳소리가 날 정도로 그녀의 호흡이 불규칙하게 빨라졌다. 마치 물에 빠져 허우적대는 사람 같았다.

똑바로 서 있지 못하고 희령의 무릎이 꺾였다. 선우현은 반사적으로 손을 뻗었지만 그녀를 부축해줄 수 없었다. 희령은 곧 정신을 잃고 쓰러질 것 같았다. 선우현의 손이 갈 곳 없이 허공을 헤매다 그녀의 눈앞에서 멈췄다. 그의 손에 들려 있는 약봉지를 보고서야 희령은 늘어뜨린 손을 힘없이 들어 올렸다. 약봉지를 받아 든 그녀의 손이 떨렸다.

"고……마……워……요."

희령은 가쁘게 쉬는 숨과 숨 사이에 쥐어짜듯 한 글자씩 뱉어냈다.

"희령 씨 괜찮아요? 숨소리도 거친데."

뭐라고 해야 할지 몰라서 튀어나온 의례적인 말이었다. 순간 머릿속으로 많은 말을 떠올려봤지만 방문 너머에 있는 것들을 설명할 말을 찾을 수가 없었다. 그런 게 아니라고, 나쁜 뜻이 아니라고, 오해라고 말하고 싶었지만 한마디도 입 밖으로 꺼낼 수 없었다. 그는 알고 있었다. 스토킹을 하다가 잡혀 온 놈들이 내뱉는 변명과 크게 다르지 않다는 것을.

희령이 몸을 틀어 옆으로 한 걸음 비켜섰다. 숨소리가 더 급박해졌다.

윙, 휴대폰의 진동음이 들렸다. 희령이 손에 쥐고 있던 휴대폰이었다. 희령은 휴대폰의 액정을 확인하고도 전화를 받지 않았다. 휴대폰의 진동이 계속될수록 희령의 호흡이 조금씩 느려졌다.

"두만 씨예요……. 도착했나 봐요. 조금 전에…… 전화가 와서 할…… 말이 있다고 잠깐 나오라고…… 하더라고요."

한꺼번에 몰아서 말을 한 탓에 희령은 중간중간 말을 끊고 숨을 쉬었다.

"혼자서요?"

"예?"

"그냥, 걱정돼서요. 병원에서도 그렇고. 강 반장도 희령 씨 혼자 나가면 걱정할 거예요."

희령의 휴대폰 진동이 멈췄다. 윙, 이번에는 선우현의 휴대폰이 점퍼 주머니 속에서 울렸다. 확인하지 않아도 두만이라는 걸 알 수 있었다. 거칠게 쉬던 희령의 호흡이 차츰 돌아오고 있었다.

"제가, 제가 말렸어요. 데리러 온다는 걸."

희령의 태도만으로도 그녀가 잠긴 방문 너머에서 무엇을 보고 어떤 결론을 내렸는지 선우현은 알 것 같았다. 시간이 없었다.

"아, 그럼 혹시 모르니까 강 반장 만나는 데까지만 모셔다 드릴게요."

"……괜찮습니다."

희령이 단호한 태도로 한 발자국 앞으로 나섰다. 선우현은 옆으로 비켜섰다. 희령은 뒤를 돌아보지도 못하고 중심도 잡지 못해 흔들리는 걸음으로 현관문을 향해 몇 걸음 걸었다.

선우현은 방으로 다가가 문의 손잡이를 돌렸다. 아무 저항 없이 문이 열렸다. 방 안의 사물들이 미세하게 움직였다는 것을 알 수 있었다. 책상의 선과 맞춰져 있던 노트북컴퓨터와 의자의 수평이 깨져 있었고, 옷걸이에 걸린 정복의 중심선은 흐트러져 기울어 있었다. 그녀가 모든 걸 보았다. 휴대폰의 진동이 멈췄다.

"희령 씨, 다 봤어요?"

희령이 뒤를 돌아보지도 못하고 멈춰 섰다. 선우현 역시 손잡이에서 손을 떼지도 못하고 열린 방문 앞에 서 있었다.

"좋은 분이라는 거…… 알아요. 그냥, 가게 해줘요."

"잠깐만요. 믿지 못하겠지만 제 말 좀 들어줘요. 모두 설명할게요. 설명할 수 있어요."

선우현이 그녀에게 한 걸음 다가갔다. 희령은 꼼짝할 수 없었다. 등 뒤에서 다가오는 그의 목소리가 위협적으로 느껴졌지만 그녀는 안간힘을 다해 말했다.

"다음에요. 다음에…… 들을게요. 오늘 말고요."

선우현은 그녀 입장에서 생각해보았다. 그는 모두 설명할 수 있었지만, 그의 설명을 듣는다 해도 그녀가 모든 걸 이해할 수 있을 것 같지 않았다.

"제가 나갈게요. 강 반장보고 집으로 데리러 오라고 해요.

혼자서는 위험해요."

선우현이 희령을 지나쳐 현관에서 신발을 신었다. 희령은 휴대폰을 무기라도 되는 듯 움켜쥐고 있었다.

"두만 씨와 형제 같은 사이잖아요. 제발, 나가게 해줘요."

선우현은 자신이 위협적으로 현관문을 막고 있다는 걸 깨달았다. 시간을 끌수록 관계는 더 꼬일 것이다.

"희령 씨, 내가 나갈게요. 지금 강 반장 만나서 전부 설명할 게요. 문 잠그고 희령 씨가 여기 있어요. 부탁해요."

선우현은 두만에게 전화를 걸기 위해 점퍼 주머니에 손을 넣어 휴대폰을 찾았다. 당황한 데다 마음이 급해 서두르다 손 끝이 주머니에 걸렸다. 휴대폰과 주머니칼이 한꺼번에 바닥에 떨어졌다. 안전장치가 풀려 있던 칼이 바닥에 떨어지며 접혀 있던 칼날이 펼쳐졌다.

"아니, 이건 그러니까, 이것도 설명할 수 있어요. 정말 오해 예요."

선우현은 당황해서 두서없이 말을 뱉어냈다. 펼쳐진 칼날 을 접고 칼을 주머니에 넣었다. 그리고 그가 휴대폰을 주우 려는 순간, 희령이 무너지듯 주저앉았다. 그녀가 거칠게 숨을 몰아쉬기 시작했다. 펼쳐진 칼날이 간신히 버티고 있던 희령 을 공황발작으로 내몰았다.

희령이 내뱉는 숨소리만이 공간을 메웠다. 선우현은 희령을

두고 나가야 할지, 아니면 다가가 안정시켜야 할지 몰라 허둥
댔다. 가까이 다가가면 희령은 더욱 공포에 질릴 것이다. 두만
이 와서 희령을 안정시켜야 했다. 해명은 그다음 문제였다.

딩동딩동, 초인종이 울렸다.

선우현은 현관문에 뚫린 도어스코프를 통해 밖을 내다보았
다. 짧은 머리, 검은색 피케셔츠에 검은색 면바지. 15년을 봐
온 옷차림이었다. 두만이 자신만의 교복 차림으로 문밖에 서
있었다.

"두만이예요. 이제 다 괜찮을 거예요."

희령은 그의 말을 듣고 잠시 고개를 들었다. 숨을 쉬지 못
해서인지 얼굴빛이 푸르게 변해가고 있었다. 선우현이 문을
열었다. 이제 두만이 모든 걸 해결할 것이다.

18

주차장에는 빈자리가 없었다. 두만은 마음이 급해 멀리 가지 못하고 아파트 출입구 근처에 이중주차를 했다. 기어를 중립에 두고 시동을 껐다. 낡은 차의 떨림이 멈췄는데도 몸의 떨림은 사라지지 않았다. 손에 들고 있던 휴대폰의 전화벨이 울렸다. 한 형사였다.

"반장님, 차정후 살해된 거 맞습니다."

다짜고짜 용건부터 튀어나왔다. 한 형사의 목소리는 확신에 차 있었고 평소처럼 허세가 섞인 말투도 아니었다. 분명히 뭔가 쥐고 있었다.

"무슨 말이야?"

"차정후는 자살한 게 아니고 살해당한 겁니다."

"뭐가 나온 거야?"

"제가 수사 하나는 원칙대로 하지 않습니까? 차정후 살해사건 현장에서 발견된 핸드폰 있잖아요. 복원이 불가능해서 차정후 걸로 결론 난 거요. 전 믿지 않았거든요. 왜냐? 확인되지 않았으니까요. 형사라면 스스로 납득할 수 있을 때까지 수사해야…….

한 형사의 너스레가 길어지고 있었다. 두만은 조급한 마음에 말을 잘랐다.

"그래서, 도대체 뭘 건진 거야?"

두만은 차 문을 열고 밖으로 나왔다. 지하라 그런지 목소리가 울렸다.

"반장님, 방금, 차정후 휴대폰 전원이 잠깐 켜졌다가 꺼졌어요."

결정적인 한 방이었다. 한 형사의 말대로라면 사건 현장에 차정후 말고 다른 누군가가 있었고, 그 누군가가 차정후의 휴대폰을 가져갔다는 뜻이었다. 자살이 아니라는 게 객관적으로 입증되었다. 한 형사가 너스레 떨며 스스로 공치사를 해도 될 만큼 결정적인 증거였다. 한 형사가 아니었더라도 시간이 지나면 결과야 밝혀지겠지만, 놈을 쫓아 실시간으로 움직일 수 있는 단서를 쥐었다는 건 큰 의미가 있었다. 이제 경찰력을 동원해 놈을 쫓아가는 일만 남았다.

"어느 기지국이야?"

"수색요."

수색, 뭔가 익숙했다. 수사 자료 중에 수색과 차정후가 이어지는 연결된 고리가 있었던 것 같았다.

"아, 수색이면 차정후와 마지막 통화했던 전화번호의 발신 기지국이잖아. 대포폰이라 더 이상 추적하지 못했던 그거. 지금 그놈이 차정후 휴대폰을 갖고 있다는 거네."

두만은 자신도 모르게 목소리가 커졌다. 실시간으로 놈을 쫓으면 잡을 수도 있다는 생각이 들었다.

"반장님, 빼박인데요."

"팀장님께 보고해. 최 형사가 용의자가 찍힌 CCTV 가지고 있으니까 같이 기지국 주변 수색해봐. 나한테도 휴대폰 켜진 기지국 위치 보내주고. 나도 집에 잠깐 들렀다 합류할 테니까. 이번에 잘하면 잡을 수도 있겠다."

"다른 팀에 오픈해야겠죠?"

"팀장님이 대장님께 보고하겠지. 대대적으로 검문검색을 하게 될 거야. 이번에 잡으면 네가 제일 큰 일 한 거다."

"제가 할 땐 또 합니다."

"기지국 위치나 보내봐."

통화종료 버튼을 누르기도 전에 기지국 위치가 찍힌 지도 파일이 메신저로 도착했다. 지도를 터치하자 상세 위치가 떴다. 붉은 점을 기준으로 반경 500미터에서 1킬로미터 내에 놈이 있었다. 두만은 지도를 확대했다. 그는 지도에 찍힌 위치를 보고서야 자신이 해당 기지국 반경 안에 있다는 걸 깨달았다.

삐이, 귀에서 이명처럼 소리가 울렸다. 한참 운동하던 시절 조르기에 제대로 걸리거나 심하게 메치기를 당해 머리부터 매트에 떨어졌을 때나 들리던 소리였다. 삐 소리는 위험을 알리는 사이렌처럼 계속 귓속에서 울려댔다. 몸이 머리보다 먼저 반응했다. 그는 이미 206동 출입구를 향해 뛰고 있었고 엘리베이터 스위치를 누르고 있었다.

우연일 거라고, 별일 없을 거라고 그가 중얼거렸다. 맨손으로 곰도 끌고 올 것 같은 선배가 함께 있으니 아무 일 없을 거라 애써 불안한 마음을 눌렀다. 두만은 엘리베이터를 타자마자 닫힘 버튼을 몇 번이고 눌렀다. 조바심에 떨며 엘리베이터의 문이 닫힌 후에도 닫힘 버튼을 계속 눌렀다. 엘리베이터가 움직이고 다시 문이 열릴 때까지 그의 속이 타들어갔다.

아파트 현관문 너머는 아무 일도 없는 것처럼 조용했다. 두만이 초인종을 눌렀다. 초인종 소리가 울렸지만 여전히 인기척은 없었다. 주먹으로 문을 두드려도 그 소리만 울릴 뿐 문 안에서는 어떤 움직임도 느껴지지 않았다. 두만은 메신저를 확인했다. 선배와 주고받은 메시지가 많지 않아 금방 도어록의 비밀번호를 찾을 수 있었다.

두만은 떨리는 양손을 서로 맞잡은 채 겨우 손가락 하나만

펴서 번호를 눌렀다. 손등의 핏줄이 튀어나오도록 힘을 줬지만 손끝이 흔들려 번호 하나를 누르는 데도 시간이 걸렸다. 비밀번호를 모두 누르자 도어록이 풀리는 소리가 들렸다. 손잡이를 돌려 현관문을 열었다. 그리고 오래된 습관대로 심호흡을 했다. 그는 뭔가가 잘못됐다는 걸 바로 깨달았다. 피 냄새. 사건 현장에서 제일 먼저 맡을 수 있는 익숙한 냄새였다.

두만은 신발을 벗을 겨를도 없이 안으로 뛰어 들어갔다. 때마침 현관의 센서등이 켜졌다.

집 안은 처참했다. 물건들이 바닥에 널브러져 있었고, 검붉은 피가 바닥을 타고 흘러 웅덩이처럼 고여 있었다. 눈앞의 현실이라 믿을 수 없었다. 과수팀이 찍어놓은 현장 사진을 보고 있는 것 같았다. 비현실적인 장면이 인지부조화를 일으켰다. 두만은 정신이 아득해졌다.

피는 거실 한쪽에 쓰러져 있는 희령에게서 시작되어 있었다. 두만은 희령의 경동맥을 확인했다. 맥이 잡히지 않았다. 호흡도 없었다. 작은방의 비스듬히 열린 문틈으로 선우현이 의자에 두 팔을 늘어뜨리고 앉아 있는 모습이 보였다. 두만은 선우현의 경동맥을 짚었다. 맥이 뛰지 않았다. 요골동맥에서 뿌려진 비산혈흔이 의자 주변은 물론 천장까지 튀어 있었고, 바닥엔 검붉은 피가 깊이를 알 수 없을 정도로 고여 있었다.

두만은 두 사람의 생사를 확인하는 자신이 마치 그들과 무관한 타자처럼 느껴졌다. 두만은 자신이 움직이고 있다는 사실을 인지하면서도 CCTV 화면을 통해 제삼자가 움직이는 걸 지켜보고 있는 것 같았다. 어떤 실감도 들지 않았다.

그는 현장출동 매뉴얼대로 피해자의 사망 여부만 확인하고 사건 현장의 훼손을 막기 위해 CCTV 화면 같은 현장을 빠져나왔다. 현관문을 열어놓은 채 밖으로 나와 한 형사에게 전화를 걸었다. 연결음이 울리자마자 한 형사가 전화를 받았다.

"반장님, 우리 팀 모두 수색 기지국 쪽으로 출동 중인데 어디세요?"

"여기 수색에 있는 타운아파트 206동 1103호야. 피해자는 두 명이고, 모두 사망했어. 과학수사팀 출동 요청하고, 119에 공조도 요청해. 그놈 짓이야."

"예? 반장님, 무슨 말씀이세요? 죽어요? 누가요?"

"타운아파트 206동 1103호."

"거긴 어떻게 알고 가신 건데요? 반장님? 반장님, 듣고 계세요?"

두만은 한 형사의 목소리가 멀리서 들리는 환청 같았다. 통화종료 버튼을 눌렀다. 두만은 줄이 끊어진 목각 인형처럼 복도에 주저앉았다. 손가락 하나 들어 올릴 힘도 남지 않았다.

뒤늦게 그는, 창백하게 질린, 눈조차 감지 못한 희령의 얼굴이 떠올랐고, 뒤늦게, 뼈가 보일 정도로 깊은 손목의 자상이 기억났다. 뒤늦게, 티셔츠를 온통 붉게 물들인 혈흔이 떠올랐고, 뒤늦게, 공벌레처럼 웅크린 등의 곡선이 기억났다. 뒤늦게, 손목에서 뿜어져 나온 피가 만든 궤적과 깊은 웅덩이가 떠올랐고, 뒤늦게, 경동맥을 확인하는 손끝에 느껴졌던 그녀의 식지 않은 체온이 기억났다.

뒤늦게, 눈물이 흘렀다. 슬프다는 감정을 느끼지도 못한 채 눈물이 멈추지 않고 흘렀다. 뒤늦게, 심장이 쪼개지는 것 같은 통증에 숨이 쉬어지지 않았다.

채 몇 분이 지나지 않아 경찰 근무복을 입은 순경이 도착했다. 119보다 빠른 출동이었다.

"등신들, 누가 죽어야 빨리 오지."

두만은 자신인지, 도착한 경찰에게인지 대상을 알 수 없는 욕설을 중얼거렸다.

"용산서 강은호 순경입니다. 신고한 분 맞으시죠?"

두만이 고개를 끄덕였다.

"광역수사대 강두만 반장님 맞으시고요?"

두만이 다시 고개를 끄덕였다. 강 순경의 시선이 두만의 피묻은 손과 몸을 훑었다.

"혹시, 상처를 입으신 건 아니죠?"

두만이 고개를 끄덕였다.

"제가 안에 들어가 피해자 상태를 확인해도 되겠습니까?"

두만이 고개를 끄덕였다. 가장 먼저 도착한 경찰관이 해야할 일이었다. 강 순경은 휴대폰으로 현관 밖에서 내부 사진을 몇 장 찍은 뒤, 안으로 들어갔다. 두만은 그의 뒷모습을 멍하니 보고 있었다. 희령의 경동맥을 확인하고 서재에 있는 선우현의 경동맥을 확인한 다음 그가 밖으로 나왔다. 두만과 눈이 마주치자 강 순경은 고개를 저었다. 두만은 그의 행동에서 기시감을 느꼈다.

"두 분 모두 사망했습니다. 반장님이 두 분을 살해하신 건아니죠?"

두만은 고개를 끄덕였다.

"혹시, 피해자들을 살해한 용의자를 목격하셨습니까?"

두만이 고개를 저었다.

"사망한 피해자들과는 면식관계인 거 같은데, 맞으시죠?"

두만이 고개를 끄덕였다.

"애도의 말씀을 드립니다. 반장님과 피해자들과의 관계를 여쭈어봐도 될까요?"

두만은 고개를 떨궜다. 의식이 잠기어갔다. 다시 몸과 정신이 분리되어 그의 의식이 남처럼 자신을 지켜보았다. 강 순경은 고개 숙인 두만에게 재차 물어보지는 않았다.

강 순경은 수첩에 몇 가지를 기록하고는 휴대폰으로 상급자에게 도착 시간과 현장 상황을 짧게 보고했다. 그는 현장을 지키는 임무를 부과받았는지 현관문 옆에 부동자세로 서 있었다.

두만은 집 안이 더 위험하다고 했던 희령의 말이 떠올랐다. 그때 그냥 전화를 끊었던 것이 미치도록 후회됐다. 모든 게 그의 잘못이었다.

엘리베이터 문이 열리는 소리와 함께 119 대원들과 형사, 근무복 차림의 경찰들이 들이닥쳤다. 119 대원 중 한 명이 현장에 진입해 희령과 선우현의 경동맥을 확인했다. 그리고 현장에 출동한 형사와 몇 마디 나누었다. 119 대원이 두만에게 와서 허리를 숙였다.

"걸으실 수 있겠습니까?"

두만이 고개를 끄덕였다. 구급대원 두 명이 두만을 부축했다. 영혼 같은 건 없는 빈껍데기처럼 두만은 그들이 이끄는 대로 엘리베이터에 탔다. 아파트 동 입구 근처에 벌써 구경꾼들이 모여 있었다. 근무복을 입은 순경이 출입을 통제하며 사람들의 접근을 막고 있었다. 119 구급대의 불빛과 순찰차의 경광등이 뒤섞여 더 혼잡스러웠다.

구급대원과 함께 걸어 나오는 두만에게 구경꾼들의 호기심 섞인 시선이 쏠렸다. 몇몇은 두만의 피 묻은 손을 보고 뒷걸음질을 쳤고, 몇몇은 사진을 찍었다. 또 몇몇은 돌아서 시선을 피했다. 구급대원은 119 구급차의 간이침대에 두만을 눕

했다. 이끄는 대로 움직이던 두만이 갑자기 몸을 일으켰다.

"난 괜찮아요. 다시 현장에 가봐야 해요."

"괜찮아도 지금은 안정이 필요합니다. 잠시 동료분들께 맡겨두세요."

두만은 그의 어깨를 잡은 구급대원을 밀어냈다. 구급대원이 그를 다시 간이침대에 눕혔다.

"지금 이 상태로는 현장에 가셔도 아무런 도움이 안 됩니다. 더 잘 아시잖아요."

과수팀이 감식을 하는 동안 그가 할 수 있는 일은 없었다. 갑자기 몸에 힘이 쑥 빠졌다. 구급차의 테일게이트가 닫히고 차가 천천히 움직이기 시작했다. 그리고 사이렌이 울렸다.

두만은 어디서부터 잘못된 건지 생각해보았다. 희령의 전화를 끊은 그 순간일까? 아니면 옥상에서 쓰레기봉투를 발견한 그날 아침부터일까? 어쩌면 희령을 만난 게 과오의 시작일지 모른다. 모두 두만의 잘못이었다.

19

사람들의 목소리가 들렸다. 두만은 눈을 떴다. 머리 위에 얇은 막이 쳐 있는 것처럼 시야가 희미했다. 사람들의 형체는 물론, 목소리마저 희미했다. 무슨 말을 하고 있는 거지?

눈앞의 막을 걷어내기 위해 두만은 팔을 뻗어 휘저었다. 누군가 두만의 팔을 잡았고, 잠시 후 그의 팔을 침대에 가만히 내려놓았다. 눈앞의 얇은 막이 점점 두꺼워졌다. 그리고 곧 암막 커튼을 친 것처럼 눈앞의 모든 빛이 사라졌다. 시야가 온통 검게 변했다.

희령이 너무 보고 싶었다. 그녀의 깊은 눈이 보고 싶었다. 눈을 환하게 뜨고 그녀를 보고 싶은 마음과 반대로, 눈꺼풀은 무거워지고 생각이 점점 까맣게 지워졌다. 단 몇 초도 생각을 이을 수가 없었다.

얼마나 잤을까. 눈앞을 가로막은 커튼이 잠들기 전보다 얇게 느껴졌다. 목소리들이 들려왔다. 익숙한 음성이었다. 두만은 자신이 어디에 있는 건지, 무슨 일이 벌어진 건지 생각을 이어보았다. 몸이 무거워 마음대로 움직여지지 않았다. 여전히 눈꺼풀이 무거웠다.

"반장님 깨기 전에 현장 쪽은 마무리 지어야 할 텐데요."

"그래야지."

"선우현 팀장이 그럴 줄 누가 짐작이나 했겠어요?"

"조용히 해. 들어."

소리를 낮추며 주의를 주는 목소리. 오 팀장이었다. 나머지 한 명은 한 형사일까?

"눈도 못 뜨는데, 반장님 괜찮으실까요?"

속삭이는 듯한 최 형사의 목소리였다.

"신체에 특별한 문제는 없습니다만, 환자분이 받은 충격이 커서 당분간 안정을 취해야 합니다."

여자의 목소리였다. 의사?

"쟤 계속 재워야 합니다. 깨면 어떻게든 사고 칠 겁니다."

오 팀장의 목소리였다.

"수사의 가닥이 잡힐 때까지만이라도 관계자는 좀 떨어져 있어야죠."

한 형사의 목소리였다.

"주치의 선생님이 당분간 신경안정제를 투여할 거라고 하섰어요."

두만은 머릿속에 커튼이 쳐진 이유를 알 것 같았다. 눈꺼풀을 뚫고 빛이 느껴졌다. 머릿속에 드리워진 커튼이 조금 투명해졌다. 그는 눈을 뜨지 않았다. 정신이 좀 더 또렷해질 때까지 그대로 있기로 했다.

"최 형사가 옆에서 반장님 잘 좀 챙겨라. 사고 칠라."

"걱정 마십시오."

세 사람의 발걸음 소리가 멀어졌다.

"강두만 환자분, 더 주무세요. 조금 있다 다시 올게요."

혼잣말처럼 간호사가 그에게 속삭였다. 간호사의 발걸음 소리가 멀어졌다. 문이 열렸다 닫히는 소리가 들렸다.

두만은 천천히 눈을 떴다. 물결무늬가 촘촘히 음각되어 있는 흰색 석고텍스가 보였다. 몸을 일으키려 했지만 생각처럼 움직여지지 않았다. 그는 손등에 꽂힌 링거 바늘을 뽑았다. 피가 흘러내렸지만 그대로 두었다. 신경안정제 성분이 빠져나가는지 머릿속 커튼이 걷히는 느낌이었다.

두만은 눈을 뜬 채 한참을 그대로 있었다. 희령이 살해됐다. 믿기지 않았다. 잠에서 깼지만 악몽이 계속되는 것이라 믿고 싶었다. 다시 눈을 감았다. 그가 본 사건 현장의 모습이 머릿속에 생생하게 그려졌다. 희령은 연쇄살인마에게 희생된 다른 두 명의 피해자와 마찬가지로 손목의 요골동맥을 잘린 채 살해당했다. 뼈가 보일 정도로 깊게 벤 상처였다. 진짜 악몽은 희령이 살해된 사건 현장이었다.

눈을 떴다. 핏기라고는 없는 희령의 얼굴이 잔상처럼 눈앞에 아른거렸다. 두만은 링거 바늘을 손등에 다시 꽂고 두꺼운 커튼 뒤로 숨고 싶었다. 그는 침대 머리맡의 호출 버튼을 누르려 손을 뻗다가 허공에서 멈췄다. 그런데 선배는 어디에 있었지? 분명 선우현의 경동맥을 확인한 기억은 있는데 위치와 상처가 기억이 나지 않았다.

눈을 감아도 희령의 모습만 선명하게 떠오를 뿐 그의 모습은 기억나지 않았다. 대신 한 형사가 '선우현 팀장이 그럴 줄 누가 짐작이나 했겠어요?'라고 했던 말이 머릿속을 맴돌았다. 한 형사의 말은 희령과 선배의 죽음에 연결고리가 있다는 뜻으로 읽혔다.

두만은 침대 난간을 잡고 몸을 일으켰다. 형사로서의 촉이 그를 움직이게 했다. 갑자기 힘을 쓴 탓인지 겨드랑이에 땀이 뱄지만 정신은 조금씩 맑아졌다. 집 안이 더 위험하다고 했던 희령의 말이 이어서 떠올랐다. 그녀가 말한 위험이 선우현이었다는 건가? 그럼, 야구 모자는?

생각이 조각조각 끊겨 아무리 생각해도 결론이 나지 않았다. 그러다 보니 무슨 생각을 하던 중이었는지도 가물거렸다. 가만히 있어도 병실 안 사물들이 흔들렸다. 침대 난간이 흔들리고, TV가 흔들렸다. 블라인드의 수평선이 기울고, 천장이 옆으로 기울었다. 배를 탄 것처럼 몸이 흔들렸다. 또 멀미가 나며 메스꺼웠다. 중심을 잡으려 애쓰며 양손으로 침대 난간을 움켜쥐었다.

병원을 벗어나야겠다고 두만은 생각했다. 정신이 맑아지면 조각난 생각들이 이어질 것이고 사건의 인과관계를 밝힐 수 있을 거라고 생각했다. 그는 침대 난간을 내리고 다리를 침대 밖으로 내밀었다. 발끝이 바닥에 닿지 않았다. 손끝에 힘을 주어 침대에서 살짝 뛰어내렸다. 두 발이 바닥에 닿는 것과 동시에 무릎이 꺾이면서 무게중심이 앞으로 쏠렸다. 그는 그대로 바닥을 뒹굴었다. 바닥에 부딪힌 머리가 깨질 것 같았고 어깨뼈가 부러진 것 같은 통증이 들이닥쳤다. 별안간 웃음이 새어 나왔다. 처음으로 느낀 현실감 있는 통증이었다.

아직 혈관에 남은 약 기운 때문인지 두만은 술에 취한 것처럼 똑바로 걸을 수 없었다. 보도블록의 선을 밟고 걸어가려 해도 몇 걸음 이후에는 크게 한 걸음씩 어긋났다. 병원의 문을 열고 나온 것까지는 기억했지만 자신이 어디를 향해 가고 있는지 알 수 없었다. 애초에 왜 병원 밖으로 나왔는지 이유가 기억나지 않았다. 그저 목이 말랐고, 희령이 보고 싶었다. 눈을 감으면 보이는, 핏기 없는 흰 얼굴 말고 울거나 웃거나 찡그리는 표정이 있는 얼굴이 보고 싶었다. 그러나 자꾸 창백하게 질린 얼굴과 깊게 베인 채 피를 쏟은 손목만 떠올랐다.

따라서 걷던 보도블록의 선이 끝났다. 눈앞에 깊이를 알 수 없는 시커멓고 어두운 강이 펼쳐졌다. 강물에 비친 불빛들이 반짝이며 물결을 따라 빠르게 흘러내려갔다. 두만은 잠시나마 아무 생각 없이 흘러가는 불빛들을 지켜볼 수 있었다.

강물을 따라 흘러가던 불빛들이 갑자기 멈췄다. 불빛들이 붉게 변하며 강물을 거꾸로 타고 올라왔다. 희령의 벌어진 손목에서 울컥거리며 쏟아지는 피가 바닥을 타고 강물처럼 흘러내렸다. 피는 그의 발끝까지 흘러와 웅덩이처럼 고였다.

견딜 수가 없었다. 그는 신고 있던 슬리퍼를 벗었다. 흐르는 강물에 실려 불빛처럼 그녀에게 흘러가면 그뿐이었다. 그는 목이 말랐고, 희령이 보고 싶을 뿐이었다. 강물로 한 걸음 내디뎠다. 강물은 차가웠다. 발바닥을 타고 한기가 올라왔다. 부르르 몸이 떨렸다. 정신이 조금 들었다.

멈췄던 강물이 다시 흐르면서 강물에 반사된 불빛들이 두만에게 쏟아졌다. 그는 다시 한 걸음 내디뎠다. 불빛을 터트리는 날카로운 소리, 경적 소리, 사람들의 고함이 들렸다. 누군가 그를 세게 잡아챘다. 두만은 중심을 잃고 바닥에 내동댕이쳐졌다. 그는 정신을 잃었다.

"집에 돌아오려면 얼마나 걸릴까요?"

짐을 싸던 희령이 물었다.

"금방이요. 내가 곧 잡을 거거든요."

두만이 그녀를 안심시키며 대답했다. 희령은 이미 대답을 알고 있다는 듯이 환하게 미소 지었다. 하지만 이제 영원히 그녀와 함께 집으로 돌아갈 수 없었다.

"미안해요. 내 탓이에요……."

"반장님, 정신 드세요?"

최 형사의 목소리였다. 두만이 눈을 떴다. 흰색의 엷은 막이 시야를 가려 앞이 잘 보이지 않았다.

"왜 무단횡단을 하고 그러세요. 큰일 날 뻔했잖아요."

강물이 아니라고? 강물이나 차도나 큰 차이는 없다고 두만은 생각했다. 그는 눈을 감았다.

"반장님, 수사가 이상하게 돌아가요. 정신 차리고 보셔야할 것 같아요. 모든 범행을 선우현 팀장 짓으로 몰아가고 있어요. 앞선 두 건도요. 오 팀장님은 야구 모자 쓴 놈에 대해선 아예 잊어버리신 거 같아요."

두만이 눈을 떴다. 최 형사의 얼굴이 흐릿하게 보였다. 초점을 맞추려고 몇 번이나 눈을 깜박였다. 가로등 불빛에 비친 최 형사의 얼굴이 차츰 보이기 시작했다. 그는 울 것 같은 표정을 짓고 있었다.

"반장님, 시간이 지나면 증거도 뭣도 다 사라져요. 나중에 후회하지 말고 제발 정신 차리세요."

두만은 최 형사의 어깨를 움켜쥐고 몸을 일으켰다. 그는 왜 병원 밖으로 나왔는지, 자신이 뭘 하려고 했었는지 비로소 기억해냈다. 그들에게 수사를 맡겨둘 수 없었다. 잠에서 깬 후, 허점과 거짓투성이의 수사 결과를 받아들이고 입에 발린 위로를 받으며 살 수는 없었다.

20

두만이 광수대 사무실에 들어서자 모든 움직임이 정지했다. 복사기가 돌아가는 소리마저 없었다면 시간이 멈춘 거라 착각할 정도였다. 남서향 창문으로 길게 들어온 오후 햇살에 공기 중에 떠다니는 먼지 입자들이 그대로 보였다. 먼지는 빈틈없이 정밀하고 빽빽했다. 숨이 막힐 정도였다.

후, 누군가 숨을 내뱉었다. 사람들이 두만을 향해 다가왔다. 두만은 그들을 거슬러 천천히 자신의 자리로 걸어갔다.

그가 살짝 휘청거리자, 누군가 그의 팔을 잡고 부축했다. 최 형사였다.

"최 형사, 수색 사건 자료 전부 가지고 와. 하나도 빠트리지 말고."

"반장님, 좀 더 쉬시지. 수사는 팀장님과 저희한테 맡기시고요."

한 형사가 두만과 최 형사의 앞을 가로막았다.

"충분히 쉬었다. 큰 병 걸린 것도 아니고."

"넌 뭐 한 거야? 반장님 잘 좀 모시고 있으랬더니 그거 하나를 똑바로 못 해?"

최 형사가 고개를 숙였다.

"비켜라."

"괜찮으시겠어요?"

"내가 너한테 부탁까지 해야겠냐?"

한 형사가 한발 물러서자, 최 형사는 그를 밀어내고 두만을 자리로 부축했다.

"괜찮아."

최 형사가 잡은 팔을 두만이 부드럽게 풀어냈다. 사실 최 형사보다 그를 지켜보는 사람들에게 하고 싶은 말이었다.

"죄송합니다."

최 형사가 고개를 숙였다. 두만이 손을 들어 괜찮다고 답례했다. 한 형사는 못마땅한 표정으로 팔짱을 긴 채 최 형사를 노려보고 있었다. 최 형사는 아랑곳하지 않고 수색동 살인사건 서류철을 두만의 책상 위에 쌓았다. 미리 준비해두었다는 듯이 망설임이 없었다. 두만은 과학수사팀이 작성한 현장감식보고서를 집어 들었다. 한 형사가 두만을 지켜보다 슬그머니 사무실 밖으로 나갔다. 다른 팀 형사들은 두만에게 위로의 말조차 건네지 못하고 멀찌감치 떨어져 겉돌았다. 두만의 주위에 눈에 보이지 않는 벽이 세워진 것 같았다.

두만은 감식보고서를 선뜻 열지 못했다. 천천히 심호흡을 했다. 주변의 시선이 여전히 그에게 머물러 있었다. 머뭇거리면 빌미를 줄 것이다. 보란 듯이 그가 서류철을 펼쳤다. 아파트 현관을 찍은 사진부터 시작해 현관 안쪽을 찍은 사진이 이어졌다.

다음 장은 현관에서 찍은 거실 사진이었다. 그가 기억하는 대로 희령의 손목에서 흘러내린 피가 거실 중앙에 웅덩이를 이루고 있었다. 웅덩이 주변으로 잡다한 것들이 나뒹굴고 있었다. 희령은 핏기 없는 창백한 얼굴을 하고 있었다. 두만이 손가락으로 그녀의 얼굴을 매만졌다. 사진을 보고 있는 것이 고통스러웠다. 두만은 사진에서 눈을 떼고 잠시 고개를 들었다. 그를 걱정스러운 눈빛으로 보고 있던 3팀의 김호성 팀장과 눈이 마주쳤다. 두만과 김 팀장은 누가 먼저라고 할 것도 없이 시선을 피했다. 인사를 나누기도, 위로를 주고받기도 어색한 상황이었다.

보고서의 다음 장을 넘겼다. 희령의 손목 상처가 근접 촬영된 사진이 있었다. 깊게 잘려 뼈가 드러나 있었다. 두 건의 연쇄살인 피해자와 달리 팔목에 결박흔이 보이지 않았고 그 흔한 방어흔 하나 없이 깨끗했다. 희령은 최소한의 저항도 하지 못하는 공황발작 상태에서 당했을 것이다.

"개새끼."

욕설이 튀어나왔다. 몸이 저렸다. 몸속의 피가 심장부터 손가락 끝, 눈꺼풀까지 뾰족하게 찌르며 흘렀다. 온몸이 동요하고 있었지만, 두만은 자신을 보는 시선들에게 들키지 않으려고 아무렇지 않은 척 사진을 넘기고 다음 장을 보았다. 핏기라고는 하나도 없는 희령의 얼굴이 근접 촬영으로 찍혀 있었다. 그녀는 눈조차 감지 못하고 있었다. 그녀의 깊은 눈은 생기를 잃어 흐릿했다. 두만은 사진 속 희령과 눈을 맞출 수 없었다.

잠시 현장감식보고서를 내려놓았다. 몇 번이고 심호흡을 하며 속으로 되뇌었다.

'여기서 무너지면 희령을 살해한 놈을 내 손으로 잡지 못한다.'

동요하면 할수록, 티를 내면 낼수록 지휘부는 그를 수사에서 배제시킬 것이다. 두만은 다시 보고서를 들었다. 한 손으로 허벅지를 움켜쥐었다. 살이 뜯겨나가는 것 같은 통증이 두만의 정신을 깨웠다.

그는 사진 위에 작은 포스트잇을 붙여 희령의 눈을 가렸다. 그제야 사진이 눈에 들어왔다. 희령의 얼굴과 목에 액흔(扼痕: 목이 졸린 흔적)이나 물리적으로 가격당한 타박상의 흔적은 없었다. 눈에 띄는 상처는 손목뿐이었다. 검안의 역시 요골동맥 절단에 의한 실혈사를 사인으로 보고 있었다.

선우현의 시체는 서재에서 발견됐다. 절반쯤 문이 닫혀 있어 현관에서는 선우현의 시체가 바로 보이지 않았다. 그는 의자에 앉아 있었고 희령과 마찬가지로 요골동맥이 절단된 채 사망했다. 다음 장으로 넘겼다. 손목의 상처가 근접 촬영 되어 있었다. 지금까지처럼 단번에 요골동맥까지 절단되었다. 결박흔도 없었고, 방어흔도 전혀 없었다.

결박흔이 없는 건 정황상 이해할 수 있었다. 두만이 시체를 발견할 때까지 걸린 시간이 짧아 결박당했다 해도 흔적이 남지 않을 수 있었다. 하지만 방어흔은 그렇지 않았다. 희령이라면 공황발작 때문에 방어 자체를 할 수 없었겠지만 선우현이라면 당하고만 있을 리 없었다. 그는 강력계 형사 출신으로 단숨에 놈에게 제압당할 만큼 허약하지 않았다. 적어도 그에겐 방어흔이 남았어야 했다. 혹시, 방어할 새도 없이 당한 건가? 그렇다면 면식범의 소행? 납득할 수 없는 정황에 두만의 의문이 깊어졌다.

보고서 다음 장에는 선우현의 머리 상처가 클로즈업되어 있었다. 외관상 상처를 보면 두개골이 골절된 것으로 보였다. 아마도 불시에 가격당해 미처 저항하지 못한 것 같았다. 시체를 검안한 사진을 빠르게 넘겼다. 허벅지의 상처가 눈에 떴었다. 검안의는 예기(銳器)에 의한 손상이라고 간략하게 써놓았을 뿐 별다른 언급을 하지 않았다. 어차피 부검을 하면 정확한 사인과 정황을 추정할 수 있을 것이다. 두만은 보고서를 다음 장으로 넘겼다.

거실 바닥에 뒹구는 잔해들을 찍은 사진에서 두만의 시선이 멈췄다. 앞서 발생한 두 건의 연쇄살인 현장과 다른 느낌의 물색이었다. 뭐랄까, 그때처럼 철저하고 과도한 느낌이 없었다. 쌓인 잔해들을 과수팀이 시간의 순서대로 분리해놓은 사진도 있었다. 잔해들 사이에 흑단나무 손잡이의 식칼이 눈에 띄었다. 식칼은 날이 보이지 않게 행주에 싸인 채 가는 철사로 고정돼 있었다. 발견된 상태나 혈흔이 묻지 않은 걸로 보아 범구(범행도구)는 아니었다.

두만은 희령의 주변에서 가방과 함께 발견된 것들의 사진을 집중해서 보았다. 첫 번째 사진은 핸드크림과 립스틱, 티슈, 유성 펜 같은 것들이었다. 희령의 가방에 들어 있어도 이상하지 않은 물건들이었다. 그런데 두 번째 사진은 좀 달랐다. 신용카드를 잘라서 만든 플라스틱 열쇠 세 개, 잘려나간 작은 플라스틱 조각들, 오래된 가족사진이 있었다.

플라스틱 열쇠와 나머지 조각들이 희령이 자주 쓰는 신용카드라는 걸 두만은 바로 알아보았다. 잘려나간 카드 조각에 유성 펜으로 본을 뜬 흔적이 남은 걸로 보아 열쇠를 복제한 건 희령이었다. 과수팀은 세 개의 플라스틱 열쇠가 선우현 방과 서랍의 열쇠와 일치한다고 했다.

왜 희령은 선우현의 방문과 서랍의 열쇠를 복제했을까? 무엇을 확인하려고? 보고서를 몇 장 더 넘겨 서재를 촬영한 감식 사진부터 살펴보았다. 흐트러진 잡다한 물건 중에서 흑단나무 손잡이에 은색 띠가 둘러진 주머니칼이 보였다. 거무튀튀한 칼날에는 피가 말라붙어 있었다. 감식팀은 이 칼을 범구로 보고 있는 듯했다. 칼이 유기된 위치는 선우현이 앉아 있는 의자의 오른쪽 바닥이었다. 주머니칼은 흔하게 살 수 있는 공산품이 아닌 듯해 구입처 수사가 가능할 것 같았다.

다음 장부터는 유리 파편, 부서진 노트북, 구겨진 경찰 정복, 흰색 티셔츠, 잡다한 영수증들, 액정이 깨진 휴대폰 두 대, 서류 뭉치, 뒤집어진 서랍 등이 차례로 찍혀 있었다. 서랍 밑에서 천으로 된 칼집에 크기별로 정리된 칼이 네 자루나 세트로 발견됐다. 흑단나무에 은으로 테가 둘러진 손잡이의 칼이었다. 천으로 된 긴 칼집에는 네 자루의 칼을 제외하고 빈자리가 두 군데 있었다. 아마도 한 칸은 서재에서 발견된 주머니칼의 자리일 것이고, 다른 한 칸은 싱크대 쪽에서 발견된 식칼의 자리일 것이다.

범인이 유기한 것일까? 아니면 선우현의 것일까? 어느 쪽도 어색했다. 범인이 유기한 것이라고 보기엔 필요 이상으로 많았고, 선우현의 것이라 해도 보통의 가정집에서 사용하기엔 마찬가지로 종류나 수가 너무 많았다.

두만은 과수팀이 분리해놓은 물건들을 하나씩 확인했다. 서재의 물색 흔적을 보면 놈은 두 건의 연쇄살인과 다르게 물건들이 분해될 정도로 과도하게 찢거나 부수지 않았다. 놈은 말 그대로 그저 물색을 했다. 과거와 달리 물색할 시간이 부족해서였을까? 만약 그랬다면 두만이 오고 있다는 건 어떻게 알았을까? 잘게 부수기 전에 원하는 걸 찾았을까? 아니면 다른 이유가 있던 걸까? 그것도 아니면 연쇄살인마가 아닌 다른 모방범인 걸까? 머릿속에 쌓이는 질문의 개수만큼이나 현장은 모호했다.

두만은 물색으로 흐트러진 잔해들 속에서 희령이 열쇠를 복제하면서까지 확인하고자 했던 것을 찾아야 했다. 희령의 신경을 건드린 그 무엇이 있을 것이다.

연쇄살인마와 희령이 같은 걸 찾는 게 아니라면 그녀가 찾고자 했던 것이 잔해들 속에 분명히 남아 있을 터였다.

구겨진 옷과 찢어진 침구의 잔해 속에 몇 개의 선으로 그려진 나무가 프린트된 티셔츠가 있었다. 안방 옷장에서 보았던, 선우현의 정복 안에 걸려 있던 티셔츠였다. 그가 작은방으로 옮겨놓은 모양이었다. 희령이 확인하려고 했던 게 혹시 이런 것들이었을까?

그는 영수증을 찍어놓은 사진을 살폈다. 과수팀은 영수증을 한 장씩 분리해서 찍었는데, 검붉은 얼룩이 묻어 사진으로는 판독할 수 없는 글자들이 많았다. 두만은 영수증 사진을 빠르게 넘기다 D 대학교의 로고를 보고 멈췄다. 익숙했다. 최근에도 같은 영수증을 본 기억이 났다. 그는 휴대전화의 사진 폴더를 열었다. 그날 옥상 쓰레기봉투 안의 것들을 찍은 사진 중에 D 대학교의 주차비 영수증이 있었다. 두만은 두 영수증의 날짜와 시간을 비교했다. 검붉은 얼룩 때문에 글씨가 잘 보이지 않았지만 현장의 영수증과 옥상의 영수증은 같은 날짜, 비슷한 시간대에 발급된 것이었다. 두 영수증의 차이는 5분이었다. 희령이 선배보다 5분 먼저 주차장을 빠져나왔다. 서늘한 느낌에 솜털이 곤두섰다.

두만은 빠르게 넘긴 페이지의 다른 영수증들을 다시 확인했다. 다시 보니 상호가 모두 낯이 익었다. 집 근처 마트 그리고 두만도 한 번쯤 가본 적 있는 카페의 영수증이었다.

희령이 집 밖에서 할 말이 있다고 전화했던 이유를 비로소 알 것 같았다. 그녀는 선우현이 자신의 스토커였다는 걸 확인했던 거다. 믿기지 않았다. 선배가 왜?

10년 전 두만과 희령을 이어준 사람이 선우현이었다. 희령은 선우현이 담당했던 살인사건의 유일한 생존자였다. 그가 두만에게 희령의 신변 보호를 부탁했고, 그렇게 두 사람이 만나 결혼을 했다. 결혼한 뒤로 선우현은 희령을 채 열 번도 보지 못했을 것이다. 두만은 그가 희령을 스토킹했다는 게 이해되지 않았다. 영수증의 날짜들을 확인했다. 최근 날짜가 대부분이었고, 가장 오래된 것도 1년 정도였다. 영수증의 일부를 버렸는지, 아니면 최근 1년 안에 스토킹이 시작된 건지 알 수 없었다.

책상 밑에서 오래된 수사 서류가 나왔다. 10년 전 선배가 담당했던 '후암동 부부 살해사건'의 수사 기록이었다. 희령의 부모님이 살해당한 사건이었다. 수사본부도 해체되고 미제로 남아 아무도 관심 없는 사건을 선우현은 아직까지 붙잡고 있는 듯했다. '현장 수거물 확인 / DNA 의뢰'라고 적힌 포스트 잇은 최근에 작성한 것으로 보였다. 그는 혼자 최근까지 수사를 하고 있었던 모양이었다.

혹시, 그가 사건의 재수사 때문에 희령을 만나려고 했던 건 아닐까? 같은 디자인의 티셔츠와 같은 디자인의 머그컵, 그리고 스토킹. 선우현의 입장에서 아무리 생각해봐도 설명할수 없는 일이었다. 두만은 혹시 놓친 것이 있는지 빠르게 넘긴 사진들을 다시 한번 훑어보았다.

거실과 주방 사진들을 보았다. 싱크대 서랍들이 부엌 바닥에 뒤집혀 있었고, 냉장고 식재료들도 바닥에 뒹굴고 있었다.

두만은 식료품과 깨진 접시들의 사진을 건성으로 넘기다

전원주택 사진이 들어 있는 액자에서 시선이 멈췄다. 식탁 위에 두고 매일 보던 그의 오래된 꿈은 깨진 유리처럼 박살 나 있었다. 더불어 두만의 꿈까지도.

최 형사가 아이스커피를 책상 끝에 놓고 갔다. 그는 두만에게 방해라도 될까 봐 커피만 조용히 두고 사라졌다.

두만은 감식보고서를 다시 처음부터 훑었다. 희령의 휴대폰에 대한 언급은 어디에도 없었다. 현장에서 휴대폰 두 대가 발견되긴 했지만 희령의 것은 아니었다. 희령은 마지막으로 선우현의 집에서 두만의 전화를 받았다. 전화를 끊고 나서 희령이 집 밖으로 나갔을 리는 없다. 그랬다면 운 좋게 화를 피할 수 있었을 것이다. 두만은 허벅지를 움켜쥐었다. 눈물이 날 것처럼 아팠다.

과수팀이 휴대폰을 찾지 못했다면 제삼자가 희령의 휴대폰을 가지고 갔다고 보는 게 적절했다. 연쇄살인마가 그렇게 애타게 찾던 것이 고작 희령의 휴대폰이었다고? 뭔가 앞뒤가 들어맞지 않는 결과를 보고 있는 것 같았다. 어딘가 놓친 부분이 있을 것이다.

두만은 감식보고서의 결론 부분을 빠르게 읽어 내려갔다. 1차 감식 내용이 간략하게 정리되어 있었고, 이를 토대로 과수팀은 제삼자에 의한 살인에 무게를 두고 있었다. 보고서는 추가로 혈흔형태 분석과 미세증거물 분석 등을 진행할 예정이라며 마무리됐다. 선우현을 연쇄살인의 용의자로 몰아갈 만한 정황은 결론 어디에도 없었다. 수사가 어디에서 튄 걸까?

두만은 감식보고서를 내려놓고 수사보고서의 1보(1차 보고서. 수사보고서는 수사의 진행에 맞춰 2보, 3보 형식으로 쌓여간다)를 펼쳤다. 수사의 진행 방향을 짚어보기로 했다. 현장에서 발견한 휴대폰과 노트북, CCTV 수사, 현장 유류지문에 대한 감식, 탐문수사, 통신수사 등 광범위하게 수사를 진행한 상황과 각 팀이 수사한 결과들이 차례로 정리돼 있었다.

현장에서 발견된 휴대폰에 대한 디지털포렌식 결과가 1보의 맨 첫 장에 나왔다. 두 대 중 한 대는 선우현의 것으로 확인됐다. 통화 내역이나 저장된 기록이 단출해 별다른 건 없었다. 통화 내역에서 이전 희생자와의 연결고리도 발견되지 않았다. 수사팀은 선우현이 사용한 것으로 추정되는 나머지 휴대폰에 대한 포렌식을 진행하다 갑자기 수사 방향을 틀었다. 해당 휴대폰이 최근에 살해당한 차정후의 휴대폰이었기 때문이다.

"차정후 휴대폰이 왜 여기서 나와?"

두만은 자신도 모르게 중얼거렸다.

수사팀은 두 가지 방향으로 수사를 진행하고 있었다. 하나는 차정후의 죽음과 선우현이 연관되어 있다는 것, 다른 방향은 차정후를 살해한 범인이 선우현과 희령을 살해했다는 것이었다.

두만은 두 번째 방향이 올바른 방향이라 생각했다. 그가 알고 있는 선우현이라면 살인을 했을 리 없었다. 두만은 갑자기 쓴웃음이 나왔다. 그런 사람이 스토킹을 해? 두만은 고개를 저었다. 광역1팀에서 활약하며 언제나 척척 들어맞던 그의 촉이 흔들렸다. 그는 자신의 모든 추리에 자신이 없어졌다.

2보를 펼쳤다. 현장에서 의미 있는 지문이 나오지 않았다는 결과와 아파트 CCTV가 고장 난 채 방치돼 있어 증거수집에 실패했다는 보고 등이 눈에 들어왔다. 다만, 두만도 알고 있듯 희령과 선우현이 병원 앞에서 만나 집으로 함께 왔다는 것은 두 사람의 차량 동선을 수사한 광역2팀이 밝혀냈다.

몇 장을 더 넘기다 두만은 현장에서 확보한 노트북의 디지털포렌식 결과를 보았다. 확인된 내용은 대부분 선우현이 수사하던 사건 자료였다. 서너 장을 더 넘겼다. 사진 파일 목록이 나왔다. 그는 섬네일로 표시된 사진 목록을 대충 확인하며 빠르게 넘겼다. 그러다 희령의 사진을 서너 장 발견했다. 그 중 하나는 자신의 사무실 컴퓨터 바탕화면이 찍힌 사진이었다. 두만은 믿기지 않았지만, 수사 결과들은 선우현이 희령을 스토킹해왔음을 보여주고 있었다.

다음 장에는 차정후의 휴대폰에 대한 포렌식 결과가 정리돼 있었다. 그동안 차정후가 AS를 한 여성 고객들의 사진과 훔친 속옷 등의 사진이 가득했다. 희령이 잃어버린 빨간색 슬리퍼 한 짝도 찍혀 있었다. 사진을 찍은 시간과 배경으로 볼때 놈의 작업실에서 찍은 사진 같았다. 이미 살해당한 두 명의 피해자는 물론, 희령의 전화번호와 희령을 몰래 찍은 사진도 추가로 나왔다. 피해자들의 사진과 마찬가지로 희령의 사진은 평범했다. 몰래 찍었을 뿐 노출이 심하지도 않았다. 하지만 '작업일지'라는 항목의 메모장은 달랐다. 메모장에는 살인, 강간과 변태적인 공상이 가득했다. 놈은 냉장고를 수집했던 것처럼 여자들을 수집하고 싶어 했다. 여자들을 죽여 냉동실에 보관해 영원히 소유하고 싶어 했다.

휴대폰의 포렌식 결과를 보면 차정후는 점점 대담해지고 있었다. 처음엔 소심한 각도에서 피해자 사진을 찍었는데 점점 대담해져 나중엔 정면 가까이에서 대놓고 사진을 찍은 것도 있었다. 훔친 물건도 사소한 소지품에서 속옷 등 성적인 것으로 옮겨갔다. 메모장의 내용을 보아도 차정후의 욕망은 여자 고객들에 대한 단순한 호기심을 넘어 그녀들을 납치하고 소유하려는 욕망으로 대체되고 있었다. 놈이 심각한 범행을 저지르는 건 시간문제였다. 휴대폰 통화 내역과 자세한 역발신 내역, GPS 분석은 데이터양이 많아 아직 수사가 진행 중이었다.

서너 장을 넘기자 선우현의 사무실을 압수수색한 내용이 나왔다. 두만은 자신의 눈을 의심했다. 그의 서랍에서 빨간색 희령의 슬리퍼가 나왔다. 그것도 두 짝 모두. 망치로 머리를 얻어맞는 것 같았다. 희령의 슬리퍼 한 짝은 자신이 가져다준 쓰레기봉투에 있었고, 다른 한 짝은 차정후에게 있었을 것이다. 그런데 두 짝을 선우현이 가지고 있다는 건 선우현이 차정후에게서 슬리퍼를 찾아왔다는 뜻이었다. 놈을 살해하고.

선우현이 차정후를 살해했다고 전제하면 모든 게 들어맞았다. 언론에 공개되지 않은, 요골동맥을 자르는 범행 수법을 카피한 것이나 지퍼 백에서 땅콩껍질이 발견된 이유도 설명이 됐다. 두만이 선우현에게 현장을 조작할 수 있는 증거인 땅콩껍질을 가져다준 꼴이 되었다.

두만은 희령이 자신 때문에 죽었다는 걸 깨달았다. 희령이 선우현의 잠긴 방문을 열었고, 거기서 차정후의 휴대폰을 발견했다. 그걸 눈치채고 선우현이 희령을 살해했다. 인과관계가 만들어졌다. 선우현이 희령을 살해한 것으로 수사 방향이 잡힌 것에 무리가 없었다.

호흡이 가빠졌다. 막연한 생각이 구체적인 사실로 바뀌는 것을 보며 두만은 자신의 몸뚱이가 캄캄한 구렁텅이로 빠져드는 환각을 느꼈다. 그의 자의식이 몸을 벗어나 깊은 구덩이로 떨어지는 자신을 지켜보고 있었다. 숨을 쉴 수 없었다. 그의 내부를 연결하며 팽팽하게 당기고 있던 힘줄이 툭, 끊어지는 느낌이 들었다. 시야가 점점 좁아지면서 새까만 점으로 바뀌었다. 그는 정신을 잃었다.

두만은 자신의 손목에 일직선으로 그어진 상처에서 동맥혈이 뿜어져 나오는 것을 보고 있었다. 심장이 뛸 때마다 피가 파동을 그리며 수축과 이완을 표시했다. 선우현이 사망한 현장의 벽에 붉게 새겨져 있던 패턴이었다. 두만은 돌처럼 굳어버린 자신의 심장이 뛰고 있다는 것이 그저 신기했다. 이제 곧 멈추겠지만…….

눈에 초점이 잡히자 두만은 자기가 보고 있는 곡선이 심전도 그래프라는 걸 이해했다. 병원이었다. 그는 자신이 정신을 잃었다는 걸 기억해냈다.

"반장님, 저 알아보시겠어요?"

몸을 일으켰다. 최 형사가 엉덩이를 떼고 엉거주춤한 자세로 두만을 부축했다.

"사무실은 분위기 어때?"

"표면적으로는, 저러다 사람 잡겠다고 난리죠."

"실제로는?"

"모두 껄끄러워하죠. 눈치 보느라 회의 한번 못하겠다고요."

"네가 고생이 많다."

"저야 아무렇지도 않습니다. 필요하시면 언제든 불러주세요."

"수사보고서는?"

"반장님이 찾으실 거 같아서 들고 왔습니다."

두만은 수사보고서를 건네받아 수사 현황을 확인했다. 수사는 아직 붉은색 슬리퍼와 희령, 차정후와 선우현을 제대로 연결하지 못하고 있었다. 게다가 희령의 휴대폰에 대해 아직 아무도 의문점을 갖지 않았다. 모두 그러려니 하고 있지만 곧 눈 밝은 누군가가 찾아낼 것이다. 두만은 보고서를 몇 장 더 넘겨 마지막 수사 계획을 훑었다. 수사 계획을 보면 앞으로의 방향을 짐작할 수 있을 것이다.

수사의 중심축은, 희령을 살해한 후 선우현이 자살한 쪽으로 기울고 있었다. 나름 타당한 방향이었다. 수사팀은 현관문에 강제로 침입한 흔적이 있는지 확인했고, 희령이 복제한 열쇠가 방문과 책상 서랍을 열 수 있는지 재연했다. 복제한 열쇠로 희령이 방문을 열어 차정후의 휴대폰을 켰고, 선우현이 이를 눈치채고 범행을 은폐하기 위해 희령을 살해했다고 수사팀은 추정했다. 휴대폰을 켰다는 추정은 수색 쪽 기지국에 차정후의 휴대폰 신호가 잡힌 걸로 보강됐다.

희령의 휴대폰쯤이야 선우현이 신고를 막기 위해 창문 밖으로 던져버렸다는 가설 정도로 수사보고서에서 쉽게 지울 수 있었다. 수사팀은 선우현의 두개골 골절도 희령과의 몸싸움에서 발생한 것으로 추정했다. 과수팀은 상처와 부합하는 흉기로 바닥에 있는 잔해들 중에서 바닥이 둥근 유리병을 지목했다.

수사팀은 선우현이 자살한 동기를 강두만 형사 때문이라고 적어놓았다. 두만에 대한 인간적 죄책감 그리고 곧 들이닥칠 두만 탓에 부족해진 증거 조작 시간이 구체적인 사유였다.

수사팀은 차정후가 살해당한 당일 선우현이 움직인 시간대별 동선과 범행 동기에 대해 추가로 수사하겠다고 보고했다. 또한 앞선 두 사건이 발생한 날짜에 선우현이 움직인 동선을 복원해 그의 알리바이도 수사하겠다고 했다. 보고서는 강두만 형사가 퇴원하면 참고인 조사를 하겠다는 것으로 끝을 맺었다.

선우현은 왜 차정후를 살해했을까? 왜 희령을 살해했을까? 정말 선우현이 희령을 살해하고 자살했을까? 두만은 눈을 감았다. 생각에 생각을 거듭했다. 선우현이 차정후를 살해했다. 객관적인 증거를 부인할 수는 없었다. 증거와 논리가 분명했다. 누군가 증거를 고의로 조작했다는 걸 밝혀내지 않는 한 뒤집을 수 없을 정도로 선명한 결과였다. 그러나 증거를 기반으로 하지 않는 추정을 걷어내면 결론은, 선우현이 차정후를 살해했다는 사실, 그것뿐이었다.

선우현이 희령을 살해하고 자살했다는 추정은 끼워 맞추기

식 정황증거밖에 없었다. 두만은 선우현과 희령이 몸싸움을 벌였다는 수사팀의 추정에 고개를 저었다. 그 정도의 갈등 상황이라면 희령은 공황발작으로 숨조차 제대로 쉬지 못했을 것이다. 또, 희령의 휴대폰이 현장에서 발견되지 않았다는 사실도 수사팀이 외면하고 있는 허점이었다. 수사팀 역시 허점을 메꾸기 위해 가용한 경찰력을 동원해 현장 주변을 샅샅이 수색했지만 휴대폰을 발견하지는 못했다. 현장의 물색 흔적도 걸렸다. 희령이 물색한 거라면 이렇게 대놓고 티 나게 하지 않았을 것이다.

두만은 현장에 제삼의 인물이 있었다고 결론 내렸다. 하지만 두만은 자신이 이 결론을 도출하기 위해 자신이 원하는 증거들만 선택하고 있는지도 모르겠단 생각도 동시에 들었다. 두만은 여전히 선우현에 대한 기대를 내려놓지 못하고 있었다.

"반장님, 부검 날짜가 잡혔답니다."

최 형사가 두만의 흐트러지는 정신을 부여잡았다.

"언제지?"

"내일 국과수 본원에서 한다고 합니다. 참관은 안 하셔도 되고요."

"가야지."

두만은 서류를 내려놓았다. 그가 읽은 보고서 내용과 그가 선우현에 대해 알고 있는 사실들이 뇌의 양쪽에서 따로 놀았다. 머릿속이 양분된 가운데 후회, 자책, 그리움이 뒤섞였다. 그는 쉬고 싶었다. 눈이 감겨왔고, 곧 얕은 잠에 빠져들었다.

잠결에 그는 간간이 종이 넘기는 소리를 들었다. 최 형사가 옆에서 보고서를 읽고 있는 모양이었다. 만약 보고서대로 선우현이 연쇄살인마이고 희령을 살해하고 자살했다면 두만은 그는 물론이고 자신도 용서할 수 없었다.

조용한 숨소리와 종이 넘기는 소리가 계속됐다.

"어때? 괜찮은 거야?"

오 팀장의 목소리가 머리 위에서 떨어졌다.

"금방 잠들었습니다."

"한 형사한테 들었다. 강 반장 생각해서라도 수사에 끼어들지 못하게 해. 위에서 난리다."

"팀장님까지 반장님한테 이러시면 안 되는 거 아닙니까? 같은 팀이잖아요."

"같은 팀이니까 이러는 거지. 강 반장을 보호해야 하니까. 절대 부검도 못 들어가게 하고."

눈을 뜨자 오 팀장이 그를 내려다보고 있었다. 오 팀장이 두만의 시선을 피했다.

"강 반장, 괜찮아? 쓰러졌다고 해서 걱정 많이 했다. 수사는 우리한테 맡기고 쉬고 있어. 우리가 깔끔하게 해결할 테니까.

알았지?"

"내일 유가족으로 부검에 참여합니다."

두만이 몸을 일으키며 말했다. 오 팀장의 미간에 주름이 잡혔다. 경찰이 아니라 유가족으로 참여하면 윗선에서도 막을 방법이 없었다.

"참, 치정은 아니지? 강 반장 와이프가 선우현의 집에서 발견된 걸로 뒷말이 좀 돌던데. 위에선 강 반장도 용의선상에 올려야 하는 것 아니냐고 그러더라고. 내가 말이 되는 소리냐고 좀 들이받았다."

"팀장님, 반장님 쉬어야 하니까 그만 가시죠."

최 형사가 오 팀장의 팔을 잡고 밖으로 끌었다.

"최근에 협박당하고 있었어요. 놈이 집 앞까지 와서 기다린 흔적도 있고요. 그래서 선 팀장 집으로 저랑 같이 피한 겁니다."

"어떤 대담한 놈이 강 반장을 협박해?"

"우리가 쫓는 연쇄살인마요."

"호랑이굴로 잘못 피했군."

오 팀장이 두어 번 헛기침을 했다. 최 형사가 오 팀장을 강하게 잡아끌었다.

"그건 그렇고, 선 팀장에 대해 정말 아무것도 눈치 못 챘던 거야? 두 사람 친했잖아."

"팀장님, 진짜 가셔야 할 것 같습니다."

두만이 차가운 눈길로 말없이 오 팀장을 바라보았다. 오 팀장은 두만의 기세에 눌려 마지못해 병실 밖으로 끌려 나갔다.

"알어, 난. 근데 위에서 자꾸…… 아니다. 몸조리 잘하고."

그의 목소리가 문밖에서 들려왔다. 두만은 다시 눈을 감았다.

21

최 형사는 운전하는 내내 한마디도 하지 않았다. 가끔 두만을 흘깃거리며 보기는 했지만 묵묵히 운전만 했다. 걱정도, 어설픈 위로도 건네지 않았다.

두만은 창밖을 보았다. 산을 깎아 고속도로를 낸 까닭에 도로 양쪽 가파른 경사면에 나무들이 위태롭게 서 있었다. 도로 끝 멀리 하늘과 맞닿아 있던 산이 가까워지고, 간혹 농가들이 보였다 사라졌다. 단조롭게 되풀이되던 풍경 속에 드문드문 아파트가 보이기 시작했다. 국과수가 있는 원주에 들어섰다.

두만은 움켜쥐고 있던 주먹을 폈다. 땀이 흥건했다. 그는 최 형사가 눈치채지 못하도록 슬며시 손바닥을 바지에 문질러 닦았다. 국과수에 가까워질수록 최 형사의 표정이 굳어졌다. 두만은 거울을 보지 않아도 자신의 표정을 알 것 같았다. 최 형사와 크게 다르지 않을 것이다. 그는 긴장으로 굳어진 자신의 표정을 최 형사에게 들킬까 봐 요란하게 마른세수를 했다.

"피곤하시죠? 한숨 주무세요."

"괜찮아. 운전은 네가 하는데 뭘."

최 형사가 곁눈질로 두만을 힐긋거렸다.

"할 말 있으면 해."

"반장님, 모두 선 팀장의 짓일까요?"

"넌, 어떻게 생각해?"

"전 적어도, 용산서랑 영등포서 사건은 아니라고 생각합니다. 야구 모자가 있잖아요."

"그래, 그렇지."

두만의 시선이 창밖을 향하자 최 형사는 더 이상 말을 덧붙이지 않았다. 국과수 건물이 보이고 주차를 할 때까지도 그는 말없이 운전만 했다.

최 형사가 시동을 껐다. 두 사람 사이에 있던 최소한의 소리도 사라졌다. 조용히 시간이 흘렀다.

"반장님, 괜찮으시겠어요? 제가 들어갈까요?"

"괜찮아. 유가족은 나잖아. 들어가자."

두만은 지금까지 많은 부검에 참관했다. 하지만 유족으로서는 처음이었다. 부검실로 가는 복도를 한 걸음씩 걸으며 그는 내부의 무언가가 부서져 나가는 것을 느꼈다. 심장이 부서

지고, 뼈가 부서지고, 뇌가 부서져 한 줌 모래로 흩어질 것만
같았다. 최 형사가 눈치 빠르게 그의 팔을 잡아 부축했다.

"반장님, 아직 환자잖아요."

두만이 잡힌 팔을 뺐다. 약한 모습을 최 형사에게 들켰다는
사실이 부끄러웠다. 놈을 자신의 손으로 잡으려면 티를 내서
는 안 된다고 두만은 속으로 되뇌었다.

"괜찮아. 네 말대로 야구 모자가 진범이라면 내 손으로 잡
아야지."

두만은 어깨에 날을 세우고 부검실을 향해 발걸음 소리를
뚜렷이 내며 걸었다. 부검실 앞에 준비된 마스크를 쓰고, 일
회용 방오복을 옷 위에 겹쳐 입었다. 그는 갑옷을 입은 장수
처럼 부검실 안으로 들어갔다.

부검실 안은 서늘했다. 부검하는 동안 시체의 부패를 막기
위해 부검실의 온도는 늘 낮게 유지된다. 부검실의 한기와 그
의 입김이 마스크를 뚫고 오갔다.

희령의 시체를 대면할 수 있을까? 몸이 떨렸다. 티가 나면
안 된다, 들키면 안 된다, 그는 몇 번이고 속으로 중얼거렸다.

그림자 한 점 없이 밝은 부검실 조명 아래 스테인리스 부
검대가 싸늘한 빛을 반사하며 줄지어 있었다. 부검 과정을 기
록하고 부검과 검사를 보조하는 서너 명의 스태프가 두 번째
부검대 주변에 서서 법의관을 기다리고 있었다. 두만은 심호

흡을 했다. 지금쯤 최 형사가 담당 형사로서 법의관에게 사건과 관련된 내용을 브리핑하고 있을 것이다.

두만이 다가가자 스태프들이 말없이 비켜섰다. 부검대 위에 희령이 있었다. 희령의 시신은 여전히 차갑고 창백했다. 마치 밀랍으로 빚어놓은 인형 같았다. 그녀는 아직까지 눈을 뜨고 있었다. 영혼이 사라진 눈은 혼탁했다. 두만은 손으로 그녀의 눈을 감겼다.

법의관인 서주호 박사가 들어왔다. 두만은 목례를 하며 옆으로 물러섰다.

"강 반장님, 괜찮겠어요? 우리 믿고 밖에서 기다리는 건 어때요?"

"괜찮습니다."

"부검을 많이 봤어도 형사와 유가족은 받는 충격이 달라요."

"모르지 않습니다. 지켜보겠습니다."

"좋아요. 9시 정각 한희령. 부검을 시작합니다."

서 박사는 희령의 상처와 몸을 관찰했다. 그는 그녀의 눈꺼풀을 뒤집어 안쪽에서 점상출혈(점이 찍힌 형태의 출혈로 질식사를 판별하는 데 중요한 요인)을 확인했다. 외표검사였다.

"외관상으로는 손목의 상처 외에는 눈에 띄는 손상이 없네요. 다량의 실혈 때문에 시반이 희미하게 남았지만 시체가 발견된 정황에 부합해요. 눈꺼풀이나 구강에도 점상출혈은 없었고요. 손목의 상처는 예기에 의한 벤 상처예요. 상처로 봤을 때 칼날의 두께는 얇은 것으로 추정돼요."

서 박사가 손목의 상처를 벌리자 낮은 사다리를 타고 올라가 있던 스태프가 스트로보를 터트리며 사진을 찍었다. 스트로보 빛이 번개처럼 두만의 심장을 찢고 사라졌다.

"상처를 보면 한 번에 깨끗하게 동맥까지 잘랐어요. 치명상이 된 것 같군요."

서 박사가 희령의 몸에 메스를 댔다. 두만이 고개를 끄덕이자 박사가 손에 힘을 주었다. 그는 피부를 절개한 뒤 순서에 따라 흉골을 잘라냈다.

사랑하는 사람의 뛰지 않는 심장을 눈으로 확인하는 고통은 겪어보지 않은 사람은 모른다. 그 심장이 메스에 도려내지는 것을 두만은 눈을 부릅뜨고 지켜보았다. 자신의 심장을 가르고 베어 쥐어짜는 것 같은 고통을 견디며, 두만은 꼿꼿이 서 있었다.

서 박사가 위를 절개해 내용물을 꺼냈다. 복강 내 고인 피가 없는 것으로 보아 내부출혈은 없었다. 박사는 출혈을 확인하기 위해 장기들을 순서대로 잘라내 오랫동안 확인했고 검사할 샘플을 만들었다. 두만은 시선을 한 번도 돌리지 않고 모든 걸 지켜보았다.

서 박사가 머리 쪽으로 향했다. 그는 두피를 절개하고 두개골을 잘랐다. 외부 충격에 의해 뇌에 울혈이나 출혈이 남아 있는지 확인하기 위해서였다. 서 박사가 희령의 뇌를 꺼내는 순간, 두만은 현기증을 느꼈다. 어느새 흐른 눈물이 마스크를 축축하게 적셨다.

"괜찮으세요? 마스크가 핏물에 젖었는데."

스태프가 내민 거즈로 얼굴을 대충 닦았다. 눈의 실핏줄이 터졌는지 붉은 눈물이 닦여 나왔다.

"방해돼서 죄송합니다."

"무리하지 말아요."

서 박사가 손을 멈추고 두만을 보았다. 두만은 괜찮다는 뜻으로 고개를 끄덕였다. 서 박사가 다시 손을 움직였다. 그는 부검 매뉴얼대로 한 치의 오차도 없이 상체의 부검을 끝냈다.

"상처와 사인이 분명해서 부검은 상체로 끝내겠습니다. 모두 수고하셨습니다."

서 박사를 돕던 스태프가 절개한 시신을 봉합해 마무리하기 위해 부검대 앞에 섰다.

"이번 건은 제가 할게요."

보통의 경우 부검이 끝난 시신을 부검의가 봉합하지는 않는다. 서 박사가 스태프를 밀어내고 절개한 부분을 오랫동안 정성 들여 봉합했다. 두만이 서 박사에게 고개를 숙여 인사했다. 그 역시 고개를 숙여 인사했다.

두만은 봉합이 끝날 때까지 딱딱하게 굳은 희령의 손을 놓지 않았다. 마스크가 계속 핏물에 젖었다.

두만은 담배를 오랫동안 피웠다. 흡연실의 재떨이에 꽁초들이 금방 쌓였다. 손에 느껴지던, 죽은 희령의 감촉이 사라지지 않았다. 최 형사가 두만에게 캔 커피를 건넸다. 따뜻한 캔 커피였다. 부검실의 한기에 얼었던 몸이 조금쯤 녹는 것 같았다.

"선우현 팀장 부검 시작한답니다. 이번엔 제가 들어갈까요?"

"아니다. 내가 끝까지 지켜봐야지. 도대체 무슨 짓을 벌인 건지, 죽은 선 팀장에게라도 물어봐야지."

"알겠습니다."

오전의 부검과 마찬가지로 같은 스태프들이 미리 부검 준비를 끝내고 서 박사를 기다리고 있었다. 탈의와 세척을 끝낸 선우현 팀장의 시신은 핏자국과 이물질이 닦여 상처만 도드라져 보였다. 두만은 선우현 팀장의 허벅지에서 가로로 깊게 팬 상처를 보았다. 현장의 검안 사진에서는 외표검사만 해서 자세히 보지 못한 상처였다. 두개골 골절과 손목의 상처와는 동떨어진 느낌의 상처였다. 서 박사가 부검실 문을 열고 들어왔다.

"13시 정각 선우현. 부검을 시작합니다."

서 박사는 선우현의 왼쪽 손목 자상을 관찰했다. 그가 상처를 벌리는 순간, 카메라의 스트로보가 터졌다. 그와의 시간이 두만의 머릿속에 빠르게 스쳤다.

"손목 주변에 주저흔(자살을 하기 전에 주저한 흔적)은 없습니다. 손목의 자상은, 칼날이 얇은 예기에 의한 손상으로 추정되며 한 번에 동맥까지 잘랐습니다. 현장에서 발견된 범구의 칼날과 부합하는 상처입니다."

서 박사가 허벅지의 상처로 옮겨 갔다. 상처 안으로 자를 집어넣었다. 2센티미터 정도의 깊이였다.

"허벅지의 상처는 치명상이 아닙니다. 동맥혈관을 건드리지 않았고요. 칼로 찌른 뒤 근육을 절개했습니다."

"혹시 허벅지의 대퇴동맥을 끊으려고 했다가 실패한 건 아닐까요?"

두만이 서 박사에게 물었다.

"선 팀장은 과학수사 베테랑이에요. 주저흔 없이 바로 찔렀는데 대퇴동맥의 위치를 몰라서 실패했을까요?"

서 박사가 벌어진 상처를 양손으로 모았다. 희미하게 상처를 봉합한 것 같은 자국이 보였다.

"상처가 희미한 것을 보면 오래전에 봉합한 흔적인 것 같습니다. 상처 부위를 다시 절개한 이유는 강 반장이 찾으셔야 할 것 같고요. 상처의 위치나 흔적으로 볼 때 직접적인 사인과는 무관한 것으로 보입니다."

이 맥락 없는 상처의 의미가 뭔지 선우현에게 묻고 싶었다. 혹시, 야구 모자가 찾던 무엇이 그 봉합된 상처 속에 있었던 건 아닐까? 선우현 혼자서 뭘 알고, 뭘 본 건지 두만은 묻고 싶었다. 선우현은 혼자 이 모든 걸 감당하고 있었던 건가. 왜 두만에게 얘기하지 않았을까.

서 박사가 시신의 머리 쪽으로 자리를 옮겼다. 그는 두개골을 만져보다 한쪽을 가리켰다. 스태프가 전동 이발기로 머리카락을 깎았다. 두피의 상처가 드러났다. 동그랗게 함몰된 상처가 두어 개 겹치며 이어져 있었다.

"두개골에 둔기에 의한 골절이 보이네요. 가장자리가 동그랗게 함몰된 걸로 볼 때 망치처럼 외곽이 둥글게 생긴 둔기로 가격당한 걸로 보여요. 수사팀에서는 선우현이 자살한 것으로 추정한다고 하지 않았나요?"

"몸싸움 중에 희령에게 바닥이 둥근 병으로 가격당한 걸로 추정하고 있습니다."

"유리병으로 이 정도 상처를 만들려면 공격자가 힘이 좋아야 해요. 유리병의 직경과 상처가 부합할지 모르겠군요. 과수팀에서 확인해봐야 할 것 같습니다. 또, 두 사람의 체급이 다른데 몸싸움을 벌였다고 보기엔 두 구의 시체에 방어흔이 너무 없군요. 공격당하면 누구라도 회피하려 들기 때문에 본능적으로 몸을 피하거나 막습니다. 손이나 다른 곳에 방어흔이 생기기 마련이죠. 두 사람 모두 골절이나 피하출혈이 하나도 없는 건 흔한 경우가 아닙니다. 아, 물론 이것도 절대적인 건 아닙니다."

선우현의 두개골 골절이 희령과 선우현의 몸싸움에서 생긴 게 아님을 두만은 확신했다. 설사 공황발작을 일으키지 않았다 해도 무방비 상태의 선우현을 연달아 공격할 만큼 희령은 무모하지 않았다. 그녀가 느낀 감정은 공포였지, 분노가 아니었다. 그녀는 빨리 선우현의 아파트에서 벗어나 상황을 회피하고 싶었을 것이다. 분명 두 사람 말고 현장에 누군가 있었다. 그놈일 것이다. 야구 모자.

두만은 서 박사의 말에 의견을 덧붙이지 않았다. 지금 그대로 수사 방향이 유지되는 것이 유리했다. 야구 모자를 잡는 건 혼자서도 충분하다고 그는 생각했다.

서 박사가 가슴을 절개해 열었다. 흉골을 잘라내고 심장을 꺼냈다. 특이한 손상은 없는지 살펴보았다. 그는 폐를 확인하고 위장을 절개해 내용물을 확인했다. 외표검사의 사인을 바꿀 만한 이상소견 같은 건 없었다.

딸그랑, 위 내용물을 금속 트레이 위에 꺼내놓던 서 박사가 멈췄다. 그는 채 소화되지 않은 위 내용물을 뒤적여 소리를 낸 것을 찾았다.

총알, 은색의 총알이었다. 탄피까지 있는 온전한 형태의 총알이었다. 서 박사가 총알을 들어 두만에게 보여줬다.

"9밀리짜리 같죠?"

"근데, 그게 왜 거기서?"

스트로보가 연이어 터졌다.

"그러게 말이에요."

총알은 격발된 흔적 없이 탄피부터 탄두까지 온전했다.

"수제예요. 은으로 만든 것 같은데, 이런 건 처음 봐요."

탄두와 탄피 모두 은색이었다. 리볼버에 주로 쓰는 38 스페셜 사이즈였다. 두만은 허벅지 상처의 길이와 총알의 길이가 얼추 비슷하다고 생각했다.

"은색이 선명하게 남아 있는 걸로 봐서, 죽기 직전에 삼킨 것 같아요. 위장의 활동이 바로 멈췄으니 위산이 분비되지 않아 은을 부식시키지 않은 거죠. 자의로 삼켰든 타의로 삼켰든, 이거, 사건과 관련된 거예요."

서 박사는 증거물 봉투에 총알을 넣어 두만에게 내밀었다. 선우현이 총을 맞았다 해도 납득하기 어려운 마당에 총알을 삼켰다니, 두만은 도무지 상황을 이해할 수 없었다. 선우현이 자의로 삼킨 걸까? 아니면 제삼자가 억지로 먹인 걸까?

사건의 퍼즐이 맞춰지다가도 선우현과 관련된 조각이 나오면 다시 처음으로 되돌아갔다. 선우현의 조각들은 먼저 자리

잡은 조각들과 전혀 들어맞지 않았다. 마치 다른 퍼즐의 조각처럼 각각의 정황과 모양새가 어긋났다.

"일단 출처부터 확인해봐야겠죠?"

지문검출은 국과수의 업무가 아니다. 두만은 총알을 받아들었다. 환한 조명에 반짝이는 은빛이 예사롭지 않았다. 탄피에서 지문이 나올까? 두만은 증거물 봉투를 주머니에 넣었다.

서 박사가 선우현의 두개골을 절개했다. 그는 뇌를 적출해 울혈과 출혈을 살폈다.

"외관상 출혈이 좀 보이네요. 적출한 뇌를 포르말린에 담가서 굳혀야 조직을 좀 더 자세히 볼 수 있을 것 같아요. 이건 며칠 걸리죠."

스태프가 선우현의 뇌를 받아 포르말린 용액에 담갔다. 상체 부검이 끝나고 하체 부검이 시작됐다. 뼈를 확인하고 손상과 피하출혈을 확인했다.

"대퇴부 상처 외에 눈에 띄는 외상은 없어요. 골절도 없고요. 뭐랄까, 몸싸움을 했다고 보기에는 지나치게 깨끗해요. 아, 이건 개인적인 의견이에요. 감정서에 쓸 건 아니고."

서 박사는 부검을 마치고 부검대에서 물러났다. 여섯 시간이나 걸린 장시간의 부검이 끝났다. 스태프가 적출된 장기들을 선우현의 몸속에 넣고 시신을 봉합했다. 선우현은 부검 전과 분명 같은 표정이었는데 어딘가 편안해 보였다. 두만은 서 박사를 따라 부검실을 나왔다. 부검실 밖에 최 형사가 기다리고 있었다.

"박사님, 두 사람 중 누가 먼저 사망했을까요?"

서 박사가 안타까움이 가득한 시선으로 두만을 돌아보았다.

"그건, 부검으로 밝힐 수 있는 사항이 아닙니다. 두 사람의 사망 사이에 유의미한 시간 차가 없다고 보면 됩니다."

두만이 고개를 숙였다.

"애도를 표합니다."

그가 목례를 했다. 두만은 부검실의 긴 복도를 걸으며 생각했다. 야구 모자가 그날 거기 있었다. 현장감식보고서의 편집된 사진 말고, 과수팀이 찍은 현장 사진을 전부 확인해야겠다고 두만은 마음먹었다. 최 형사가 그의 뒤를 말없이 따르고 있었다.

22

두만과 최 형사의 휴대폰에서 거의 동시에 메시지 알림이 울렸다. 고속도로를 막 빠져나올 즈음이었다. 누가 먼저라고 할 것 없이 서로를 보았다. 좋지 않은 조짐이었다. 최 형사가 한 손으로 휴대폰을 꺼내 메시지를 확인했다.

"반장님, 비상 걸렸는데요. 언론 접촉 절대 금지랍니다."

선우현 건이 외부에 터졌다. 두만은 휴대폰으로 포털사이트의 뉴스에 접속했다.

'현직 경찰, 4명 연쇄살인. 목격자 살해하고 자살.'

자극적인 단어들의 조합이 헤드라인을 타고 포털의 메인을 점유하고 있었다. 서울청 소속 간부급 경찰관이 세 명을 연쇄 살해 한 후 범행을 눈치챈 지인 한 명까지 살해하고 자살했다는 내용이었다. 정보는 구체적이었고, 피해자 숫자 역시 정확했다. 어깨너머로 대충 듣고 쓴 기사가 아니었다. 경찰 조직

내 누군가가 구체적인 정보를 흘린 것이다.

기사를 보는 중에도 실시간으로 속보가 올라왔다. 살해된 지인은 10년 전 손가락을 잘리고 살해당한 노부부의 생존한 딸로 비극이 되풀이됐다는 내용이었다. 희령의 신원은 피해자보호 프로그램으로 삭제돼 기자가 알 수 있는 내용이 아니었다. 수사라인에서 사건 정보가 흘렀다는 결정적인 증거였다.

"개새끼들."

누구한테라고 할 것도 없는 욕설이 튀어나왔다. 손이 덜덜 떨렸다. 최 형사가 두만의 눈치를 보며, 들고 있던 휴대폰을 슬며시 내려놓았다. 그제야 두만은 손이 하얗게 변할 정도로 움켜쥐었던 휴대폰을 내렸다.

어색한 침묵이 계속됐다. 두만이 창문을 내렸다. 귀를 먹먹하게 울리는 풍절음과 함께 세찬 바람이 쏟아졌다. 두만은 당장 누군가의 모가지라도 움켜잡아 비틀어버릴 정도로 흥분했다. 희령에 대한 감당할 수 없는 죄책감과 미안함이 분노로 치환되었다. 그는 부검실에서 나왔지만 아직 형사가 아닌 유가족에 머물러 있었다.

두만은 한참 동안 바람을 맞으며 그대로 있었다. 가슴의 분노가 식고 머리가 차가워질 때까지.

최 형사가 불안한 듯 계속 두만을 곁눈질했다. 이대로 청에 도착하면 두만이 사고라도 칠 기세라 걱정하는 것 같았다.

"휴게소라도 잠시 들를까요?"

최 형사가 요란한 풍절음을 뚫고 소리치듯 물었다. 두만이 창문을 올렸다.

"선우현 건이 언론에 유출됐다."

"저도 대충 제목은 봤습니다."

"그냥 가자."

"괜찮으시겠습니까?"

"내 손으로 진범을 잡아야 하는데 대놓고 티 내면 되겠나?"

"알겠습니다."

최 형사는 대답과 함께 방향지시등을 켜고 차선을 추월차선에서 주행차선으로 옮겼다. 속도가 줄어들었다. 두만은 못 본 척 휴대폰을 들어 포털에 올라온 기사들을 훑었다. 새로운 정보는 없었지만 언론사에선 경쟁적으로 헤드라인을 바꿔가며 클릭 수를 높이고 있었다.

이제 곧 언론사끼리 경쟁이 붙어 사건의 정보는 점점 더 상세하고 구체적으로 공개될 것이다. 뉴스 속 간부급 경찰관은 곧 과학수사팀장으로 바뀔 테고 수사 상황은 실시간으로 중계될 것이다.

기사에 달린 몇백 개의 댓글만 봐도 불이 제대로 붙었다는 걸 알 수 있었다. '살인마 경찰', '경찰 무서워서 신고 못 하겠다', '10년 전 사건도 경찰이 범인?', '범죄피해 생존자인 딸까지 죽인 경찰' 등 날것의 말들이 베스트 댓글로 사람들의 추천을 받고 있었다.

간부급 경찰관에 의해 연쇄살인이 발생했고, 10년 전 살인 사건에서 생존한 피해자가 살해당했다는 사실이 사람들에게 큰 충격을 준 것 같았다.

"어떻게 밖으로 샜을까요?"

최 형사가 진짜 묻고 싶은 건 누가 밖으로 유출했는지일 것이다.

"기사 내용이 구체적인 걸 보면 수사라인에서 누군가 일부러 흘린 거야."

"누굴 엿 먹이려고 이러는지. 하여간 유출한 놈 색출해서 징계 때려야 해요. 지네 팀장 사건인데 과수팀은 아닐 거고, 일선 서는 이렇게 구체적으로 알 수 없을 테니 제외, 결국 우리 광수대 쪽에서 흘렸을까요?"

"나중에 알게 되겠지. 누군가 이득을 보는 사람이 있을 테니."

두만은 짐작이 가는 인물이 있었지만 입에 올리지는 않았다. 다시 분노에 휩싸여 일을 그르칠 수는 없으므로.

"라디오 뉴스라도 켜볼까요?"

두만이 고개를 끄덕였다. 최 형사가 라디오의 전원을 켜고 주파수를 돌려 뉴스에 맞췄다. 라디오에서는 뉴스 속보에 이어 전문가가 등장해 화제를 이어가며 사건의 이삭줍기를 하고 있었다. 패널로 등장한 전문가는 변호사였다. 그는 하루에 62명을 연속살해하고 수류탄을 터뜨려 자살한 1982년 우범곤 순경 사건 이후 현직 경찰관이 저지른 최악의 범죄라고 목소리를 높였다. 구글링으로 알아낸 정보를 혼자만 아는 것처럼 흥분해서 떠들었다. 아마 조금 있으면 유영철이나 정남규 같은 연쇄살인마의 이름이 소환될 것이다. 살인사건을 축구 중계하듯 흥분해서 떠드는 게 역겨웠다.

"그만 끌까요?"

최 형사는 두만이 고개를 끄덕이기도 전에 라디오의 전원을 껐다.

두 사람이 서울청에 도착했을 땐 이미 TV 중계차와 기자들이 청사 앞 주차장 가득 진을 치고 있었다. 두만과 최 형사는 차를 근처에 세워놓고 정문을 피해 동문으로 들어갔다.

광수대 사무실은 초상집처럼 조용했다. 윗선들은 회의를 하는지 팀원들만 자리를 지키고 있었다. 누군가 사무실의 대형 TV를 켰다. 실시간 라이브로 서울청의 외관이 보였다. 잠시 후 등장한 리포터가 보도를 끝내자, 화면이 서울청 브리핑실로 바뀌었다.

서울청 최경식 청장이 화면에 등장했다. 차기 경찰청장으로 물망에 오르내리던 그가 몇 번이나 죄송하다며 고개를 숙였다. 청장이 고개를 숙일 때마다 사진 기자들의 스트로보가 번쩍거렸다. 늘 '과학' 수사를 부르짖던 청장에게 과수팀장의 연쇄살인사건은 치명적이었다. 누군가 TV의 볼륨을 높였다.

최 청장은 지휘 책임을 물어 수사국장을 보직 해임 하고 과학수사대장 역시 인사 조치 했다. 그리고 조속한 시일 내에 재발 방지를 위한 대책을 마련하겠다고 밝혔다. 그는 발등에 떨어진 불을 끄기 위해 수사국장과 과학수사대장을 날렸다. 사건의 실체적 진실은 뒷전이었다.

최 청장은 이 사건의 실무 책임자로 광역수사대 정대원 대장을 전면에 내세웠다. 서울청장으로서는 자신을 대신해 언론에 집중포화를 견뎌낼 사람이 필요했고, 광수대장으로서는 이 사건을 잘만 마무리 지으면 승진이 보장될 거라고 계산했을 것이다. 어쩌면 언론에 정보를 흘려 수사국을 흔들어놓은 장본인이 정대원 광수대장일지도 모른다. 어찌 됐든 그가 기회를 얻은 건 분명했다.

사무실 밖이 소란스럽더니 광수대장이 기자들을 이끌고 사무실로 들어왔다. 광수대장의 뒤에는 병풍처럼 1, 2, 3, 4팀의 팀장들이 서 있었다. 기자들의 카메라와 조명이 사무실 안을 훑고 지나갔다. 오 팀장은 카메라를 피해 자신의 자리로 돌아왔다. 그는 병풍 노릇이 싫었을 것이다.

"팀별로 수사한 자료 가지고 반장들까지 전원 회의실로 모여. 마약수사팀도. 오늘부터 전원 집에 들어갈 생각하지 말고. 아, 그리고 기자분들은 이쯤에서 끝내시죠. 수사가 진전되면 내일 브리핑 때 말씀드리겠습니다."

"쇼를 하네."

오 팀장이 혼자 중얼거렸다. 문 가까이 있던 2팀과 3팀 대원들이 기자들을 밖으로 몰아내자 광수대장은 만족한 미소를 지으며 직원들을 둘러보았다.

"알다시피 모두가 우릴 주목하고 있다. 여기서 돋보이면 미래가 있는 삶이 될 거고, 아니면 물갈이 대상이 될 거다. 청장님이 매일 직보를 받으신다고 하니 살아남으려면 뭐라도 가져와."

"대장님, 회의는 바로 시작합니까?"

"쟤들 갔으니 그냥 여기서 하자. 2팀, 선우현 주변 탐문은 어떻게 됐어?"

2팀의 이일호 반장이 일어섰다.

"선우현이 냉장고를 옮기는 걸 봤다는 목격자를 찾았습니다. 지하 주차장에서 드릴로 냉장고 문에 구멍을 뚫고 있어서 이상하게 생각했답니다. 차정후의 작업실에서 구멍 뚫린 냉장고가 발견됐고요. 사건 발생 당일 선우현이 새로 구입한 냉장고를 현장으로 배달한 대리점 직원도 특정했습니다."

"좋아, 자세한 건 보고서로 올려. 2팀이 한 건 했네. 청장님께 얘기하지. 다음은 3팀, 통신수사 어떻게 돼가?"

3팀장인 김호성 팀장이 광수대장 뒤에 서 있다가 앞으로 나왔다. 그가 구부정한 허리를 폈다. 큰 키 때문인지, 광수대장을 뒤에 둔 때문인지 위압적인 느낌이 들었다.

"차정후와 마지막으로 통화한 대포폰 기지국과 선우현 아파트 기지국이 일치하는 것으로 확인됐습니다. 선우현이 차정후에게 냉장고 AS를 요청해서 집으로 불러들인 것 같습니다. 차정후와 마지막으로 통화한 통화자가 말하길 AS 미비로 방문이 예약돼 있었는데, 차정후가 오지 않았답니다. 아, 마지막 통화자가 방문 요청할 당시 차정후가 서비스 중이라고 했답니다. 센터에 알아보니까 그날 배정된 일은 모두 처리한 상태였습니다. 아마도 선우현이 센터를 통하지 않고 차정후에게 직접 연락해 서비스를 요청한 것 같습니다. 차정후가 고객들에게 늘 명함을 줬기 때문에 연락처를 알고 직접 연락하는 고객들이 있었던 걸로 파악됐습니다. 또, 차정후 작업실에서 사라진 차정후 휴대폰이 선우현의 집에서 발견됐고, 꺼졌던 휴대폰의 전원이 다시 켜진 곳도 선우현의 아파트 기지국과 일치합니다. 휴대폰의 GPS 기록이 분석되면 확실하게 정리될 거 같습니다."

"그래, 이것도 선우현이 차정후를 살해했다는 팩트에 확실한 보강증거가 되겠군. 잘했어. 3팀도 보고서로 정리해서 올려."

"다음 4팀은 CCTV랑 선우현이 움직인 동선수사, 어떻게 됐어?"

4팀의 조현우 팀장이 당황한 표정으로 앞으로 나왔다.

"사건 당일 한희령 씨를 선우현이 차에 태운 것은 확인됐습니다. 아파트 CCTV가 고장 난 채 방치돼서 집에 온 시간은 특정하지 못했고요."

"초기 수사에서 다 파악된 거잖아. 용산서, 영등포서 사건 관련 선우현 동선이나 알리바이 확인된 거 없어?"

정대원 광수대장의 지적에 조 팀장의 얼굴이 붉어졌다.

"죄송합니다. 그쪽 CCTV도 확보된 게 없어서요. 좀 더 찾아보겠습니다. 아무래도 수사에 대해 잘 아는 선우현이 아파트 CCTV를 오래전에 고장 낸 게 아닌가 싶습니다. 관리소 직원들 말에 따르면 열두 대 중 해당 CCTV만 카메라 각도가 돌아가 있거나 고장 나는 일이 잦았다고 합니다. 앞선 피해자들 역시 CCTV가 없는 재개발지구 거주 여성들이었습니다. CCTV를 증거물로 남겨두지 않으려는 선우현의 소행인 걸로 봐도 무방할 것 같습니다."

"다 정황증거가 되는군. 관리소 직원들 말 따옴표로 따서, 보고서 올려. 알리바이는?"

"CCTV도 없다 보니 피해자들의 사망시점을 넓게 특정할 수밖에 없었습니다. 알리바이를 확인해야 하는 기간도 넓습니다. 당직 근무 후 비번인 날짜만 특정해도 알리바이를 증명할 수 없는 부분이 많습니다. 혼자 살았으니 따로 확인해줄 가족이나 지인도 없고요."

"오케이. 그러니까 선우현의 현장부재증명이 안 된다는 거잖아. 그쪽을 더 파서 어떻게든 인과관계를 만들어."

"알겠습니다."

"다음, 1팀에선 뭐 좀 나온 거 있나?"

팀장 중 가장 어린 4팀의 조현우 팀장까지 돌고 나서야 광수대장은 1팀장을 지목했다. 선임 팀장을 가장 나중에 보고하게 하는 것은 대놓고 무시하겠다는 처사였다. 오 팀장이 일그러진 얼굴로 천천히 일어섰다.

"차정후 건에 대해서는 선우현의 범행이 객관적으로 입증된 거 같습니다. 하지만 앞선 두 건의 범행에 대해선 입증할 만한 객관적인 증거가 아무것도 없습니다. 사망한 현장의 물색 흔적도 앞뒤가 맞지 않습니다. 선우현이 1, 2차 사건의 진범이라면 자신의 집을 물색할 이유가 없습니다."

"물색 흔적은 차정후에게 살해당한 한희령이 남겼다고 보는 게 맞지 않겠어? 열쇠까지 복제했는데 말이지. 차정후의 휴대폰이 켜진 것도 같은 맥락이고."

광수대장이 오 팀장의 의견을 가볍게 눌렀다.

"몰래 열쇠까지 복제해서 방문과 서랍을 연 사람이 집을 엉망으로 만들 정도로 과도한 물색을 한다는 게 이해가 가지 않습니다."

오 팀장은 노골적인 면박에도 자리에 앉지 않았다. 광수대장의 눈이 가늘어졌다.

"또 있나?"

"두 사람이 몸싸움을 하는 과정에서 선우현의 두부에 함몰이 생겼다는 것도 이해하기 어렵습니다. 범구로 추정되는 화장품병으로 두부를 함몰시키기엔 두 사람의 신체적 조건이 너무 차이가 납니다."

"피해자가 먼저 기습한 거면 불가능한 조건은 아니지. 직접 보지 않는 한 이해할 수 없는 현장은 늘 있어왔으니까. 경험 많은 오 팀장도 잘 알잖아? 그래도 선임 팀장이라 날카롭구만."

광수대장은 입에 발린 칭찬과 함께 부드러운 어조로 오 팀장에게 동의를 구했다. 하지만 실상은 수사 방향에 대해 동의하라는 압력 행사에 가까웠다. 그럼에도 오 팀장은 평소와 다르게 물러서지 않았다.

"사건 현장에서 한희령 씨의 핸드폰이 발견되지 않은 것은 반드시 밝혀내야 할 정황증거라고 생각합니다. 기지국 수사에서 한희령 씨가 통화한 내역을 찾았고, 핸드폰이 꺼진 지점도 사건이 발생한 현장과 같은 기지국이었습니다. 제삼자가 현장에 있었을 가능성이 큽니다. 수사 방향을, 제삼자에 의한 살인으로 범위를 넓혀야 할 것 같습니다."

오 팀장은 광수대장과 제대로 붙어보겠다는 듯 수사지휘에 노골적으로 반대 의견을 냈다. 직원들이 술렁거리기 시작했다. 정대원 광수대장이 혓바닥으로 마른 입술을 축였다.

"1팀장이 말한 한희령과의 마지막 통화자가 누구야? 강 반장이잖아. 살해된 두 사람을 누가 제일 먼저 발견했어? 그것도 강 반장이잖아. 빈집에 남녀 두 사람만 있었어. 그럼 범행 동기도 해결되잖아. 근데, 내가 왜 가만히 있겠어? 내가 오 팀장보다 멍청해서? 강 반장은 우리 식구잖아. 1팀장이 강 반장 용의선상에 올려서 수사할 거야?"

오 팀장의 시선이 두만에게 잠깐 머물다 광수대장과 마주쳤다. 오 팀장이 고개를 숙이고 자리에 앉았다.

"좋아, 어쨌든 의혹은 의혹이니까 1팀장은 책임지고 제삼자 개입 가능성에 대해 수사해봐. 물론 용의선상에 강 반장도 올려놓고. 삽질이란 소리 안 들으려면 잘해야 할 거야. 그리고 이것도 보고서 올려. 청장님께 보고드릴 테니까. 그리고 마약수사팀은 1팀 대신 영등포랑 용산 사건 사망자 중심으로 선우현과의 연결고리가 있는지 파봐."

"알겠습니다."

마약수사팀 이준 팀장이 오 팀장 눈치를 보며 짧게 대답했다.

"자, 모두 서둘러. 불붙은 여론에 타 죽기 싫으면 나가서 뭐라도 들고 와."

광수대장의 시선이 두만을 비롯한 1팀에 오래도록 머물렀
다. 오 팀장은 어두운 얼굴빛으로 광수대장의 시선을 피했다.
회의가 끝나자 오 팀장은 누구와도 눈을 맞추지 않고 사무실
밖으로 나갔다. 잔뜩 불만에 찬 얼굴로 한 형사가 뒤따라 나
갔다. 사무실 안의 누구도 먼저 입을 열지 않았다. 마치 공기
가 흐르지 않는 진공상태 같았다.

"반장님, 잘 참으셨어요."

최 형사가 분위기에 눌려 소곤거리듯 말했다.

"그러게."

두만은 남의 일처럼 덤덤하게 대답했다. 광수대장이 그를
같은 식구라 용의선상에 올리지 않았다는 건 개가 웃을 일이
었다. 현직 과수팀장이 차정후를 살해했고, 치정 때문에 현직
광수대 반장이 아내와 과수팀장을 살해했다는 식의 폭탄이
터진다면 경찰 조직의 근간이 흔들릴 정도로 치명타가 될 것
이었다. 광수대장이 언론에 정보를 흘렸다면 자신이 감당할
수 있는 사이즈가 아니라는 계산쯤은 쉽게 했을 것이다. 결국
그는 두만을 용의선상에 올리지 않는 것으로 수사지휘권을
얻었다. 하지만 뱀처럼 교활한 정대원 광수대장이라면 사건
의 흐름이 자신이 지휘한 대로 흘러가지 않을 경우 언제든 두
만을 용의선상에 올릴 것이다. 두만에겐 남은 시간이 많지 않

왔다.

"언제 용의자로 신문실에 앉게 될지 모르니까 서두르자."

두만이 다른 사람들에게도 들릴 정도의 목소리 톤으로 최
형사에게 말했다. 그의 말을 대부분 들었을 텐데 아무도 그와
말을 섞지 않았다. 다들 오랜 친분이 있는 동료였음에도 광수
대장의 수사지휘를 거부한 1팀에 대한 부담감 때문이거나 그
들 역시 두만이 용의자라고 생각하는 듯했다. 그와 최 형사는
물과 기름처럼 사무실에서 분리되었다.

"어디서부터 시작할까요?"

"현장 사진부터 보자."

"여기서요?"

두만이 주변을 둘러보았다. 두만과 눈을 마주치지 않으려
몇몇은 모니터 뒤로 숨었고, 몇몇은 서류철을 뒤적거렸다.

"가자, 회의실로."

두만이 일어서자 최 형사가 노트북컴퓨터를 챙겨서 일어
섰다.

23

불 꺼진 회의실의 대형 스크린에 그날의 사건 현장이 재현
됐다. 작은 모니터로 볼 때와는 달리 사건 현장이 눈앞에 있
는 것처럼 사실적이었다. 두만의 그림자가 거실 중앙에 고인
희령의 피에 가 닿았다. 심장을 찌르는 날카로운 통증에 두만
의 허리가 저절로 꺾였다.

"선우현 쪽 사진부터 보자."

마우스 포인터가 바쁘게 움직였다. 사진이 선우현의 서재
로 바뀌었다. 선우현이 의자에 앉아 양손을 늘어뜨리고 있었
다. 요골동맥에서 뿜어져 나온 피가 수축과 이완을 하며 만들
어낸 혈흔의 궤적이 분명하게 보였다. 심장이 뛰는 상태에서
요골동맥이 절단된 게 분명했다. 그런데 선우현은 다른 피해
자들과 달리 손목을 감아쥐지 않았다. 감아쥐었다면 비산혈
흔의 궤적에 왜곡이 생겼을 것이다. 선우현이 자살했다는 정

황에 부합했다.

"다음."

최 형사가 사진을 넘겼다.

과수팀은 핏방울이 튀어서 생긴 혈흔을 컴퓨터시뮬레이션 프로그램으로 계산해 발혈점을 찾아냈다. 3차원으로 복원된 발혈점의 위치는 선우현의 시체가 발견된 위치와 일치했다. 그의 시체는 발견된 위치에서 움직이지 않았다는 것이 과학적으로 증명되었다.

"다음."

사진이 넘어갔다.

"바닥에 떨어진 칼을 확대해봐."

커다란 스크린 가득 선우현의 다리와 다리를 타고 흘러내린 피가 클로즈업됐다. 바지가 피에 젖어 흥건했다. 확대된 바닥에는 물색으로 흐트러진 물건들의 잔해가 가득했다. 잔해들 위로 비산혈흔이 튀어 있었다. 물색이 먼저고, 나중에 요골동맥을 절단했다고 볼 수 있는 근거였다.

의자의 오른쪽 다리 근처에 주머니칼이 펼쳐진 채 바닥에 떨어져 있었다. 칼날은 물론이고 손잡이에서도 문질러진 혈흔이 관찰됐다. 손에 묻은 피가 손잡이에 전이된 형상이었다. 그가 피 묻은 손으로 칼을 쥐고 사용했다는 뜻이었다. 예기에 의한 상처는 손목과 대퇴부, 두 곳. 어느 쪽이 먼저인지는 몰라도 상처가 난 후에 다시 칼을 쥐고 사용했다고 볼 수 있는 근거였다.

"칼에 대한 감식 결과 나왔나?"

"칼에서 채취한 혈흔지문은 선우현 팀장 것으로 확인됐습니다. 다른 지문은 없었고요. 칼날이랑 손잡이 틈에서 채취한 혈액 샘플은 국과수에 DNA 분석을 의뢰했습니다."

"다음 장을 봐봐."

최 형사가 사진을 넘겼다. 과수팀에서 주머니칼을 수거한 뒤 현장을 찍은 사진이었다.

"저거야."

"네? 반장님, 뭐가요?"

"부검할 때 확인한 바로는 선우현의 신체에 크게 세 군데 상처가 있었어. 머리, 손목, 허벅지."

"그렇죠."

"감식팀이 혈흔형태 분석을 한 결과를 보면 요골동맥이 잘린 곳은 시체가 발견된 지금의 위치와 같아. 허벅지에서 흘러내린 피의 궤적을 보면 허벅지 상처도 지금의 위치에서 생겼다고 보는 게 타당하고. 만약 허벅지의 상처에서 피가 흘러내린 상태로 이동해서 의자까지 왔다면 바닥에 흔적을 남겼을 거야."

"그거야 그렇겠죠."

"자, 그럼 손목의 상처가 선행일까? 아니면 허벅지의 상처가 선행일까?"

"알 수 없지 않을까요?"

"전 사진과 지금 사진을 비교해봐."

최 형사가 두 장의 사진을 동시에 화면에 띄웠다.

"전 봐도 잘 모르겠는데요?"

"여기를 봐봐."

두만의 그림자가 칼이 유기돼 있던 자리를 가리켰다.

"바닥에 비산된 혈흔이 보이지?"

"아, 그럼 손목의 상처가 먼저군요. 칼에 피가 전이되었다는 건 어떤 상처든 선행된 상처가 있었다는 뜻이고, 비산된 혈흔 위에 칼이 유기됐다는 건 손목의 상처가 먼저 생겼다는 뜻이니까요. 제가 잘 이해한 건가요?"

"그래. 잘 이해했다."

"그런데 반장님, 수사팀의 추정대로 만약 그분을 선 팀장이 먼저 살해하고……. 아, 죄송합니다."

"괜찮아, 계속해."

"그분을 살해하고 피가 손에 전이된 다음 자살한 거라면 칼에 전이된 혈흔이 상처의 순서를 말해줄 수는 없잖아요."

"칼에 전이된 혈흔이 희령의 피라는 거지?"

"그렇죠."

"DNA 검사가 있잖아. 유기된 칼에서 희령의 DNA가 검출되지 않을 거야."

"예?"

"희령은 공황발작 때문에 갈등 상황에선 숨조차 제대로 쉬지 못해. 그날도 정신과에서 약을 타서 오는 길이었고. 희령이 선우현을 공격한다고 해도 상황의 회피가 목적이야. 분노가 아니고……. 기습을 했다고 하더라도 두부에 연속된 공격을 할 리가 없어. 또, 현장에서 희령의 휴대폰이 발견되지 않았어. 내가 두 사람을 살해한 범인이 아니라면 제삼자가 있었다는 얘기지."

"아, 그렇게 보면 확실해지네요. 그럼 왜, 제삼자가 있었는데 선우현은 아무런 저항 없이 자살에 가까운 정황으로 죽었을까요?"

"최 형사, 제삼자는 선우현의 손목에 치명상을 낸 후에 왜, 허벅지의 근육을 찔렀을까?"

"글쎄요. 정말 의미 없는 건데, 왜 그랬을까요?"

"그럼 다시, 네가 제삼자라면 요골동맥을 먼저 자르겠냐? 아니면 허벅지를 먼저 베겠냐?"

"저라면 허벅지죠. 요골동맥을 자르는 건 치명상인데, 뭔가 목적이 있다면 허벅지를 먼저 찌르겠죠."

"순서를 바꿔서 생각해봐도 그래. 이미 손목에 치명상을 가

한 후에 필요 없이 허벅지를 찌르지는 않을 테니까. 뭔가 이유가 있다는 결론이 나오는 거지. 제삼자가 아니라 선우현이 허벅지를 스스로 찔렀다면 그것 또한 이유가 있을 테고. 자살이든 타살이든 이미 치명적인 상처를 입은 상황이었으니까."

"그 이유가 뭘까요?"

"은색 총알, 같아. 대퇴부 상처 안에 총알이 있었고, 선우현이 그걸 우리한테 남기기 위해 허벅지를 찔러 꺼낸 거지."

"부검할 때 나왔다는 그 은색 총알 말씀하시는 거죠?"

"위에서 발견된 그거."

"그럼, 허벅지에 있는 상처는 선우현이 직접 찔렀다고 보는 게 맞겠네요."

"허벅지 상처를 보면 단번에 봉합된 부위를 찾아 칼로 찔렀어. 눈으로 확인하지 않아도 상처의 위치를 이미 알고 있었다는 거지. 선우현이 스스로 봉합된 상처를 절개한 거야. 범행 패턴을 봐도 연쇄살인마가 저지른 수법과는 달라. 연쇄살인마는 지금까지 요골동맥을 절단하는 거 외에 불필요한 공격을 하지 않았거든. 만약 허벅지의 절개된 상처가 연쇄살인마가 저지른 거라면 필요한 공격이라는 뜻이고, 대퇴부에 총알이 들어 있었다는 걸 알고 찔렀다는 얘기지."

"만약 그랬다면 우린 선우현의 위에서 총알을 찾을 수 없었을 테고요?"

"그렇지. 선우현이 자신의 대퇴부를 스스로 찌른 거야. 칼의 출처도 그렇고."

"반장님, 선우현이 칼을 가지고 있었다면, 자신의 요골동맥을 자르는 제삼자에게 왜 저항하지 않았을까요? 아무리 생각해도 그건 설명이 안 되는데요?"

"선우현은 두부에 골절을 입고 정신을 잃었다가 요골동맥을 절단당하는 상처를 입고 나서야 정신을 차렸을 거야. 절박한 순간에 저항보다 은색 총알을 지키는 게 더 중요하다고 판단한 거 같아. 총알을 제삼자에게 넘겨주지 않기 위해서랄까."

"요골동맥이 잘리면 사망하기까지 30초 정도 걸리죠? 반장님 말씀은 그 30초 동안, 선우현이 칼을 갖고서도 저항하지 않은 게 그 총알을 자신의 목숨보다 중요하게 생각해서라는 거죠?"

"비약이 심한가?"

"결론은 좀 그런데요. 죄송합니다."

"난 연쇄살인마가 찾고 있던 것도 은색 총알인 거 같단 말이야. 물색 흔적을 보면 그런 생각이 들거든. 단단하고 작은 거."

"반장님, 그럼 연쇄살인마가 찾고 있는 걸 왜 선우현이 가지고 있는 걸까요? 사실 연쇄살인마의 패턴을 보면 피해자들과 선우현은 일치하는 조건이 아무것도 없잖아요."

"그래. 네 말이 맞다. 그래서 연쇄살인마도 선우현보다는 희령에게 집중한 것 같고. 근데 은색 총알밖에는 떠오르는 이유가 없다. 일단 다음 사진 보자."

다음은 거실 바닥에 떨어진 낙하혈흔을 근접 촬영 한 사진이었다.

"다음 장으로 넘겨봐."

낙하혈흔의 궤적을 따라서 근접 촬영 한 사진이 이어졌다.

"국과수에 감정 의뢰한 것 중에 거실 낙하혈흔에 대한 DNA가 있나 찾아봐."

"감정 의뢰한 목록 중에 있습니다. 아직 회답은 없고요."

"과수팀도 제삼자의 개입에 대해 눈치를 챈 것 같아."

"광수대장이 자살이라고 수사지휘를 했잖아요. 근데 과수 쪽에서 모른 척했다는 말씀이세요?"

"과수팀이 나보다 멍청해서 혈흔형태 분석까지 하고 결과를 아직도 안 냈겠어? 과학수사대장도 날아간 마당에 지휘부가 수사를 이렇게 끌고 가니까 결정적인 뭔가가 나올 때까지 기다리는 거지."

"결정적인 거라면?"

"국과수에 보낸 DNA 샘플의 결과를 기다리고 있는 것 같아."

"예?"

"과수팀이 혈흔의 DNA 샘플을 국과수에 보냈어. 현장에 떨어진 이렇게 많은 혈흔 중에 과수팀은 어떤 혈흔이 의미가 있다고 생각했을까?"

"죄송합니다. 제가 좀."

"낙하혈흔. 선우현과 희령……. 두 사람 사이에 떨어진 낙하혈흔을 결정적이라고 본 거야. 이걸 보면 누가 움직였는지 방향성을 알 수 있어. 그리고 낙하혈흔의 DNA를 확인하면 누가 먼저 살해됐는지 알 수 있지."

"무슨 뜻인지?"

"낙하혈흔은 범인이 공격하던 중에 자신이 상처를 입었거나, 범구나 범인에게 전이된 피해자의 피가 바닥에 떨어진 경우에 생겨."

"아, 그러니까 낙하혈흔으로 놈이 움직인 동선을 파악하고 해당 혈흔의 DNA를 확인하면, 두 사람 중 누가 먼저……. 죄송합니다."

"그래. 제삼자의 DNA가 검출되면 당연히 제삼자가 범인이 되는 거고, 두 사람 중 한 명의 DNA가 검출되면 누가 먼저 살해됐는지 알 수 있지. 내 예상대로라면 선우현 팀장이 먼저 살해됐을 거야. DNA 결과로 증명될 거고. 그러면 제삼자가 있었다는 게 과학적으로도 증명되는 거지."

"저, 그렇게 되면 반장님이 용의자로 몰리지 않을까요?"

"간부급 경찰 두 명이 살인사건 피의자로 특정되면 사회적 파장이 커져서 대놓고 몰지는 못할 거야. 혹시라도 용의자로 몰리면 최 형사가 찾은 야구 모자를 쓴 용의자를 까야지."

"CCTV 속 모자 쓴 놈 말이죠?"

"적어도, 선우현 팀장이 이 모든 살인을 저지른 범인은 아니고, 나 역시 연쇄살인마는 아니라는 뜻이니까."

"저야 말도 안 된다고 생각하지만 그래도 제삼자의 개입이 밝혀지면 선우현을 살해한 혐의까지는……. 죄송합니다."

"그러니까 시간을 좀 벌어야지. 당분간 CCTV는 윗선에 보고하지 마. 선우현의 자살로 쏠려 있는 수사 방향을 흔들고 싶지 않으니까."

"알겠습니다. 근데 팀장님은 기억하고 계시지 않을까요? 조금 전 팀장님 태도를 보면 동영상 들고 대장님이랑 한 판 더할 가능성도 있을 것 같은데요."

"나 때문에 팀장님도 더 이상 대놓고 나서지는 못할 거야. 그러니까 뭔가 나오기 전에, 네가 먼저 말씀드리지는 말고."

"알겠습니다."

24

두만은 열쇠를 돌려 서랍을 열었다. S&W M60-10 리볼버, 아침 근무를 시작하며 지급받은 총기였다. 형사에게 총기는 형식적인 무기였다. 경찰이라는 조직이 총기의 사용과 관리에 보수적이기 때문에 형사라 해도 총을 현장에서 쏘아본 경험은 드물었다. 두만 역시 그랬다. 빠른 발과 양손이 총보다 안전했다. 그에게나, 범인에게나.

두만은 리볼버의 손잡이를 오른손으로 쥐었다. 싸늘한 스테인리스 스틸의 무게감이 손에서 느껴졌다. 고정쇠를 밀어 실린더를 열었다. 다섯 발이 들어가는 실린더의 첫 번째 약실은 비어 있었다. 오발을 방지하는 일종의 안전장치였다. 두 번째는 공포탄, 세 번째부터가 실탄이었다. 인수인계를 받은 대로 실린더 안에는 세 발의 실탄이 장전돼 있었다.

실린더를 닫았다. 그는 방아쇠울과 방아쇠 사이에 끼워진 안전고무를 검지로 밀어 빼냈다. 그리고 리볼버의 해머를 뒤로 젖혔다. 해머가 고정되며 방아쇠 역시 뒤쪽으로 밀리며 고정됐다. 놈이 눈앞에 있다면 망설임 없이 방아쇠를 당길 수 있을 것 같았다. 실린더가 비어 있다는 걸 알고 있는데도 방아쇠를 쥐고 있는 손가락에 힘이 들어갔다.

고정된 해머를 풀어 천천히 실린더 쪽으로 옮겼다. 실린더가 몇 바퀴를 돌아 해머가 계속 빈 약실을 때릴 때까지 그는 이미 마음속으로 수십 번 방아쇠를 당겼다. 망설일 이유 같은 건 없었다. 더 고통스럽게, 더 오랫동안 한 발, 한 발 정성 들여 쏠 것이다.

두만은 리볼버를 반납하기 위해 자리에서 일어났다. 총은 팀 단위로 한 정이 지급되어 팀원 중 한 명이 근무 시간 동안에만 소지한다. 휴게 시간이 되거나 근무가 끝나면 총을 반드시 반납해야 했다. 두만은 근무 시간 동안에만 총을 소지할 수 있었다.

25

국방부조사본부 과학수사연구소는 용산의 국방부 부지 깊숙이 자리 잡고 있었다. 두만은 면회소에서 방문 절차를 마치고 이준석 실장을 기다렸다. 이른 시간이어서인지 면회소 내부는 한산했다.

국방부 과학수사연구소 총기분석실장인 이 실장은 과거에 두만이 맡은 러시아 선원 총기 오발 사건의 자문을 해주었다. 총기 소지가 불법인 국내에서 이 실장만큼 총기 감정에 풍부한 지식을 가진 사람은 흔치 않았다. 두만은 총기와 관련된 사건이 발생할 때마다 그를 찾았고, 그는 기꺼이 비공식적인 자문을 해주었다.

10여 분 넘게 기다리자 이준석 실장이 면회소에 들어왔다. 오십을 넘긴 나이였지만 나이를 가늠할 수 없는 동안에 남들보다 두 배쯤 큰 덩치라 귀여운 느낌마저 주는 외모였다. 마치 커다란 곰 인형이 두만을 향해 걸어오는 것 같았다.

"오래 기다리셨죠?"

"바쁘신데 시간 내주셔서 감사합니다."

"안 바빠요, 다행히. 바쁘면 총기 사고가 난 거니까 우리 연구소는 제가 놀아야 다들 안심하고 일을 해요. 덕분에 어젠 연구소 화단을 관리했어요. 잡초를 뽑고 꽃을 심었죠. 나이를 먹어서 그런지 그런 게 좋고, 꽃이 예뻐요."

그가 사람 좋게 웃었다. 꽃을 심고 있는 총기 전문가의 모습이 묘하게 어울린다고 두만은 생각했다.

"부럽습니다."

"강 반장도 꽃을 좀 심어봐요. 그럼 마음이 좀 편해질 테니."

"당분간은 그럴 여유가 없을 것 같습니다."

"범인을 잡고 나서 말이에요. 때론 그런 작은 것들이 위로가 되기도 하거든요."

두만이 말없이 고개를 끄덕였다. 긍정의 의미보다는 빨리 본론으로 넘어가자는 신호에 가까웠다.

"광역수사대장이 한 기자회견 봤어요. 그 사건 때문이겠죠?"

광수대장은 아침 일찍 기자들을 모아놓고 언론 브리핑을 했다. 그는 선우현이 연쇄살인마라 확신했고, 그가 자살했기 때문에 사건이 확대될 가능성은 없다고 단정했다. 혹시, 오팀장 말대로 제삼자가 있다고 하더라도 세상의 관심이 집중된 지금 추가 범행을 저지르는 바보는 없을 거라 판단했을 것이다. 그는 두만에 대한 언급은 한마디도 하지 않았다. 증명되기 전까진 그가 옳았다.

그는 위험 부담은 줄이고 승진할 가능성은 높여 수사의 흐름을 설계해야 했다. 광수대장은 축구 경기의 스트라이커처럼 단독 드리블로 사건을 몰고 가 골까지 직접 넣었다. 하지만 그가 넣은 골이 누구의 골대에 들어갔는지는 시간이 지나봐야 알 수 있을 것이라 두만은 생각했다.

"맞습니다. 실장님께 자문받고 싶은 것이 있어서요."

"그래요. 도울 수 있다면 최선을 다해보죠. 자세한 얘기는 연구실로 가서 들을까요."

이 실장은 두만을 국방부 과학수사연구소로 안내했다. 몇 개의 계단을 올라가고 규모가 큰 몇 개의 건물을 지나쳤다. 건물의 규모가 작아지고 마주치던 사병들의 모습이 더 이상 보이지 않을 때쯤 연구소 건물이 보였다. 건물은 크지 않았지만 군과 관련된 감정으로 특화된 곳이었다.

두만은 그를 따라 미로 같은 복도를 지나고 몇 개의 계단을 내려갔다. 이 실장이 계단 끝의 두꺼운 철문을 열었다. 이 실장을 따라 총기분석실 안으로 들어섰다. 널찍한 분석실에는 창문이 없었고 당연히 빛도 들지 않았다. 총을 쏘아도 소리가 새어 나가지 않을 것 같은 밀폐된 곳이었다.

"기자회견이나 언론에서 총기 관련해서는 언급이 없던데 언론통제 중인가요?"

"그게 아직 사건과 직접적인 연관성을 찾지 못해서요."

두만은 증거물 봉투에 들어 있는 은색 총알을 내밀었다. 그는 총알을 유심히 보았다.

"우리 쪽에서 유출된 건 아니군요."

그의 표정이 한결 부드러워졌다.

"사실, 총알만 보면 우리 건가 싶어 심장부터 뛰어요. 어디 자세히 좀 볼까요."

이 실장은 은색 총알을 꺼내 포렌식 현미경으로 오랫동안 살폈다. 그가 현미경에서 눈을 떼고 두만을 보았다.

"이 탄은 외관상 규격으로 보면 38 스페셜과 일치해요. 경찰에 지급된 리볼버에 쓰이는 탄이죠. 하지만 이건 공장에서 대량으로 생산된 탄이 아니에요. 개인이 일일이 손으로 깎아서 만든 수제품이죠. 규격 탄과 비교해 오차가 거의 없는 걸 보면 솜씨가 좋아요."

그가 현미경과 연결된 모니터의 전원을 켜자 확대된 은색 총알의 이미지가 나타났다. 매끈한 은색 탄피의 표면이 현미경의 불빛을 받아 거울 표면처럼 반짝거렸다.

"총알을 만들어요?"

"우리야 총알을 개인이 만드는 일이 없지만 총기 사용이

빈번한 나라에서는 드물지 않아요. 재료를 구하기도 어렵지 않고요. 하지만 대부분 총알값을 아껴보자는 차원에서 이미 사용한 탄피를 재활용하는 수준이죠."

"이 총알은 탄피를 재활용한 게 아니지요?"

"네, 좀 달라요. 탄피에 발사된 어떤 흔적도 없는 거 보면 사용한 탄피를 재활용한 탄은 아니에요."

이 실장이 탄피를 천천히 돌렸다. 탄피 표면은 매끈했다.

"이런 경우도 흔한가요? 그쪽 나라에선."

"보통은 총알을 만들어도 전용 프레스 기계로 반제품을 조립하는 수준인데 이건 탄두부터 탄피, 뇌관까지 다 깎아서 만들었어요. 흔하지는 않아요. 일종의 덕질이죠."

"혹시, 누가 어디서 어떤 목적으로 총알을 만들었는지 알 수 있을까요?"

이 실장은 현미경에서 눈을 떼고 고개를 저었다.

"공산품이면 몰라도 수제 총알의 출처를 찾는 건 불가능해요. 다만 목적은 유추해볼 수 있어요. 여기 은색 탄두가 실마리죠. 여기 탄두 보이죠?"

그가 은색 총알을 움직였다. 탄두는 탄피보다 조금 어둡고 무거운 광택이 돌았다.

"예."

"이렇게 탄두를 은으로 만드는 경우는 살상보다는 주술이 목적인 경우라고 봐요."

"주술이라면?"

"믿거나 말거나 같은 거죠. 유럽이나 아메리카에선 뱀파이어나 늑대인간을 죽이는 데 은 총알이 효과가 있다고 믿는 사람들이 있잖아요. 영화만 봐도 그런 설정은 흔하고요."

"그걸 현실에서 믿는 사람들이 진짜 있다고요?"

"조금만 검색해도 은으로 만든 모형 총알을 판매하는 경우를 쉽게 찾을 수 있어요. 주술 목적으로, 은화나 은 제품을 녹여 직접 은 총알을 만드는 사람도 검색 몇 번으로 쉽게 찾을 수 있고요."

"이것도 그런 용도인 걸까요?"

"단정할 수는 없어요. 주술적인 총알은 유럽 쪽 전설에도 드물지 않게 등장하거든요. 오페라 '마탄의 사수' 이야기 들어봤죠? 이게 독일의 전설을 바탕으로 만들어진 겁니다. '마탄의 사수'에서 마탄이 백발백중 맞히는 마법의 탄환이죠. 주술을 믿는 사람들에 의해 오래전부터 마법의 총알이 드물지 않게 만들어졌다는 뜻입니다. 물론, 주술적인 효과가 있느냐는 별개지만요."

이 실장이 현미경의 배율을 높였다. 탄두의 표면이 확대되면서 표면의 작은 흠집이 달 표면의 크레이터처럼 보였다.

"이 총알은 규모가 큰 곳에서 전문적으로 만든 건 아니에요. 여기 불순물이 박힌 흔적이 보이죠? 아마도 흙으로 된 거푸집에 은을 녹여 붓는 옛날 방식으로 탄두를 만든 것 같아요. 전통적인 수공업이죠."

"제작된 시기를 알 수 있을까요?"

"어려워요. 성분 분석을 한다고 해도 오래된 은화나 장신구를 녹여 만들었으면 의미가 없죠. 분해해서 화약이나 뇌관에 사용한 성분을 보면 대충이라도 짐작할 수 있을지 몰라요."

"지금 당장 분해를 할 수는 없고, 필요하면 나중에 다시 말씀드리겠습니다."

"그래요. 큰 도움을 주지 못해 미안합니다."

"아닙니다. 도움이 됐습니다. 고맙습니다."

"참, 총알이라고 해서 꼭 국외에서 만들었다고 생각하는 건 편견이에요. 불법이긴 하지만 우리나라에서 만드는 것도 불가능한 건 아니니까요."

"그런데 이 총알, 발사가 가능할까요?"

"형태로 보면 가능해요. 다만 발사가 되는지는 알 수 없어요. 발사를 목적으로 만들었는지는 불분명하니까요. 정교하게 만든 모형일 가능성이 있어요. 또 보관 환경 때문에 불발될 여지도 있고요. 챔버에 넣고 격발해볼까요?"

"아닙니다. 아직은요."

이 실장이 은색 총알을 현미경에서 꺼내 증거물 봉투에 넣어 두만에게 돌려주었다.

"근데 어디서 나온 거예요?"

"이번에 살해된 피해자한테서 나왔어요. 발견 정황으로 보면 뭔가 중요한 거 같아서요."

"나중에 뭔가 나오면 저한테도 알려줘요. 히스토리가 흥미로운 총알이니까."

"알겠습니다."

이준석 실장은 왔던 길을 거슬러 두만을 다시 면회소까지 데려다주었다. 은색 총알에 관한 수사는 거기서 멈췄다. 더 이상 총알의 출처를 따라갈 만한 단서가 없었다. 발사된 총알이라면 탄두에 새겨진 흔적이라도 쫓아 용의자의 총기를 찾아내 증거로라도 써먹겠지만 이 경우는 그것마저 불가능했다.

도대체 선우현은 왜 총알을 삼켰을까? 혹시, 부검 때문이었을까? 과수팀장인 선우현은 부검의 범위와 절차에 대해 누구보다 잘 알고 있었다. 그는 자신의 사인이 요골동맥 손상에 의한 실혈사로 밝혀지면 하체를 부검하지 않을 거라고 예상했을 것이다. 보통은 교통사고나 추락사같이 하체에 물리적인 충격이나 외상이 없으면 하체 부검을 하지 않는다.

만약 실혈사로 사망한다면, 허벅지 상처 안에 은색 총알이 들어 있었다 하더라도 부검의가 시신에서 총알을 발견하지 못할 개연성은 충분했다. 선우현은 은색 총알이 자신이 죽은 뒤에라도 발견되길 바라면서 상처를 절개하고 총알을 꺼내 삼킨 건지도 모른다. 두만이 발견하길 바라면서……. 어쩌면 은색 총알은 선우현이 두만에게 보내는 메시지일지도 모른다. 자신의 목숨보다 중요하다고 생각한 어떤 것에 대한 메시지.

두만은 화가 났다. 촉은 오는데 눈앞에 결정적 단서를 두고도 해석하지 못하는 자신의 어리석음에 스스로 목이라도 조르고 싶은 심정이었다.

¤

정대원 광수대장이 날아갔다. 언론 브리핑으로 사람들의 주목을 한 몸에 받은 터라 더욱 빠르게 경질된 것 같았다. 정대원은 수사과장에게 국과수 감정 결과를 보고하고 나서 조용히 짐을 쌌다. 국과수의 감정 결과로 낙하혈흔이 선우현의 것으로 판명되었고, 이는 선우현이 한희령보다 먼저 살해되었다는 걸 뜻했다.

아직 대외적으로 발표되지는 않았지만 국과수 감정 결과가 공개되는 것과 동시에 정대원은 서울청 경무계로 대기 발령이 날 것이다. 경찰이 사건을 고의로 축소해 종결하려 했다는 의심을 피하는 데 책임자 문책만 한 조치는 없었다. 이제 그는 어느 한적한 시골에서 말린 고추나 참깨를 털어가는 도둑을 잡으며 말년을 평화롭게 보낼 것이다.

오 팀장은 자신의 촉이 맞았다는 통쾌함보다는 두려움이 앞섰다. 눈치 빠르고 정치에도 능한 정대원마저 하루아침에 날아가는 판에 자신이 얼마나 버텨낼 수 있을까. 한 주, 한 달? 그는 단 하루도 버텨낼 자신이 없었다. 오 팀장의 전화벨이 울렸다. 낮게 웅성거리던 소음이 한순간에 뚝 끊겼다. 벨 소리가 계속될수록 직원들의 이목이 집중됐다.

"예, 과장님. 알고 있습니다. 그렇게 하겠습니다."

수사과장은 정대원이 짐을 싸서 광수대 사무실을 나가기도 전에 오 팀장을 방으로 불렀다. 수화기를 내려놓았지만 모두 정지된 상태로 있었다. 누구 하나 움직이지 않았다. 오 팀장은 직원들의 눈치를 보다 자리에서 일어섰다. 그는 광수대장의 방을 지나며 고개를 숙여 유리창 너머 정대원에게 인사를 했다. 그는 오 팀장에게 어서 가보라는 손짓으로 인사를 대신했다.

오 팀장이 수사과장의 방에 들어서자 그는 기다렸다는 듯이 의자에서 일어나 그를 반겼다. 마치 오 팀장이 진범이라도 잡아 온 것처럼 상기된 얼굴이었다.

"잘해줬어. 이제 수사의 주도권이 우리한테 넘어왔어. 오 팀장 보고서 아니었으면 우리도 정대원이랑 같은 파도에 휩

쏠렸을 거야."

"과장님, 이제 어떻게 되는 겁니까?"

"당분간 광수대장 자리는 공석일 테고, 형식적으로는 내가 책임자지만 오 팀장이 수석 팀장이니까 수사를 주도하게 될 거야. 잘 이끌어봐. 내가 팍팍 밀어줄 테니까 진범 잡아 와."

이런 상황에서도 수사과장은 오 팀장을 앞에 세웠다. 보통의 경우 이 정도 볼륨의 사건이라면 수사과장인 그가 나서서 직접 지휘해야 했다. 언론사는 물론 SNS에까지 뉴스가 무한대로 복제된 마당에 그는 오 팀장에게 수사를 맡겨버렸다. 오 팀장은 외줄 위에 올라탄 것 같은 현기증을 느꼈다. 한 발만 잘못 디뎌도 나락으로 추락할 것이다. 하지만 동시에 두만이 용의선상에 오르는 걸 막아줄 수 있어 다행이라는 생각도 들었다. 아내가 살해된 형사가 할 수 있는 유일한 애도의 방식을 동료로서 지켜주고 싶었다. 그 정도면 해볼 만한 일이었다.

"최선을 다하겠습니다."

오 팀장이 허리를 숙였다. 어차피 수사과장의 라인에 올라탄 이상 거부할 수 있는 상황도 아니었다.

"청장님께서 오 팀장 보고서를 기억하고 계셔. 수사국장에 광수대장까지 공석이라 내가 수사지휘를 해야 하지만 알다시피 내가 수사를 아나. 이렇게 큰 사건은 경험으로 수사하는 건데 말이지. 그래도 우리끼리 사건을 주도할 수 있게 됐잖

아. 수사통 아니라고 사사건건 나를 무시하던 수사국장이 공석이니 오 팀장 원하는 대로 내가 다 해줄 수 있지. 이번에 잘 좀 마무리해봐. 가시적인 성과가 나오면 광수대장 자리에 눌러앉게 해줄 테니까."

수사과장은 위에서 자신을 무시하던 수사국장도 날아가고 밑에서 들이받던 광수대장도 날린 것이 통쾌한지 들떠 있었다.

"그러니까 뭐라도 들고 와. 광수대장이 날아간 지금이 국면을 전환할 찬스야. 공개수배 때릴 만한 걸 가져와. 전 국민을 동참시켜서 그놈 잡자. 연쇄살인범."

수사과장은 지금도 주목받고 있는 사건의 스케일을 더 키우려 하고 있었다. 오 팀장은 목덜미에 땀이 뱄다.

"못 잡으면 감당할 수 없을 정도로 비난이 거세질 텐데요?"

"전 경찰 차원으로 볼륨을 키우고 나면 놈을 못 잡는다 해도 광수대가 무능해서가 아니야. 경찰 조직이 무능한 거지. 그럼 우린 안전해. 청장이야 날아갈지 몰라도 우리야 실무진으로서 열심히 뛴 게 되니까."

수사과장은 이 상황을 어떻게 이용할지 계산을 끝낸 것 같았다. 진범을 잡는다는 건 그에게 승진 카드를 확실히 손에 쥔다는 의미였다. 그 카드를 가져오지 못하면 오 팀장 역시 쉽게 버려질 것이다. 오 팀장의 표정이 굳어졌다.

"아, 미리부터 너무 부담 갖진 마. 혹시, 알아? 진짜 우리가 잡을지? 그럼 쭉쭉 가는 거지."

오 팀장은 얼마 전에 흘려들었던 최 형사의 수사보고가 떠올랐다. 한남동 살인사건 CCTV를 확보했다고 했던가? 당시에는 유력한 용의자인 차정후가 있었고, CCTV 속 인물을 용의자라고 특정할 수 있는 근거가 없다고 생각해 대수롭지 않게 넘겼다. CCTV 속 인물이 유력한 용의자였다고 해도 얼굴도 확인 안 되고 동선조차 파악이 안 되는 자료를 써먹을 데는 없었다. 그는 최 형사에게 추가 동선을 파악해보라고 건성으로 지시하고 신경 쓰지 않고 있었다. 하지만 지금은 상황이 바뀌었다. CCTV 속 용의자는 국면전환의 열쇠가 되기에 충분했다. 수사과장 말대로 기회가 생길지도 모른다. 굳어졌던 얼굴이 살짝 펴졌다.

"맡겨주시면, 뭐라도 가지고 오겠습니다."

"좋아. 사무실로 같이 내려가자. 직원들 모아놓고 공개적으로 정리해야지."

"오늘부터 시작입니까?"

"지금부터 시작이지."

수사과장이 앞서 문을 열고 나갔다. 오 팀장은 빠르게 머리를 굴렸다. 최 형사의 CCTV를 지금 까면 수사 정보를 독점하고 광수대장을 날린 꼴이 돼 모양새가 나쁘다. 연출이 필요했다.

두 사람이 사무실에 들어서자 2팀장과 3팀장이 일어섰다.

4팀장만 자리에 없었다. 아마도 마음 약한 조현우 팀장만 정대원의 배웅을 나갔으리라.

"아, 앉아들 있어. 모두 들리지? 자리에 없는 사람한테는 알아서 전해주고. 알다시피 정대원 대장이 보직 해임 됐다. 무리하게 한 방향으로 수사지휘를 한 것에 책임을 진 거지. 후속 인사가 있을 때까지 당분간 광수대장 자리는 공석이야. 때문에 수석 팀장인 오 팀장이 앞으로 수사를 지휘하게 된다. 오 팀장에게 전적으로 수사지휘를 맡기는 건, 오 팀장이 수석 팀장이기도 하지만 이번 수사에서 가장 핵심적인 역할을 했기 때문이다. 모두 한마음으로, 그동안의 실수를 만회하도록. 이상."

각 팀의 팀장과 직원들은 수사과장 말에 이의를 달지 못했다. 오 팀장의 수사지휘를 수긍한다기보다는 수사과장의 눈치를 살피고 있었다.

"오 팀장, 한마디 하지?"

"과장님이 거창하게 말씀하셨지만 별다른 거 없습니다. 후임 광수대장이 오기 전에 기초수사를 끝내는 방향으로 진행하겠습니다. 선우현의 범행으로 결론 난 차정후 건을 제외하고 2팀과 3팀은 1, 2차와 선우현, 한희령 씨 사건의 기지국 수사를 진행합니다."

작은 웅성거림이 일었다. 말이 쉬워 기지국 수사지, 실상은

산을 옮기는 삽질이나 다를 바 없었다. 범행 시간이 특정되지 않은 기지국 사용자는 수백만 명이 넘을 것이다. 그 수백만 명을 대상으로, 세 곳에서 중복 통화자를 추려내고, 특정되지 않으면 두 곳에서 중복으로 통화한 번호를 찾아내야 한다. 그 래도 용의자가 특정되지 않으면 수백만 명 중 피해자들과 인과관계가 있는 사람을 추려내 수사하고, 이들 중에서도 용의자가 특정되지 않으면 수백만 명 중 강력범죄 전과자를 추려 수사하게 된다. 특히 수백만 명의 통화자 중에서 전과자를 추려 알리바이를 확인하는 건 삽질의 정점이다. 하지만 삽질이라 하여 이를 거를 수도 없다. 이번 건처럼 우발적 살인이 아닌 경우 용의자는 강력범죄에 적응이 된 전과자일 가능성이 높기 때문이다.

"1팀과 4팀은 CCTV 수사를 진행합니다. 범행 현장 주변에 있는 CCTV와 자동차의 블랙박스, 버스의 외부 촬영 블랙박스 등을 최대한 많이 확보해서 용의자를 특정해봅시다."

CCTV 수사는 아무리 화면을 빠르게 본다고 해도 녹화된 시간만큼의 시간이 필요하다. CCTV가 한두 개가 아니기 때문에 유능한 형사일수록 범인의 움직임을 계산해서 동선과 시간을 특정해 CCTV들을 확보한다. 하지만 지금처럼 범행 시간조차 특정이 되지 않은 경우엔 이것 또한 기지국 수사처럼 또 하나의 삽질이 된다.

"깔끔하네. 모두 움직여."

수사과장이 오 팀장의 수사지휘에 힘을 실어주었다. 엄청난 삽질 거리가 생겼지만 각 팀의 팀원들은 다행스러운 표정이었다. 뭘 해야 할지 모르는 상황에 놓인 광수대원들에게 삽질이라도 할 일이 생긴 것이다.

"오 팀장, 국과수 결과가 발표되면 언론에서 개떼처럼 달려들 거야. 거리가 되니까. 시간이 많지 않아."

수사과장이 공개적으로 그에게 부담을 지웠다. 보통의 경우라면 삽질로 적당히 시간만 보내다 광수대장이 오기를 기다리겠지만 지금은 상황이 달랐다. 이미 최 형사의 CCTV를 쥐고 있는 상황에서 연출만 잘하면 광수대장 자리에 눌러앉을 기회를 잡을 수도 있을 것 같았다.

"최선을 다하겠습니다."

오 팀장은 입가에 번지는 미소를 들키지 않게 목례를 하듯 고개를 숙였다.

26

지하철역 근처 번화가를 지나 골목길을 타고 조금 올라가면 시간을 거슬러 올라가는 느낌이 들었다. 골목길로 들어서는 순간, 프랜차이즈 카페와 편의점의 세련된 간판은 허름한 식당과 부동산중개소 간판으로 바뀌었다. 언제 문을 닫아도 이상하지 않을 가게들이었다. 골목 안쪽에는 오래된 빌라와 다세대주택이 이어졌고, 골목 초입을 지나 깊이 들어가면 담장이나 대문에 붉은 페인트로 'X'나 '공가'라고 표시된 집들이 보였다.

재개발로 이미 이주가 시작된 동네라 방범용 외의 사설 CCTV를 찾기 어려웠다. 최윤 형사가 걸음을 늦췄다. 쓰레기 무단투기 경고문이 붙은 3층 빌라 모퉁이에 CCTV가 있었다. 그는 한참 CCTV를 노려보았다. 녹화 중임을 알리는 불빛조차 꺼진 빈껍데기 모형이었다.

최 형사는 두만에게 배운 대로 무작정 현장 주변을 걸어 다니며 골목골목을 훑었다. 개인 주차장 CCTV를 확보해 야구 모자가 현장에 진입한 동선을 찾았지만, 살인을 저지르고 도주한 동선은 찾을 수 없었다. 야구 모자는 진입로와 다른 길로 도주했다.

지푸라기라도 잡는 심정으로 사건 현장과 이어진 골목길을 훑었지만 특별한 소득은 없었다. 골목은 많았고, CCTV는 너무 없었다. 야트막한 언덕 끝의 범행 현장 근처에는 비어 있는 집들이 많아서인지 인적조차 드물었다. 목격자 탐문수사를 하려고 해도 사람을 만날 수가 없었다. 최 형사는 몇 번을 왕복한 길을 따라 다시 번화가 쪽으로 걸어 나왔다. 다리가 뻐근했다. 다시 원점에서 시작해야 했다.

지금까지 확인된 사실을 복기했다. 사건 당일 피해자 이서연이 편의점에 들어간 뒤 야구 모자가 편의점에 들어갔다. 야구 모자는 편의점을 먼저 나가 거주지에서 돌아오는 이서연을 기다렸다. 확인되지 않은 사실은, 야구 모자가 이서연을 미행했고 그는 이미 피해자의 거주지를 알고 있었다는 것이다.

이서연의 퇴근부터 귀가까지 동선을 확인했지만 미행하는 야구 모자의 모습을 찾아낼 수 없었다. 놈은 같은 버스를 타지도 않았고, 같은 길을 따라서 걷지도 않았다. 피해자와 야구 모자가 마주친 곳은 편의점이 유일했다.

최 형사는 이서연과 야구 모자가 마주친 편의점으로 들어
갔다. 그는 그날의 이서연처럼 라면을 골라 비닐을 뜯고 끓
는 물을 부었다. 라면 냄새에 시장기가 올라왔다. 면발을 젓
가락으로 휘젓다 깨달았다. 그날 이서연은 라면을 한 젓가락
도 먹지 않았다. 그가 야구 모자에게만 집중해서 미처 깨닫
지 못했던 사실이었다. 그녀는 퇴근해서 집으로 돌아가던 길
에 편의점에 일부러 들러 라면을 산 뒤 먹지 않고 그대로 음
식물 쓰레기통에 부었다. 그녀는 배가 고파서 라면을 산 게
아니었다. 야구 모자의 미행을 눈치채고 편의점으로 피한 건
아닐까?

CCTV를 수십 번 돌려보았지만 매번 야구 모자에 집중하
느라 이서연의 세세한 움직임에 대해선 눈을 감고 있던 거나
다름없었다. 진짜 형사가 되려면 아직도 멀었다고 그는 자책
했다. 최 형사는 휴대폰에 저장된 다른 각도의 CCTV를 재생
시켰다. 이서연은 라면을 골라 뜨거운 물을 부어놓은 뒤, 익
지 않은 면발을 계속 휘저었다. 그녀는 불안해 보였다. 창밖
을 자주 확인했고, 그러다 갑자기 놀란 듯 멈칫했다. 화질 때
문에 잘 보이지는 않았지만 그녀는 떨고 있는 것 같았다.

그 후 이서연은 고개도 들지 못하고 나무젓가락으로 면발만
휘젓고 있었다. 그즈음 야구 모자가 편의점에 들어왔고, 이서
연은 뻣뻣하게 굳은 채 창밖을 보았다. 야구 모자가 그녀 쪽을

돌아보았고, 이서연은 나무젓가락으로 면발을 들어 오랫동안 입바람으로 식힌 뒤 입에 욱여넣었다. 그리고 야구 모자가 나가자 바로 면발을 뱉어냈다. 긴장이 풀린 듯 들고 있던 우산을 바닥에 떨어트렸다. 이서연은 야구 모자를 의식하고 있었다. 최 형사가 놓친 뭔가가 둘 사이에 있는 게 분명했다.

이서연이 야구 모자를 피해 편의점으로 도망친 거라면 면식관계였을까? 이서연은 야구 모자를 어떻게 알았을까? 이서연의 주변으로 용의자 범위를 좁히면 의외로 쉽게 단서를 손에 쥘 수 있을지 모른다.

최 형사는 다시 CCTV를 돌려보았다. 야구 모자가 이서연을 쳐다보는 장면에서 멈췄다. 이서연은 창밖을 보고 있었다. 최 형사는 그 순간 두 사람의 시선이 마주쳤다는 감이 왔다. 야구 모자 시선의 각도와 이서연 시선의 각도를 유리창에 반사시켜 보니 두 사람은 서로를 마주 보고 있었다. 이서연은 유리창에 비친 야구 모자의 얼굴을 똑똑히 보았을지도 모른다. 다시 재생 버튼을 눌렀다. 그다음 이서연의 반응이 이상했다. 그녀는 야구 모자 때문에 두려움을 느끼는 것처럼 보였지만 휴대폰으로 신고를 하지도, 편의점 종업원에게 도움을 요청하지도 않았다. 그녀는 지나치게 방어적이었다. 자신의 두려움에 확신이 없었던 것이다. 그건 야구 모자도 마찬가지였다. 놈은 이서연을 처음 보는 사람처럼 대했다.

야구 모자가 나가고 난 후 초조한 몸짓으로 라면을 음식물 쓰레기통에 쏟아 버릴 때까지 이서연은 휴대폰으로 시간을 확인하기만 했다. 그게 보이는 행동의 전부였다. 면식관계의 위험인물이 코앞까지 왔을 때 보이는 일반적인 반응이 아니었다. 이서연이 야구 모자의 미행을 의식한 것은 맞지만 그들이 면식관계는 아닌 것 같았다.

최 형사는 그날의 이서연처럼 라면을 모두 음식물 쓰레기통에 버리고 편의점을 나왔다. 그는 대로변을 따라 줄지어 선 점포마다 들어가 CCTV를 하나씩 확인했다. 이미 한 번 훑었지만 놓친 틈이 있을 수 있었다. 동선을 추적할 때 시간 간격이 거의 없는 같은 방향의 CCTV는 큰 의미가 없지만 지금은 사정이 달랐다. 야구 모자의 의미 있는 행동이 어느 CCTV에든 찍혔을지 몰랐다. 휴대폰으로 놈이 통화를 하면 동 시간대 해당 기지국의 모든 전화번호를 확인해서라도 쫓아갈 수 있었고, 택시를 타거나 승용차를 타면 택시회사나 단속용 CCTV를 확인해 쫓아갈 수 있었다. 만약 모자를 벗은 모습이 나오면 전국에 수배를 내릴 수도 있었다.

하지만 쉽지 않았다. 큰 점포들은 내부를 중심으로 촬영하고 있어서 도움이 되지 않았고, 작은 점포들은 CCTV 자체가 없거나 보존 기간이 짧아 자료 확보가 쉽지 않았다. 최 형사는 아무것도 손에 쥐지 못한 채 횡단보도까지 걸어 나왔다.

올리브영과 스타벅스가 나란히 보였다. 마지막 기회 같았다.

최 형사는 올리브영을 지나쳤다. 다른 각도에서 촬영된 CCTV를 찾는다 해도 이미 확보한 CCTV와 크게 다르지 않을 것이다. 그는 옆에 붙어 있는 스타벅스에 들어갔다. 지난번 확인할 때 내부 CCTV에 외부 전경이 찍힌 걸 확인했지만 이서연의 모습은 찾을 수 없었다. 시스템의 시간 오류 때문이라고 생각했지만, 옆에 붙어 있는 올리브영에서 이미 CCTV를 확보한 터라 대수롭지 않게 생각하고 넘겼다.

이서연이 올리브영을 지나간 시간을 기준으로 CCTV를 다시 돌려보았다. 지난번 확인할 때와 마찬가지로 이서연이 스타벅스 앞을 지나는 모습은 찍혀 있지 않았다. 이런 경우 대부분은 녹화 시스템에 기록된 시간과 실제 시간이 맞지 않아 오류가 생긴 것이다. CCTV 수사를 하다 보면 비일비재한 일이었다.

그는 현재 시간과 CCTV에 녹화되고 있는 시스템 시간과의 오차를 몇 번에 걸쳐 확인했다. 시스템에 기록되는 시간과 현재 시간의 오차는 11분 20초였다. 그는 이를 보정했다. CCTV를 빠르게 돌리자 정확히 11분하고도 10초 후 이서연이 스타벅스 앞을 가로지르는 모습이 보였다. 이서연은 뒤를 돌아보기는 했지만 걸음이 빨라지지도 않았고 겁에 질린 것같아 보이지도 않았다. 1분 정도 후에 야구 모자가 지나갔다.

놈은 어디에서부터 따라붙었을까? 이서연의 퇴근 동선을 확인해보면 버스에서 내릴 때까지 야구 모자는 어디에도 없었다.

버스 정류장과 스타벅스는 횡단보도를 사이에 두고 대각선으로 마주 보고 있었다. 횡단보도 건너편은 오래된 상가건물과 좁은 골목이 실핏줄처럼 언덕으로 이어져 있었다. 만약 그쪽 어디쯤에서 야구 모자가 따라붙었다면 더 이상의 흔적을 찾기란 사실상 불가능했다. 횡단보도 건너편 쪽은 이서연의 거주지가 있는 구역보다 먼저 재개발을 시작한 곳이라 도로에 접해 있는 상가마저도 셔터를 내린 곳이 많았다.

최 형사는 스타벅스를 나와 횡단보도를 건너려다 다시 몸을 돌렸다. 스타벅스 건너편에는 이서연을 기다리며 서 있을 만한 곳이 없었다. 몸을 숨기기에 마땅치 않았다. 이서연이 오는 걸 지켜보려면 스타벅스만 한 곳이 없다는 생각이 들었다. 최 형사는 스타벅스의 내부 CCTV를 하나씩 확인했다. 외부 전경이 찍히지 않아 내부 CCTV는 확인할 생각조차 하지 않았다. 시간대가 특정돼 있어 오래 걸리지 않아 그는 야구 모자를 찾을 수 있었다.

야구 모자는 창가에 앉아 밖을 보고 있었다. 놈은 고개를 숙여 휴대폰 액정을 보다가 밖을 보는 동작을 계속해서 되풀이했다. 그는 CCTV 화면을 확대했다. 다행히 CCTV가 고화

질로 녹화된 터라 놈의 휴대폰 액정이 흐릿하게나마 보였다. 사진이었다. 놈은 휴대폰 액정에 떠 있는 사진을 확인하고 있었다.

최 형사는 놈과 같은 창가 자리에 앉았다. 횡단보도를 건너오는 사람들이 한눈에 들어왔다. 놈처럼 휴대폰 액정을 보고 창밖을 보았다. 그리고 깨달았다. 놈이 액정에 띄운 사람과 같은 사람을 기다리고 있었다는 것을. 놈은 범행 대상인 이서연의 얼굴을 모르고 있었다. 거주지는 알면서도 피해자의 얼굴을 모른다? 왜일까? 혹시, 청부일까?

한 걸음 진전했다는 생각이 들었지만 한편으로는 답을 알 수 없는 늪으로 발을 내딛는 기분이 들었다. 그는 동영상을 대용량 메일로 첨부해 두만에게 보냈다. 두만이라면 자신과 달리 뭔가 찾아낼지도 모른다고 생각했다. 메일이 성공적으로 발송되었다는 메시지가 떴고 바로 휴대폰이 울렸다. 두만이 아니고 오 팀장이었다.

"예, 팀장님."

"최 형사, 어디야?"

"한남동 현장 주변에서 CCTV 확인하고 있습니다."

"뭐 좀 나온 거 있나?"

"별다른 건 없습니다. 좀 더 뛰어보겠습니다."

"그래, 수고해. 그건 그렇고, 지난번 용의자 CCTV 확보했다고 했지?"

"예?"

"편의점에서 확보한 용의자 CCTV 말이야."

"그게……. 확실치도 않고, 또 모자도 쓰고 화질이 좋지 않아서요."

느낌이 좋지 않았다. 오 팀장이 뒤늦게, 그것도 이렇게 다급하게 CCTV 자료를 찾는 데는 이유가 있을 것이었다.

"무슨 일 있습니까?"

"대외적으로 발표는 안 났지만 광수대장이 날아갔다."

"예? 무슨 일로요?"

"국과수에서 낙하혈흔 분석이 나왔다. 선우현이 한희령보다 먼저 살해된 것으로 추정된다는 의견이야."

강 반장의 예측이 적중했다. 정대원 광수대장은 정치적이었고 기자회견은 너무 성급했다.

"아, 그래서……."

"우리 팀 의견 무시하고 혼자 독주하다 제풀에 자빠진 거지. CCTV 자료 가지고 있지?"

"그게, 아직 신원이나 추가 동선이 특정되지 않았습니다. 좀 더 수사를 해봐야……."

"괜찮아. 지금 들고 와."

"그래도……."

"막내야, 너나 나나 오늘만 사는 목숨이야."

¤

두만은 주차장에 차를 세워놓고 걸어서 아파트 주변을 훑었다. 눈길이 닿는 어느 곳에도 희령이 있었고, 어느 곳에도 희령은 없었다.

그날 모든 걸 제쳐두고 놈의 동선을 쫓아 CCTV를 찾아냈더라면, 그날 출근하지 않고 희령과 함께 있었더라면, 아니, 선우현의 집으로 희령을 피신시키지 않았더라면 그녀는 살아서 눈앞에 있었을 것이다. 두만은 혼자 걷는 걸음마다 자책했다.

언덕 위 아파트는 변함없었다. 낮은 담으로 둘러싸여 있었고 정문과 후문을 제외한 CCTV는 엉뚱한 각도를 찍고 있거나 고장 난 채 방치돼 있었다. 언덕 아래 새로 지은 아파트에 살았더라면 희령이 죽지 않았을까? 두만은 희령이 살해된 것이 자신 때문이라 생각했다. 애초에 희령이 그를 만나지 않았다면 지금쯤 세상 어딘가에서 행복하게 살고 있을 것만 같았다.

두 사람이 살았던 113동의 공동현관에서 걸음을 멈췄다. 그날의 CCTV 화면처럼 야구 모자를 쓴 놈이 눈앞에서 걸어나오는 것 같았다. 두만은 새벽의 어둠을 뚫고 현관을 빠져나온 야구 모자처럼 도주로를 찾았다. 현관에서 나오면 세 방향으로 도주할 수 있었다. 오른쪽으로 가면 정문이었다. 두만은 정문 쪽으로 걸어보았다. 정문 입구에는 정상적으로 작동하는 CCTV가 있었다. 만약 놈이 정문의 CCTV를 피해 담을 넘었다면 바로 이어지는 길을 따라 언덕을 내려갈 수 있었다.

두만은 113동의 뒤편으로 돌아 야트막한 담을 뛰어넘었다. 숄더 홀스터에 넣어둔 리볼버 때문에 움직임이 매끄럽지 않았다. 두만은 양쪽 어깨를 돌려 몸을 풀었다.

아파트 담을 따라 십여 미터를 걸어가자 마을버스의 기점이 보였다. 차고지가 아니어서인지 CCTV는 없었다. 마을버스의 외부 촬영용 블랙박스라도 확인하면 좋을 텐데 놈이 도주한 시간대는 마을버스 운행 시간이 아니었다. 언덕길을 수없이 오간 탓에 두만은 이미 CCTV의 위치와 촬영 각까지 파악하고 있었다. 언덕길에는 세 대의 CCTV가 있는데, 아파트에서 내려가는 모습이 찍혔을 만한 CCTV는 하나뿐이었다. 두만은 언덕길 중간 주택가로 들어가는 초입의 CCTV를 확보했다. 촬영 각도 때문에 길 건너편은 사각지대로 남았고, CCTV의 바로 아래쪽 길만 찍혀 있었다. 두만은 예상 시각 전후를 특정해 CCTV를 돌려보았지만 놈의 모습은 찾을 수 없었다.

다시 아파트로 걸음을 옮겼다. 113동 출입구는 아파트 단지 안쪽으로 들어가는 길의 정면이었다. 113동 앞에서 그는 좌측으로 향했다. 좌측은 후문으로 향하는 길이었다. 아파트 후문은 뒷산의 공원으로 올라가는 길과 오래된 집들 사이로 내려가는 좁은 길로 이어져 있었다. 야구 모자는 후문 CCTV에도 찍혀 있지 않았다.

두만은 다시 아파트 담을 넘었다. 이번에도 숄더 홀스터의 리볼버가 걸리적거렸다. 그는 오래된 집들이 다닥다닥 붙어 있는 주택가로 들어섰다. 개발이 비껴간 곳이라 골목은 좁았고, 방범용 CCTV도 거의 없었다. 마음만 먹으면 낮은 집들의 지붕을 타고 큰길까지 가는 것도 어렵지 않은 곳이었다.

아파트 담을 따라 한 바퀴 돌아보았다. 산으로 이어진 길과 CCTV 없는 미로 같은 골목길들이 아파트 단지와 붙어 있었다. 오래된 집들의 야트막한 담을 서너 번만 넘으면 도주로는 무한대로 확장된다. 아무리 많은 수의 경찰력을 동원해도 놈의 꼬리를 잡을 수 없는 위치에 아파트가 있었다. 방범에 취약한 동네였다.

오랜만에 다리가 굳어질 정도로 걸었지만 두만이 얻은 것은 없었다. 언덕길 아래 대로변에 있는 몇몇 가게의 CCTV를 확인했지만 놈의 모습은 찾을 수 없었다. 그나마도 영세한 업주들이 달아놓은 CCTV는 모형이거나 보존 기간이 짧아 촬영분이 아예 없거나 이미 삭제된 곳도 많았다. 초동수사를 제대로 하지 않아 구멍이 커졌다. 언덕으로 이어진 긴 골목 끝으로 해가 지고 있었다. 아무것도 움켜쥐지 못한 손가락 사이로 시간만 새어 나갔다.

두만은 아주 느린 걸음으로 희령과 함께 걸어 내려오던 언덕길을 혼자서 올라갔다. 아파트 주변만 맴돌다 돌아갈 수는 없었다.

그는 이제 아무도 살지 않는 자신의 비어 있는 집을 향해 걸음을 옮겼다. 걸음은 무거웠고, 집으로 가는 길은 멀었다.

미행이 있는지 확인하기 위해 뒤를 돌아보거나 다른 동에 들렀다 갈 필요도 없었다. 디지털 도어록에 희령의 생일을 입력하자 문이 열렸다. 두만은 문을 열고 현관 안으로 들어섰다. 익숙한 냄새가 났다. 약간의 음식 냄새와 약간의 세제 냄새와 약간의 화장품 냄새가 섞인 집의 냄새. 가슴이 먹먹해지는 것을 느끼며 두만은 서둘러 현관문을 닫았다. 냄새가 지워질까 두려웠다.

집 안의 시간은 정지되어 있었다. 급하게 짐을 챙겨 나오며 벗어둔 흐트러진 슬리퍼조차 희령의 흔적이었다. 그녀가 짐을 싸다 빼놓은 만년필과 의자에 걸쳐놓은 실내복이 눈에 들어왔다. 고개를 돌리면 희령이 서 있을 것만 같았다. 그는 고개를 돌릴 수 없었다. 고개를 돌려 그녀의 부재를 확인할 수 없었다.

그는 아주 오랫동안 집 안을 둘러보았다. 사건 현장에서 증거를 찾듯 그는 희령의 흔적을 오랫동안 찾았다. 희령의 아버지 유품인 손때 묻은 만년필을 만져보았다. 오래전에 망가져 쓸 수 없는 만년필이었다. 희령이 열어놓은 채 미처 닫지 않은 서랍은 그대로 두었다. 발코니에 있는 식물들에게 물을 주었다. 희령이 키우던, 두만은 이름조차 모르는 식물들이 오랜만의 물줄기에 초록색 이파리를 반짝였다.

눈물이 흘렀다. 눈물이 나기 시작하자마자, 걷잡을 수 없이 흘렀다. 울음이 터져 나왔다. 몸속에 있는 뼈가 소금기둥처럼 녹아 흘러나오는 것 같았다. 그는 뼈대가 없는 사람처럼 바닥에 주저앉아 울었다. 지칠 때까지, 울음이 멈출 때까지.

머리가 아프고 눈알이 쓰라렸다. 그는 벽에 기대앉았다. 눈을 감았다. 이대로 영원히 눈을 뜨지 않아도 괜찮을 것 같았다. 감정도 생각도, 의식 너머로 흐려졌다. 복수로는 희령을 되살리지 못한다. 복수는 남아 있는 자의 자기만족일지도 모른다. 두만의 머릿속이 까맣게 암전됐다.

휴대폰이 울렸다. 눈을 떴다. 거실 천장의 밝은 조명에 눈이 부셨다. 시간이 얼마나 지났는지 가늠조차 되지 않았다. 휴대폰 액정에 '최윤'이라는 이름이 떠 있었다. 목청을 가다듬은 후 전화를 받았다.

"반장님, 뉴스 보셨어요?"

"무슨 일인데?"

"죄송합니다. 오 팀장님이 CCTV 찾은 거 내놓으라고 하셔서, 어쩔 수 없었습니다."

"혹시, 팀장님이 공개로 풀어버린 거야?"

"죄송합니다. 팀장님이 언론에 CCTV 까고 브리핑까지 하셨어요. 공개수사로 전환한답니다."

"광수대장은, 정대원이 그걸 그냥 뒀다고?"

"광수대장은 날아갔습니다. 반장님 말씀대로 낙하혈흔의 DNA 분석 결과가 선우현의 것으로 나왔거든요. 덕분에 공석인 광수대장 대신 팀장님이 수석 팀장으로 수사지휘를 맡게 되셨고요."

두만은 광수대가 어떻게 돌아가는지 눈에 그려졌다. 광수대장이 날아가자 초조해진 오 팀장이 윗선의 압력을 못 견디고 야구 모자의 CCTV를 언론에 공개했으리라. 오 팀장의 입장이 이해가 안 되는 건 아니었지만 형사로서는 최악의 판단이었다. 오 팀장은 놈을 잡기 위해서가 아니라 자기 정치를 하려고 CCTV를 풀어버렸다.

"아무것도 쥐고 있는 게 없다는 걸 알면서 그걸 풀어? 이제 놈은 숨을 거야. 이제 영영 못 잡아. 너도 알지?"

흥분한 두만의 목소리 끝이 갈라졌다. 전화기 너머 최 형사는 대꾸조차 못 했다. 최 형사의 숨소리만 반복적으로 들렸다.

"죄송합니다. 끝까지 쥐고 있어야 했는데, 팀장님이 수사도 제대로 안 된 CCTV를 바로 언론에 풀어버릴 줄은 몰랐습니다. 제가 잘못 생각했습니다."

"네 잘못은 아니다."

두만의 음성이 조금 누그러졌다.

"제가 반장님 수사를 망쳤습니다."

휴대폰 너머에서 최 형사의 목소리가 울컥 전해졌다.

"너 수사하느라 열심히 뛰어다니는 거 내가 안다. 고생했다."

"죄송합니다. 제가 더 잘해야 하는데."

"지금도 충분히 잘하고 있어. 그리고 보내준 CCTV 자료 봤다."

"죄송합니다. 결정적인 건 아니라서."

"네 덕에 한 걸음 가까워졌잖아. 놈이 피해자 얼굴을 모른다는 것도 알게 됐고."

"얼굴도 모르는 피해자를 도대체 왜 죽인 걸까요?"

"연쇄살인을 청부로 할 리도 없고, 놈의 범행 목적이 살인이 아니었다는 건 분명해졌어. 근데 범행 목적이 뭔지는 아직 모르겠다."

"반장님, 제가 피해자들의 공통점을 찾아볼까요? 놈이 피해자 얼굴조차 모른다면 피해자들끼리 데이터상으로라도 겹치는 부분이 있지 않을까요?"

"피해자들의 겹치는 데이터라······."

"선우현을 제외하면, 놈은 차정후가 AS를 한 수백 명의 고객 중에서 세 명만 골라서 살해했습니다. 얼굴도 모르는데 말이죠. 범행 목적이 뭐든 간에 놈이 피해자들을 선택한 기준이, 사람이 아닐지도 모르겠습니다. 기준을 데이터에서 찾아보면 어떨까요?"

"그래, 좋은 접근인 거 같다."

"최선을 다해서 찾아보겠습니다."

최 형사의 목소리가 밝아졌다. 두만은 전화를 끊었다. 최형사와 달리 그는 절망스러웠다. 놈이 무방비 상태로 있어도쫓아갈 흔적이 없는데, 그나마 확보한 편의점 CCTV가 공개됐으니 이제 놈은 영원히 숨어버릴 것이다.

다시 전화벨이 울렸다. '희령'이었다. 휴대폰 액정에 아내의이름이 떴다.

개새끼. 두만의 눈이 살기에 번뜩였다.

희령에게서 온 전화는 그를 조롱하듯 끈질기게 울렸다.

27

"누구냐?"

두만은 목소리에 감정을 드러내지 않았다. 휴대폰 너머 공백이 이어졌다. 그는 놈이 대답하기까지 그 짧은 틈을 노려 휴대폰의 녹음 기능을 켰다.

"역시, 광수대 형사라 그런지 이해가 빠르군요. 바로 본론으로 갈까요?"

필터를 사용해 놈의 목소리는 기분 나쁘게 일그러졌다.

"내가 너 잡아서 죽일 거다."

두만이 높낮이 없는 목소리로 혼잣말처럼 중얼거렸다.

"저한테 말씀하신 거죠? 섬뜩하네요. 진짜 잡히면 죽일 거 같잖아요. 이래서야 무서워서 계속 통화하겠어요?"

놈은 한 치의 긴장감도 없이 느물대며 전화를 끊겠다고 협박했다. 두만이 자신도 모르게 주먹을 움켜쥐었다. 손등의 핏줄이 터질 듯 부풀어 올랐다.

"너, 누구냐?"

"제가 누구인지는 형사님이 알아내셔야죠. 혹시, 지금 제가 자수하려는 걸로 오해하신 건 아니죠? 아, 먼저 전화했으니 그럴 수도 있겠다."

놈은 두만을 조롱하고 있었다. 움켜쥔 손이 부르르 떨렸다.

"내가 너 꼭 찾아낸다. 그때까지 몸 상하지 않게 잘 숨어 있어라. 다른 형사들한테 쉽게 잡히지도 말고."

"허세 부리지 말아요. 절망하고 있잖아요. 설마 뉴스에 나온 CCTV 보고 제보라도 올 거라 기대하는 건 아니죠?"

"넌 매일, 잠긴 문을 몇 번씩 다시 확인하게 될 거야. 바람에 문이 덜컹거리기라도 하면 내가 널 찾아낸 건 아닌가 간장을 졸일 거다. 그리고 멀지 않은 날, 너는 가장 고통스러운 방법으로 죽게 될 거야."

"에이, 형사가 사람 죽인다는 얘기만 하고. 아무리 그래도 전화를 받았으면 용건을 물어봐야 하지 않아요?"

"용건이라고? 네가 나한테? 용건은 내가 너한테 있지. 곧 찾아가마."

두만은 자신의 목소리가 커졌다는 걸 느꼈다. 놈의 도발이 먹히고 있었다.

"그렇게 누굴 죽이려 들지만 말고, 살릴 방법도 생각해봐요. 희령 씨를 살릴 방법을 내가 알거든요."

조롱이었다. 두만은 움켜쥔 주먹으로 벽을 연달아 쳤다. 핏자국이 회색 벽지에 선명하게 남았다.

"개새끼. 내가 네 명줄 끊어놓은 뒤에도 어디 그 입 살아서 나불대나 보자."

"흥분하지 말고 들어보세요. 다 듣고 나면 저에게 절을 할지도 모르잖아요. 형사님이나 저나 새롭게 시작할 기회일지도 몰라요."

두만은 놈에게 말려들어서 지나치게 흥분하고 있다는 걸 깨달았다. 그는 희령이 그랬던 것처럼 숫자를 세며 호흡을 가라앉혔다.

"은색 총알, 찾았어요? 내가 찾던 건데."

은색 총알, 역시 그것 때문이었나. 두만은 한순간 차분해졌다. 놈이 전화를 건 진짜 용건이었다. 아직 놈을 잡을 카드 한 장이 그의 손에 남아 있었다.

은색 총알에 대해 아는 건 극히 소수였다. 두만은 총알에 관한 수사 내용을 상부에 보고하지 않았고, 국과수에서 보내는 정식 부검감정서는 아직 수사팀에 도착하지도 않았다. 놈을 잡으려면 흥분을 억눌러야 했다.

"찾았으면?"

두만은 긍정도 부정도 하지 않고, 놈에게 되물었다. 그는 놈이 계속 주절거려 뭐라도 단서를 뱉어내기를 기다렸다.

"아, 이제 좀 대화가 되네요. 형사님, 혹시, 과거로 돌아가고 싶은 생각 없어요? 그러니까, 후회되는 그런 순간으로 되돌아가, 인생을 다시 사는 거죠."

'미친놈'이라는 말이 혀끝에 맴돌았지만 두만은 뱉어내지 않았다. 지금은 미친놈의 말이라도 들어줄 때였다.

"……."

두만은 휴대폰을 들고 그대로 있었다. 수화기 너머로 놈의 숨소리가 계속됐다. 놈은 두만의 반응을 기다리고 있었다.

"듣고 있다."

"좋아요. 이제부터 더 잘 들어야 할 거예요. 믿기지 않겠지만 믿어야 할 거고요. 은색 총알을 찾았으면 과거로 돌아갈 준비는 끝난 셈이에요. 이제 제 말을 믿고 방아쇠만 당기면 되거든요. 탕! 그거면 과거로 되돌아가 새로운 삶을 다시 살게 되는 거죠."

두만은 헛웃음이 나왔다. 미친놈의 얘기를 더 들어주는 건 시간 낭비였다.

"미친놈, 내가 우습게 보이지? 그렇게 원한다면, 내가 네놈 머리통에 총알을 박아주지. 어디냐?"

"안 믿으시는군요. 하지만 믿으셔야 해요. 그래야 다시 삶을 살죠. 희령 씨가 있는 삶. 어차피 선택지는 많지 않아요."

"개소리를 지껄여도 들어주니까 네가 뭐라도 된 거 같지?"

"이해할 수 없을 거예요. 믿기지도 않을 거고. 하지만 믿으세요. 그래야 형사님도 과거로 돌아가 다시 삶을 살 수 있어요. 물론, 그 삶이 행복할지 장담할 수는 없지만요."

"좋아, 계속해봐."

"제 말을 믿지 않으시면 중요한 사람을 영원히 잃게 될지 몰라요. 은색 총알이 있다 해도 말이죠. 기억이라는 건 생각만큼 오래가지 않거든요. 기억이 희미해지면 그만큼 절박하지 않게 되죠. 어차피 살 사람은 다 살아가기 마련이거든요. 전화기는 꺼둘 거예요. 은색 총알을 찾으면 문자 남기세요."

두만이 욕설을 내뱉기도 전에 놈은 전화를 끊었다.

"미치광이 새끼, 또라이 새끼."

두만은 허공에 대고 미처 하지 못한 욕설을 뱉어냈다. 살이 찢어진 주먹에서 피가 흐르고 있었다. 두만은 수건으로 손을 대충 감싸 지혈을 했다.

그는 한 형사에게 전화를 걸었다. 신호가 몇 번 울리기도 전에 그가 전화를 받았다.

"반장님, 광수대장 날아가고 사무실 난리 났는데 지금 어디세요?"

"나도 들었어. 그보다 피해자들 핸드폰에 대해서 법원 허가장 받아났지?"

"사건 발생 초기에 일괄로 받아놓기는 했는데, 아직 추적할 게 남아 있어요?"

"희령의 휴대폰이 켜졌다. 위치 파악해줘."

"에? 그게 지금 왜 켜져요? 반장님은 그걸 어떻게 아셨고요? 전화해보셨어요? 설마……."

한 형사의 질문이 속사포처럼 이어졌다.

"그래, 전화가 왔다."

"연쇄살인마 새끼가 반장님께 전화를 했다고요? 와, 미친 새끼. 전화해서 뭐래요?"

"횡설수설하다 끊었다."

"미치겠네. 이 새끼, 우리를 암만 물로 봐도 그렇지, 어떻게 반장님한테 전화를 걸어요. 검거고 뭐고 진짜 총으로 쏴 죽이고 형사 생활 접고 싶네."

한 형사가 진심으로 열을 냈다.

"지가 죽은 사람을 되살릴 수 있다고 횡설수설하는 게 정상은 아닌 것 같아."

"사이비예요?"

"아니, 종교적인 느낌은 아냐."

"하, 그럼, 진짜 미친놈이잖아요. 어쩐 사건 현장이 심상치 않더라니."

"그냥 미쳤다기보다 진지한데 비정상이야. 초점이 나간 거 같다고 해야 하나, 똑바로 말은 하는데 논리가 없고 황당해. 사고 체계가 정상이 아니야."

"그게 맛이 간 거죠. 진짜 약쟁이 아니에요? 물색한 흔적도 그렇고요."

"모르겠다."

"아무튼 자세한 내용은 나중에 듣고 일단 기지국 위치 파악되는 대로 찍어드릴게요. 해당 기지국 근처에서 검문검색도 하고요."

"그래, 부탁한다."

"참, 반장님, 지난번에 죄송했습니다."

"뭐?"

"뭐에 씌었는지 지금 보면 뻔히 보이는 게, 그땐 안 보이더라고요. 인사고과 꼬일까 봐 눈이 멀었었나 봅니다. 죄송합니다, 반장님."

"너만 그랬겠냐. 난 벌써 다 잊었다."

"죄송합니다."

전화를 끊었다. 두만은 한 형사가 통신사를 통해 기지국 위치를 확인하는 데 걸리는 시간을 머릿속으로 계산했다. 시간이 걸린다는 걸 알면서도 그는 휴대폰을 놓지 못하고 계속해서 메시지를 확인했다. 우리에 갇힌 짐승처럼 거실을 맴돌았다.

조바심에 두만은 더는 기다리지 못하고 결국 집을 나왔다.

현관문이 닫히는 순간, 그는 습관처럼 돌아서려다 그대로 문을 닫았다. 미소 짓던 희령이 거기에 없다는 걸 확인하고 싶지 않았다.

두만은 시동을 걸고 무작정 차를 출발시켰다. 어디가 됐든 집에서보다는 놈과 가까워지리라. 언덕길을 내려가는 동안 두만은 자주 자동차의 브레이크를 밟고 오고 가는 사람들의 얼굴을 확인했다. 놈이 눈앞에서 태연하게 걸어다닐 거라고 생각하니 미칠 것 같았다.

윙, 진동과 함께 메시지가 도착했다. 한 형사가 보내준 지도에 찍힌 점은 경기도 남양주시 한서면이었다. 두만은 내부순환로를 타기 위해 우회전을 했다. 점이 찍힌 위치는 길도 나 있지 않은 북한강 주변이었다. 주변에 건물도 없었다. 놈이 긴장하고 있다는 뜻이었다. 편의점 CCTV가 공개되고 난 뒤 놈은 인적이 드문 북한강까지 가서 희령의 전화기를 켰다. 놈은 공개수사에 부담을 느끼고 있고 주변의 시선을 경계하고 있었다. 그런데 왜? 두만은 그럼에도 불구하고 놈이 자신에게 전화를 건 이유를 짐작할 수 없었다. 정말 그 말 같지도 않은 '용건' 때문이라고?

"미친놈."

두만은 욕설을 중얼거렸다. 놈에게 말려들어서는 안 된다.

그는 머리를 흔들었다.

놈은 과거 범죄 현장에 진입할 때도 자신의 행적을 철저히 지웠다. 그런 놈이 북한강변에서 휴대폰을 켰다는 건 행적은 물론, 혹시 모를 변수조차 완벽하게 통제하겠다는 뜻이었다. 북한강은 놈에게 연고가 있는, 익숙한 곳이었을 거다. 아마도 지리적으로 잘 알고 있는 곳이리라. 지금 북한강변으로 달려간다 해도 놈은 고사하고 놈의 흔적을 찾는 것도 불가능할 것이다. 변변한 길도 없는 곳에 목격자는 물론, CCTV 같은 게 달려 있을 리 없었다. 그는 급하게 핸들을 꺾어 내부순환로로 진입하는 차량들 틈에서 빠져나왔다.

선우현이 남긴 은색 총알과 놈이 했던 말이 서로 겹쳐져 계속 두만의 머릿속을 맴돌았다.

"미친놈."

두만은 혼잣말처럼 다시 한번 욕설을 중얼거렸다. 그는 선우현의 집 쪽으로 방향을 잡았다.

현관문에는 일반인의 출입을 막는 노란색 폴리스라인이 겹겹이 붙어 있었다. 두만은 폴리스라인을 손으로 대충 뜯어냈다. 불과 얼마 전까지만 해도 같이 밥 먹고 잠자던 곳이었다.

문을 여는 순간, 두만은 숨을 멈췄다. 사건 현장의 냄새를 한순간이라도 피하고 싶어서였다. 감식이 끝난 집 안은 현장

통행판도 철거되고, 증거물 번호표도 회수된 채 물색 흔적과 잔해들로 헝클어져 있었다. 과수팀은 증거물로 가치가 있다고 판단한 일부를 수거하고 나머지는 현장에 그대로 방치했다.

살해 현장의 바닥에 고여 있던 희령의 혈흔은 검붉게 말라붙어 갈라져 있었다. 두만은 혈흔을 피해 집 안을 둘러보았다. 그는 처음 선우현의 집에 왔던 때를 떠올렸다. 목이 말라서 물을 꺼내 마셨던가? 그는 냉장고 문을 열었다. 물이 거의 남지 않은 물병과 상해서 물러져버린 채소 두어 팩이 있었다. 두만은 흐물거리는 버섯 팩에 붙어 있는 스티커를 보았다. '성원마트', 집 앞 상가에 있는 익숙한 상호였다. 선우현이 저지른 스토킹의 흔적이었다. 두만은 참았던 숨을 들이마셨다. 밀폐된 공기에 섞인 묵은 피 냄새가 났다.

집 안 곳곳에 선우현이 희령을 스토킹한 흔적이 뚜렷하게 남아 있었다. 희령이 키우던 것과 같은 종류의 식물들, 같은 무늬가 프린트된 면티, 비슷한 디자인의 그릇들. 그뿐만 아니라 컵을 넣어두는 자리라든가 생필품을 수납하는 위치까지 두만의 집과 같았다. 선우현의 집은 두만의 집을 그대로 복사해서 옮겨놓은 것 같았다. 두만은 자신의 무딘 신경에 헛웃음이 나왔다. 이렇게 노골적이었는데도 선우현의 스토킹을 알아채지 못했다니.

집 안에는 스토킹에 대한 흔적 말고는 그의 주의를 끌 만큼 위화감이 느껴지는 어떤 것도 없었다.

선우현의 집을 나가려 몸을 돌리다가, 두만은 선우현이 한 번도 자신의 집에 와본 적이 없다는 걸 깨달았다. 희령의 건강 때문에 집들이조차 못 했다. 그런데 그는 어떻게 같은 종류의 식물을 사고, 같은 프린트의 티셔츠와 같은 디자인의 그릇들을 샀을까? 모든 것이 스토킹의 결과라고 하기엔 과수팀장의 자리는 그렇게 한가하지 않았다. 게다가 두만의 집에 온 적도 없이 물건의 수납 위치까지 정확하게 복사하기란 불가능에 가까웠다. 혹시, 선우현 역시 은색 총알로 시간을 되돌렸던 것은 아닐까? 놈의 말 같지도 않은 말을 지우려 두만은 머리를 세차게 흔들었다. 사이코패스가 두만을 가지고 놀기 위해 장난치는 거라고 생각을 눌렀다.

우연일 것이다. 대부분의 사람들은 이미 설계된 쓰임새에 맞게 수납장을 사용하니까. 희령과 같은 칸에 물컵을 두고, 다른 칸에 접시를 두는 식의 조합은 얼마든지 겹칠 수 있는 우연이었다. 두만은 생각을 지우듯 돌아서서 한 걸음 내디뎠다. 밖으로 나가야 한다. 놈에게 더 휘둘리기 전에. 하지만 생각과는 달리 다리가 멈춰 움직이지 않았고, 시선은 바닥에 흐트러진 잔해들을 살피고 있었다.

흑단나무 손잡이의 식칼이 두만의 눈에 들어왔다. 이미 과

수팀이 찍은 감식 사진으로 확인했던 칼이었다. 칼은 사진과
달리 행주에 싸여 있지 않았다. 과수팀이 칼의 사용 여부를
확인하느라 분리했을 것이다. 두만은 옆에 있던 칼날 모양으
로 돌돌 말린 행주를 주워 들었다. 그 역시 칼을 무서워하는
희령 때문에 식칼을 행주에 싸서 서랍에 넣어두고 사용했다.
때문에 감식 사진을 확인할 때도 그는 크게 거부감 없이 행주
에 싸인 칼을 보아 넘겼었다. 하지만 대부분의 사람들은 자주
쓰는 식칼을 이런 방식으로 보관하지 않는다. 흑단나무 손잡
이의 칼이 선우현의 것이라면 그는 희령을 배려해서 칼을 행
주에 싸놓은 것이다. 선우현은 희령이 칼을 무서워한다는 것
을 어떻게 알았을까? 그에게 얘기한 적이 있었나? 아니면 이
것 역시 스토킹의 결과일까? 명확하게 설명되지 않는 것이
하나 더 늘어났다. 뭔가가 자꾸 두만의 촉을 기분 나쁘게 건
드렸다.

두만은 식탁 등을 켰다. 바닥에 흩어져 있는 잔해들이 보다
선명해졌다. 그는 바닥에 쪼그리고 앉아 잔해들을 하나씩 손
으로 헤집었다. 머릿속에서 들리는 놈의 목소리가 조금 더 커
졌다.

두만은 식탁 밑 그림자 속에 있는 액자를 발견했다. 과수팀
이 바닥에 깔아놓았던 흰색 시트를 수거하면서 식탁 밑으로
액자가 밀려 들어간 것 같았다.

두만은 액자를 집어 들어 깨진 유리 조각을 털어냈다. 잔디가 깔린 넓은 마당과 아름다운 창을 가진 집이었다. 그날의 목소리가 두만의 귓가에 자동으로 재생되었다.

"오래전부터 저런 집에서 가족들이랑 살고 싶었거든. 개도 키우고. 내가 이렇게 혼자 살지 몰랐던 시절의 흔적이야."

"형님 은퇴해서 이런 집 지으면 우리가 옆에 붙어살면 되죠. 개도 키우고. 어때요?"

"그냥 예전에 그런 꿈이 있었다는 거지. 미련 때문에 그냥 뒀는데 이젠 포기할 때도 됐지."

"포기하지 마요. 가족이 별건가요? 같이 모여 살면 그게 가족이죠."

"난 포기야. 좋은 기억도 아니고."

"앞으로 좋은 기억을 만들면 되죠."

"그러기엔 너무 많은 게 저기에 묻혀 있지."

"대체 뭘 묻었는데 포기예요? 시체라도 묻으셨나?"

"뭘 묻었다고 하면 우린 항상 상상력이 그쪽으로 흐른단 말이야. 금괴 같은 건 안 떠오르고."

"그럼, 금괴예요?"

"나중에 나 죽으면 파봐. 금괴 나오면 너 갖고."

모두 웃었던가? 은퇴하면 함께 모여 살기로 했었는데, 당시에는 몰랐지만 아름다운 집만큼이나 비현실적인 꿈이었다. 두만은 자신이 그때를 그리워하고 있다는 사실을 깨닫고 소름이 끼쳤다.

"미쳤군."

두만은 혼자 중얼거렸다. 그는 액자를 식탁에 올려놓았다. 전등 빛 때문에 사진에 음영이 생겼다. 두만은 사진의 아랫부분, 전원주택의 마당에 희미하게 양각으로 튀어나온 자국을 보았다. 액자를 들어 각도를 달리해 불빛에 비춰보았다. 규칙적으로 이어진 희미한 자국은 뒤집힌 글자 같았다. 액자의 뒤판을 열고 사진을 꺼냈다. 사진의 뒷면에 뭔가 적혀 있었다. 한눈에 봐도 금괴를 묻어놓은 위치 같은 건 아니었다. 이게 선우현 팀장이 묻어놓은 거라고?

차정후 여고생 포함 7건의 연쇄살인 X

김영학 부인 살인 및 사체유기 X

이정우 가출 여고생 살인 X

한성범 제수(동생 한기범의 아내) 살인 X

오정태 노래방 방화 및 살인 X

낯익은 선우현의 글씨체였다. 첫 줄에 있는 차정후의 이름

옆에는 '여고생 포함 7건의 연쇄살인'이라고 적혀 있었다. AS 기사 차정후와 동일인이라면 선우현의 메모는 틀렸다. 차정후가 죽인 건 개와 고양이었고, 놈은 속옷이나 훔치는 변태에 불과했다. 범행 패턴으로 보면 강간이나 살인으로 놈의 범행이 발전할 개연성은 충분했지만, 차정후는 선우현에게 살해당했다. 살아서 계속 범죄를 저질렀다면 모를까, 어쨌거나 차정후는 사람을 일곱 명이나 죽인 연쇄살인마는 아니었다. 그렇다고 동명이인일 가능성도 크지 않았다.

물론, 사건 접수조차 되지 않은 암수범죄일 가능성은 남아있었다. 하지만 사람들의 모든 행동이 CCTV나 휴대폰의 통화 기록, 신용카드 사용 내역, 의료보험 진료 내역 등의 데이터로 남는 세상에서 일곱 명이나 살해됐는데 신고조차 되지 않을 가능성은 더 낮았다. 또 그런 암수범죄를 선우현 혼자 알고 있는 것도 이상했다.

두만은 김영학과 이정우, 한성범, 오정태에 대한 자료가 필요했다. 케이스가 많아지면 답을 찾기 쉬워지기 마련이다. 두만은 최 형사에게 전화를 걸었다. 수사의 흐름을 꿰고 있는 오 팀장이라면 최 형사를 사무실에 남겨뒀으리라. 희령의 휴대폰에 대한 실시간 GPS 추적이나 검문검색을 위해 경찰력을 동원해야 하는 상황에선 사무실에서 자신들을 백업해줄 사람이 필요했다. 연결음이 채 한 번 울리기도 전에 기다렸다는 듯이 그가 전화를 받았다.

"반장님, 현장에서 뭐 좀 나왔어요?"

"넌 어디냐?"

"사무실에서 백업 중이죠. 팀장님이랑 한 형사님 남양주로 출동한 지 좀 됐는데 아직 못 만나셨어요?"

"잘됐다. 나 뭐 좀 확인해줘라."

"행적 떴어요? 기동대 동원하게 긴급수배 때릴까요?"

대화가 겉돌고 있었지만 두만은 설명할 겨를이 없었다.

"일단 받아 적어. 김영학, 이정우, 한성범, 오정태. 다 적었니?"

"적긴 했는데, 이게 다 누구예요?"

"킥스(KICS: 형사사법시스템)에서 이 사람들이랑 관계된 사건이 있는지 확인해줘. 아, 그리고 이번에 살해된 차정후 말고 동명이인이 있는지도 확인해주고."

"급한 거예요? 반장님 지금 어디세요?"

"나 선우현 집에 있다. 급한 거니까 바로 부탁해."

"남양주 현장이 아니고 왜, 거기 계세요?"

"일부러 거기까지 가서 핸드폰 켠 놈이야. 우리가 어떻게 수사할지 이미 알고 있어. 가봐야 나올 게 없을 거야."

"그래도……."

"한 형사랑 팀장님 갔으니까 지켜보자. 일단 부탁한 거부터 확인해줘."

"반장님…… 괜찮으신 거죠?"

"걱정 마. 괜찮으니까."

"알겠습니다. 확인되면 바로 전화드릴게요."

최 형사는 더 이상 묻지 않고 전화를 끊었다. 두만은 선우현의 메모를 천천히 살펴보았다. 이름, 범죄 행위, 그리고 엑스 표. 선우현의 메모는 일종의 목록처럼 보였다. 범죄 행위인 살인과 엑스 표가 목록의 공통점이었다.

최 형사가 킥스에 접속해 이름을 검색하는 데 얼마나 걸릴까? 별다른 게 나오지 않는다면 5분에서 10분, 하지만 이름과 관련된 사건이 검색되면 시간은 늘어날 것이다. 이미 10분을 넘겼지만 휴대폰은 잠잠했다. 두만은 휴대폰의 액정에서 눈을 떼지 못했다.

28

마당이 넓고 호화로운 집들을 지나자 포장도 되지 않은 흙 길이 나왔다. 차 한 대가 겨우 지나갈 정도의 좁은 길이었다. 오 팀장은 차가 길을 따라 강 쪽으로 가까워질 때부터 감이 좋지 않았다. 평소 사람들의 왕래조차 없어서인지 잡초가 길 안쪽까지 자라고 있었다.

그는 오는 내내 호화로운 집들의 입구에 달린 CCTV를 눈여겨보았다. 그러나 협조는 고사하고 사람을 만나기조차 쉽지 않을 것 같았다.

"더는 못 들어가겠는데요?"

지도를 보니 두 사람은 피해자 휴대폰이 켜진 기지국 반경의 가장자리에 있었다. 두 사람은 차에서 내렸다. 풀이 자란 좁은 길은 북한강 쪽으로 이어져 있었다. 풀이 바퀴에 눌리거나 꺾인 자국 하나 없이 생생했다. 아마도 그들이 짚어 온 길을 통해 놈이 기지국 반경 안으로 들어간 것은 아닌 것 같았다.

"팀장님, 아무래도 우리 망한 거 같죠?"

"그래. 진입로든 도주로든 길목이라는 게 있어야 그물을 쳐도 치지. 이건 뭐 망망대해에 족대 들고 있는 서 있는 꼴이니."

주변을 둘러봐도 눈에 띄는 건 나무와 풀뿐이었다. 동네 사람들이라고 해봐야 별장에 가끔 들르는 사람들이 전부일 것이다. 그들마저도 집 밖으로는 나오지 않는지 인적이라고는 없었다.

두 사람은 길을 따라 북한강을 향해 걸었다. 웃자란 잡초 때문에 운동화에 금방 풀물이 들었다. 그마저도 얼마 가지 못하고 길이 끊겼다. 오 팀장과 한 형사는 우거진 풀을 손으로 헤치며 강변으로 나아갔다. 기지국 반경의 중심에 가까워지고 있었다. 하지만 강변에 도착해보니 더 막막했다. 눈에 보이는 건 강물과 풀뿐, 제대로 된 길은 없었다. 지도에 찍힌 기지국 반경조차 오차가 있는 것 같았다. 길이 없다는 건 발길 닿는 데가 모두 길이라는 뜻이기도 했다. 놈이 강변을 따라 움직였다면 진입로든 도주로든 추적하는 게 불가능했다. 수색 범위조차 설정할 수 없을 정도였다.

"이런 델 고른 거 보면 그놈에겐 여기가 꽤 지리감이 있는 곳이겠죠?"

"계산한 거야. 우리처럼 차량으로 접근했으면 별장 주택 입

구의 CCTV라도 까보겠는데, 지리감이 있는 놈이라면 그 정
도는 예상했을 테고. 최소한 어느 쪽에서 접근했는지 방향이
라도 알아야 범위를 잡고 확인하는데……."

"혹시, 이쪽에 연고가 있는 건 아닐까요?"

"만에 하나 있다고 해도 용의자가 있어야 연고지라도 캐보
지, 확인할 방법이 없어. 이 근방에서 핸드폰이 한 번만 더 켜
지면 가가호호 방문해서라도 털어보겠는데."

"최 형사한테 피해자 핸드폰을 실시간 위치 추적하라고 해
뒀습니다. 켜지면 바로 연락 오겠죠."

"해당 기지국을 사용해 동 시간대 착발신한 내역은 어떻게
됐어?"

"최 형사가 확인 중입니다. 피의자 핸드폰 외에 동 시간대
통화한 기록이 있는 모든 명의자를 확인하라고 시켰습니다.
통화 패턴이나 거주지가 눈에 띄는 사람들 위주로 1차 추려
보라고 했고요."

"혼자서 가능할까?"

"여기 정리되면 바로 백업해야죠. 번화가가 아니라서 통화
량이 그렇게 많을 것 같진 않습니다."

"강 반장한테선 따로 연락 없었지? 우리랑 위치가 어긋났나?"

"전화해볼까요?"

"아니다. 그냥 두자. 여기 와봐야 우리처럼 이 꼴밖에 더 보

겠냐."

"팀장님, 이제 어떡하죠?"

"과장님께 보고해야지. 넌 기지국 주변으로 해서 별장 주택 CCTV 확보하고."

"또 삽질이네요. 나올 게 없어도 지원 요청은 해야죠?"

"해야지."

오 팀장은 수사과장에게 전화를 걸었다. 기다리고 있었는지 그가 바로 전화를 받았다.

"현장은 어때?"

"강변 따라 빈 데가 너무 많습니다. 검문검색 정도론 의미 없을 것 같습니다. 주변 별장 주택의 외부 CCTV 정도 확보하는 걸로 이쪽은 마무리해야 할 것 같습니다."

"조금 있어봐. 기동대랑 관할서 애들 곧 도착할 거야."

"과장님, 이쪽 상황 보면 기동대 애들 풀어서 찾을 것도, 나올 것도 없을 거 같습니다."

"빈 수레일수록 더 요란해야 해. 그래야 이목을 끌지. 기자들이 지 맘대로 기사도 막 써 갈기고. 기동대 가는 거 보고 눈치 빠른 기자들 몇은 벌써 따라붙었을 테니까 걔들한테 그림 될 만한 거 좀 던져줘."

"과장님, 사이즈를 너무 키우는 거 아닙니까?"

"이렇게 키워놔야, 잘되면 우리가 빛을 보고, 안 되면 청장이 책임지지. 어설픈 사이즈면 우리만 날아가."

"사람들이 불안해할 텐데요. 수사에 진전이 없으면 여론이 우릴 그냥 둘까요?"

"연쇄살인마가 살해된 피해자 전화기를 가지고 가서 유가족에게 전화를 했어. 그것도 유가족이 형사야. 아무리 여론이 나빠져도 유가족은 함부로 못 건드리지."

수사과장은 두만이 유가족이라는 것도 국면을 유리하게 끌고 갈 좋은 재료라고 여기는 것 같았다. 그래서 그는 지금까지 두만을 수사 일선에서 배제시키지 않았으리라.

아무리 승진이 중요해도 오 팀장은 두만의 불행까지 이용하고 싶지는 않았다. 하지만 당장 수사과장의 계획에 반박할 말을 찾지 못했다.

"……."

"놈이 대담하게 형사한테 전화해서 수사에 스토리가 생겼어. 이제 뉴스를 본 전 국민이 수사에 뛰어들게 될 거야. 모두가 잡고 싶은, 진정한 나쁜 놈이 생겼으니까. 타깃이 그놈이 되는 거지. 여론과 우린 같이 뛰는 한 팀이 되는 거고. 그러다 오 팀장이 진범 잡으면 영웅이 되는 거야. 못 잡으면……."

"알겠습니다."

전화를 끊고 나서도 식은땀이 등줄기를 타고 계속 흘러내렸다. 오 팀장은 이제 어떤 식으로든 발을 빼긴 늦었다는 걸 깨달았다.

"기동대 애들 보냈답니까?"

"그래. 과장이 사건 사이즈를 더 키울 모양이다."

"팀장님, 감당이 되시겠어요?"

"죽기밖에 더하겠냐. 못 잡으면 은퇴해서 원 없이 낚시나 다니는 거지."

멀리서 핸드 마이크를 시험하는 듯 짧게 울리는 사이렌 소리가 몇 번 계속됐다.

"팀장님, 기동대 애들 도착한 모양인데요."

"한 형사가 기동대 애들 풀어서 핸드폰이나 그런, 놈이 유기한 물건이 있는지 훑어보게 시켜. 딱, 뭐라고 특정하지는 말고. 두루뭉술하게 얘기해. 기자들도 온다니까 적당한 때 조명도 좀 쏴주고. 그래야 그림이 좀 나오지."

"알겠습니다. 근데 수사를 하는 건지, 뭘 하는 건지 도통 모르겠습니다."

"가자. 우리가 언제 머리로 수사했냐?"

두 사람은 내키지 않는 발걸음으로 왔던 길을 되짚어 나갔다. 바람에 휩쓸린 풀밭에는 이미 두 사람이 걸어온 흔적조차 남아 있지 않았다. 한 형사가 뒤를 돌아보았다.

"팀장님, 머리 정돈 좀 하시죠. 카메라가 기다리고 있을 것 같은데, 길 잃고 헤매다가 온 사람 같으면 모양 빠지잖아요."

오 팀장은 손으로 머리를 쓸어 넘겼다. 옷도 단정하게 정리했다. 사람들의 웅성거림이 가까워졌다.

"이럴 줄 알았으면 등산복 말고 재킷이라도 걸치고 나오는 건데 그랬다."

"이거라도 입으시죠. 팀장님 등산복보다는 좀 클래식한데."

한 형사가 자신이 입고 있던 점퍼를 벗어 내밀었다.

"그럴까?"

오 팀장은 한 형사와 점퍼를 바꿔 입었다. 소매가 좀 길긴 했지만 그럭저럭 맞았다.

"남의 옷 빌려 입은 거 같지 않아?"

"잘 어울려요. 기자회견 해도 될 거 같습니다."

입에 발린 칭찬이라는 걸 알면서도 오 팀장은 한결 가벼워진 걸음으로 풀숲을 헤치고 나갔다.

"참, 관할서 애들 데리고 별장에 설치된 CCTV 좀 확보해. 오늘 건질 건 그거밖에 없을 거야."

"가서 핸드 마이크 들고 기자들 앞에서 지휘하시죠. 낚시 갈 땐 가더라도 메인 뉴스는 타보고 가야 하지 않겠습니까?"

"그런가?"

한 형사가 길을 만들면서 빠르게 앞으로 나아갔다. 오 팀장은 두 손으로 마른세수를 몇 번 하고는 그의 뒤를 따라 걸었다. 기자들 앞에서 헝클어지고 초조한 티를 내고 싶지 않았다. 놈 역시 뉴스를 보고 있을 것이다.

✡

나중에 나 죽으면 파봐. 금괴 나오면 너 갖고.

선우현이 말이 계속 귓가를 맴돌았다. 그는 죽었고 두만은 그의 말대로 전원주택의 마당을 팠다. 거기엔 금괴 대신 사람들의 이름이 묻혀 있었다. 선우현은 왜 사람들의 이름을 전원주택 마당에 묻었을까?

윙, 휴대폰이 울렸다. 최 형사였다. 이미 30분이 지나고 있었다. 두만은 휴대폰이 두 번 울리기도 전에 받았다.

"반장님, 불러준 사람들 모두 킥스에 있습니다. 모두 사망했고요."

"사망했다고? 누굴 살해한 게 아니고?"

"아닌데요. 모두 피해잡니다. 김영학은 실종된 상태로 생활 반응도 없고요. 이정우는 건물 옥상에서 살해된 채 발견됐습니다. 오정태는 자신의 집에서 화재로 사망한 걸로 확인됐고요, 한성범의 경우만 욕조에서 사고로 사망한 걸로 처리돼 있습니다."

"범인은?"

"실종 건과 사고사를 포함해 모두 미제로 남았습니다."

"김영학의 부인은 살아있어?"

"수사 기록을 보면 김영학이 실종된 후 와이프와 회사 동료가 용의선상에 올라서 세게 조사를 받았습니다. 근데 알리바이도 있고, 드러나는 혐의점도 없어서 풀려났어요."

"이정우 사건은 어때? 살해당한 여고생 같은 다른 피해자는 없었고?"

"없었습니다. 수사는 용의자조차 특정하지 못하고 삽질하다 끝난 느낌입니다. 오정태는 주거지 화재로 사망했는데, 이 건은 보기에 좀 이상해요."

"왜?"

"오정태는 노래방 주인이었는데, 운영하던 노래방에 한 달 전쯤에 불이 나서 여고생이 사망했거든요. 뭔가 좀 공교롭잖아요."

"잠깐만, 불이 나서 여고생이 사망했다고? 방화야?"

"오정태가 가입한 보험금이 좀 돼서 감식을 빡세게 한 거 같은데 결국 실화(失火)로 처리됐습니다. 보험금도 지급됐고요."

목록에 있던 것과 유일하게 일치하는 내용이었다.

"차정후는?"

"AS 기사 차정후 말고 검색되는 동명이인은 없었습니다. 근데 반장님, 무슨 일입니까?"

"사건이 발생한 순서는 어떻게 돼?"

"반장님이 불러주신 순서의 역순입니다. 오정태부터 김영학 순이에요. 차정후가 가장 최근이고요."

"고맙다. 남양주 현장에서 뭔가 나오면 바로 연락 주고."

"반장님, 무슨 일인지는 모르지만 필요하시면 제가 돕겠습니다."

"그래, 고맙다. 구체적으로 뭔가 나오면 얘기할게."

두만은 선우현 목록의 이름과 엑스 표의 상관관계를 알 것 같았다. 엑스 표는 살인을 의미했다. 그리고 그는 엑스 표를 누가 했는지도 짐작할 수 있었다. 차정후를 비롯한 이들 모두를 살해한 연쇄살인마는 선우현이었다.

두만은 목록을 다시 보았다. 이름과 범행, 엑스 표. 이름과 엑스 표의 뜻은 알았는데 범행이 이해가 되지 않았다. 사건 기록과 일치하는 것은 맨 처음 발생한 오정태뿐이었다. 목록의 다른 피해자는 모두 생존해 있었고, 기록돼 있는 살인사건은 발생하지 않았다. 그가 틀렸다. 선우현은 살인마를 살해한 것이 아니었다. 그런데 정말 선우현이 틀린 걸까? '은색 총알', '과거', '두 번째 삶', '방아쇠' 같은 놈의 말이 두만의 머릿속에 계속 맴돌았다.

"미친놈."

이번에는 스스로에게 내뱉은 욕설이 분명했다. 말도 안 되는 상상이었다. 미치지 않고서야 믿을 수 없는 일이었다. 하지만 생각의 작은 틈을 비집고 상상이 자꾸 세를 불렸다.

만약 그들이 살인을 저지르는 걸 선우현이 미리 알았다면? 그가 무고한 피해자들을 살리기 위해 먼저 그 살인자들을 직접 살해한 거라면? 그래서 이름 옆에 쓰여 있는 살인사건이 실제로는 발생하지 않게 된 거라면?

형사라는 직업은 범죄를 예방하기보다는 이미 발생한 범죄의 피의자를 잡아 처벌하는 것에 방점이 찍혀 있다. 그 때문에 아무리 범인을 잘 잡는다 해도 피해자를 구할 수는 없다. 그것이 형사의 딜레마다. 만약 선우현이 은색 총알로 시간을 되돌려 2회차의 새로운 삶을 살았다면 그는 피해자들을 살리기 위해 뭐라도 했을 것이다. 두만 역시 같은 상황이라면 뭐라도 했을 것이다. 선우현의 방법이 나쁘긴 했지만, 이해할 수 있는 부분이 없는 건 아니었다. 같은 형사로서.

두만은 피식 웃어버렸다. 바보 같은 생각이었다. 이 모든 가정이 성립하려면 전제 조건이 필요했다.

탕! 과거로 되돌아가 새로운 삶을 다시 살게 되는 거죠.

놈의 말이 사실일 것.

29

'준비됐다.'

두만은 희령의 휴대폰에 문자를 보냈다. 마치 희령에게 하는 그의 다짐 같은 말이었다.

오 팀장의 인터뷰는 여론을 순식간에 들끓게 만들었다. 사람들의 이목이 오 팀장에게 집중됐다. 그는 소매가 긴 한 형사의 점퍼를 입고 카메라 앞에 서 있었다. 강렬한 카메라 조명에 그의 살짝 팬 주름이 깊게 드러나 몇 년은 더 늙어 보였다. 그는 시종일관 침통하고 낮은 목소리로 연쇄살인마가 피해자의 휴대폰으로 유가족에게 전화를 걸었다고 밝혔다. 그는 대화 내용을 밝히지는 않았지만 연쇄살인마가 정신적으로 문제가 있는 것처럼 보인다고 덧붙였다. 그는 유가족에 대해서 묻는 기자들의 질문에는 대답하지 않고 자리를 떴다.

두만은 휴대폰으로 오 팀장의 인터뷰를 지켜보았다. 오 팀장 뒤편으로 기동대 애들이 탐침봉을 들고 마구잡이로 수색을 하는 모습이 보였다. 언론에 보여주기 위한 쇼였다.

수사과장은 기동대 애들을 풀어 남양주시 한서면 일대를 꼬박 하루 동안 훑었다. 구형 휴대폰과 담배꽁초, 쓰레기들이 발견됐지만 사건과 관련된 건 없었다. 발견할 만한 것이 없다는 걸 알면서도 수색은 계속됐다. 현장에서 발견된 쓰레기들은 속보를 타고 인터넷 뉴스의 메인을 차지했다.

두만은 휴대폰을 손에서 내려놓지 못했다. 놈은 하루가 지나도록 휴대폰을 켜지 않았다. 놈은 느긋했다.

뉴스를 보면, 쫓기고 초조해야 할 쪽이 놈인 것처럼 보이지만 실제 초조한 쪽은 수사팀이었다. 수사팀은 대규모의 경력을 동원해 여론 몰이를 할 뿐 놈의 실체에 전혀 다가가지 못하고 있었다. 그건 두만도 마찬가지였다.

아무것도 먹지 않고 자지도 않았지만 배가 고프거나 피곤한 줄도 몰랐다. 두만은 휴대폰으로 가끔 시간을 확인했지만 시간이 흘러가는 것도 체감하지 못했다. 불 꺼진 선우현의 거실에서 희령이 쓰러져 있던 자리를 멍하니 보았다. 희령의 굽은 등이 떠올랐다. 어둠 때문에 희령의 핏자국은 보이지 않았지만, 콧속의 피 냄새가 지워지지 않았다.

거실 창으로 흐릿한 달빛이 들어왔다. 거실 바닥에 있는 희령의 핏자국이 점점 짙어졌다. 피 냄새도 덩달아 짙어졌다.

핏자국은 끝을 알 수 없는 검은 구멍처럼 깊어졌다. 시간도 빛도 구멍 속으로 모두 빨려 들어가는 것 같았다. 두만은 현기증이 났다. 몸이 천천히 꺾이며 구멍 속으로 빨려 들어갔다. 의식은 멀쩡했지만 가사 상태에 빠진 것처럼 그는 고꾸라져 움직일 수 없었다.

눈을 뜨는 것조차 마음대로 되지 않았지만 의식만큼은 명징했다. 선우현의 집은 그가 희령을 스토킹해서 알 수 있는 범위를 넘어섰다. 같은 이파리의 식물들과 비슷한 문양의 그릇들, 칼을 싼 행주, 같은 문양의 티셔츠. 오랜 스토킹으로 알 수 없는 디테일한 것들이었다. 선우현은 희령에 대해 아주 잘 알고 있었다.

멀리서 휴대폰이 울렸다. 두만은 손에 쥐고 있는 휴대폰을 들어 올릴 힘조차 없었다. 누군가 눈꺼풀을 누르고 가슴을 누르고 있는 것 같았다.

혹시, 과거로 돌아가고 싶은 생각 없어요? 그러니까, 후회되는 그런 순간으로 되돌아가, 인생을 다시 사는 거죠.

놈의 목소리가 환청처럼 들렸다. 두만은 후회되는 순간이 떠올랐다. 그날, 그 거울 앞이었다.

두만은 눈을 떴다. 그리고 휴대폰을 들어 올렸다. 오 팀장이었다.

"예, 팀장님."

"어디야?"

"몸이 좀 좋지 않아서요. 거긴 어때요?"

"강 반장, 미안하게 됐다."

"수사과장이 벌인 일이라는 거 압니다."

"그, 말하기 좀 뭣하지만, 저기, 그, 뭐냐."

오 팀장은 더듬더듬 말을 이어갔다.

"그거, 그놈이랑 통화한 거 녹취했냐?"

아마도 수사과장 지시일 것이다. 수사과장은 녹취한 내용을 언론에 풀어 불붙은 여론에 기름을 부을 속셈이었다.

"그럴 경황이 없었습니다."

"그래, 그렇지?"

"막상 내 일로 닥치니까 여유가 없더라고요."

오 팀장은 더 이상 캐묻지 않았다. 평소와는 다른 두만의 말투도 그냥 넘겼다.

"몸조리 잘하고, 혹시 다시 연락 오면 녹취 꼭 하고."

두만은 전화를 끊고 녹취한 파일을 플레이시켰다. 음성변조를 한 기분 나쁜 목소리가 흘러나왔다. 두만은 몇 분 되지 않는 파일을 몇 번이고 되풀이해서 들었다.

중요한 사람을 영원히 잃게 될지 몰라요. 기억이 희미해지면 그만큼 절박하지 않게 되죠.

은색 총알, 방아쇠, 과거, 새로운 삶, 희령이 있는 삶…….

몇 번을 들어도 놈의 말을 이해할 수 없었다. 하지만 들으면 들을수록 몇 개의 단어들과 문장들이 지워지지 않고 세를 불려 머릿속을 점령했다.

　다시 하루가 지났다. 메인 뉴스에 계속해서 한서면 일대 수색과 관련된 보도가 나가자 수사과장은 의미 없는 수색을 하루 더 연장했다. 그의 의도대로 종편과 뉴스 채널에서는 TV 중계차까지 동원해 풀숲을 뒤지는 기동대원들의 모습을 원거리에서 잡았다. 유가족에게 전화를 건 연쇄살인마는 뉴스의 많은 지분을 차지하며 메인 뉴스부터 마감 뉴스까지 하루 종일 보도되었다. 이제 이 사건을 모르는 사람이 한 명도 없을 정도였다.

　기동대가 철수한 뒤에도 남양주시 한서면 일대에는 특종을 쫓는 기자들이 뻗치기를 했다. 혹시라도 연쇄살인마가 다시 기지국 인근에서 피해자의 휴대폰을 켤지도 모른다는 기대에서였다. 하지만 전 국민이 아는 장소에서 놈이 희령의 휴대폰을 켤 확률은 제로에 수렴했다. 그들도 그걸 알고 있었지만 그 자리에서 기다리는 모습 자체가 긴장감을 유발하는, 잘 먹히는 뉴스였다.

　덕분에 그나마 아주 희박하게 남아 있던 가능성마저 사라졌다. 놈은 다시는 같은 장소에 나타나지 않을 것이다. 그래도 최 형사는 포기하지 않고 기지국 주변에서 기자들과 마찬가지로 잠복을 했다.

피 냄새가 가득한 불 꺼진 집에서 두만은 점점 온기를 잃고 식어갔다. 그는 잠을 자지도 깨어 있지도 못했다. 희령의 전화는 한 번도 켜지지 않았다.

인터넷 포털 뉴스에는 현장을 수색하는 기동대의 모습과 편의점에서 찍힌 놈의 CCTV가 하루 종일 메인에 걸려 있었다. 최경식 서울청장이 또 한 차례 사과를 했다. 대규모의 경찰력이 새롭게 투입돼 수사본부는 점점 더 규모가 커졌다. 그럴수록 놈은 더 깊이 숨어들 것이다.

두만은 놈에게 끝까지 농락당하고 있는 느낌이었다. 선우현의 빈집에 남아 있는 놈의 흔적이 점점 그를 죄어왔다. 희령의 피 냄새가 콧속에서 맴돌며 지워지지 않았다. 두만은 온몸에 벌레가 기어 다니는 환촉에 시달렸다. 그는 계속 몸을 긁어댔고, 가려움증은 사라지지 않았다. 여기저기에서 피가 배어났다. 그래도 그는 멈출 수가 없었다.

'은색 총알을 주마.'

두만은 미끼를 던졌다. 그가 가지고 있는 전부였다. 두만은 놈이 그렇게도 원하는 은색 총알을 머리통에 박아 넣어주리라 마음먹었다. 그를 괴롭히던 간지러움이 조금 잦아들었다.

휴대폰이 울렸다. '희령'이었다.

두만은 심호흡을 하고 전화를 받았다. 일부러 녹음은 하지 않았다. 놈과의 대화를 수사팀과 공유하기에는 은색 총알이 걸렸다. 수사팀의 누군가가 은색 총알에 호기심을 보이는 날에는 두만이 가지고 있던 마지막 미끼가 사라지게 될 것이다.

"예상보다 대답이 빠르시네요."

그때와 마찬가지로 음성을 변조한 일그러진 목소리였다.

"망설일 이유가 없으니까."

"은색 총알을 넘겨준다고요? 여전히 제 말을 믿지 않으시는군요."

"내가 믿든 안 믿든 너와는 상관없지 않나?"

"믿지 않는다는 건 은색 총알이 그저 미끼라는 뜻이죠. 믿는다면 절대 넘겨줄 수 없거든요. 뻔히 보이는 결과에 남은 시간을 걸 만큼 전 무모하지 않아요."

"그래서 총알이 필요 없다는 뜻인가?"

"은색 총알과 교환할 만한 게 제 목숨밖에 없다는 걸 아는 거죠."

"넘겨주마. 만나자."

"욕심 때문에 아직 손에 쥐고 있는 시간마저 날려버리고 싶지 않아요. 총알을 쓰지 않는 것도 선택이죠. 잘 가지고 계세요. 언젠가 조용히 찾으러 갈게요. 이제 휴대폰은 다시 켜지지 않을 거예요."

"잠깐만……."

두만은 다급했다. 희령의 휴대폰이 켜졌으니, 실시간으로 위치를 모니터하고 있던 최 형사와 수사본부 형사들이 놈을 향해 달려갈 것이다. 두만은 전화기가 꺼지지 않게 시간을 끌어야만 했다. 그는 되는대로 아무 말이나 내뱉었다.

"아직, 은색 총알의 사용법을 말해주지 않았어. 어떻게 사용해야 과거로 돌아갈 수 있는 거지?"

"간단해요. 은색 총알을 리볼버에 장전한 뒤 관자놀이에 대고 방아쇠를 당기면 돼요. 탕!"

놈은 궁지에 몰린 쥐를 놀리듯 두만을 희롱하고 있었다.

"좋아, 네놈 말을 믿어주지. 대신 내가 은색 총알로 네놈 머리통을 날려주마. 탕! 어때? 난 네 머리통을 날리고, 넌 네가 원하는 과거로 돌아가고. 우린 각자 원하는 걸 얻게 되는 거야."

놈이 잠시 침묵했다. 놈은 득실을 계산하는 것 같았다.

"제 말을 믿지 않는군요. 믿는다면 은색 총알을 제 머리에 쏠 이유가 없고, 믿지 않는다면 은색 총알은 결국 미끼일 뿐이죠."

"은색 총알을 너에게 그냥 주지는 않아."

"입장을 바꿔 생각해봐요. 형사님이 제 관자놀이에 리볼버를 대고 방아쇠를 당기는 순간, 머릿속에 '혹시'라는 의심이 생겼다면요. 방아쇠를 당겨 이놈의 머리통을 날리는 게 아니라 과거로 돌려보내 새로운 삶을 살게 만드는 것은 아닌가 의심이 생겼다면요. 그래도 제 관자놀이에 대고 은색 총알을 쏠 수 있겠어요? 아마 그렇지 않을걸요. 리볼버의 방향을 바꾸는 건 쉬울 테고, 전 과거로 돌아가는 대신 머리통만 잃게 되겠죠. 전 그런 위험을 감수할 만큼 절박하지 않아요. 기회는 형사님이 만들어줄 테니까요. 절실한 사람만이 과거로 돌아갈 수 있어요. 기억이 희미해지면 그만큼 절박하지 않게 되고요."

"무슨 개소리야?"

"시간이 지나면, 그냥 사는 거예요."

놈이 전화를 끊었다. 잠시 후 전화벨이 울렸다. 최 형사였다.

"반장님, 그놈이랑 통화하신 거 맞죠?"

"그래."

"내용은요?"

"여전히 횡설수설이야. 그보다 위치는?"

"전남 여수로 찍혔어요. 관할서 출동이랑 검문검색 요청하고 저도 그쪽으로 가고 있습니다. 기지국 주변 CCTV라도 털어보려고요."

"그래, 수고한다."

"제가 꼭 도움이 될 만한 걸 찾아오겠습니다. 뭔가 나오면 다시 연락드릴게요."

놈에게 졌다. 낮은 확률에 기대기에는 놈이 수사 패턴을 너무 잘 알고 있었다. 경찰력을 동원해 여수의 기지국 주변을 수색해도 CCTV는커녕 목격자조차 나오지 않을 것이다. 놈이 수사의 흐름을 쥐고 흔들고 있었다.

이제 놈을 다시 보는 건 오래 기다린 후에야 가능할 것이다. 두만의 기억이 흐려져 놈을 잊을 때쯤, 놈이 두만을 찾아올 것이다. 두만은 그때까지 기다려야 할 것이다. 은색 총알을 가지고서.

벌레가 기는 듯한 가려움증이 동맥혈관을 따라 심장에서 발끝까지 빠르게 옮겨갔다. 두만은 동맥혈관에서 피를 빼내면 가려움증이 사라질 것 같은 이유 없는 충동에 시달렸다.

30

두만은 리볼버의 실린더를 열었다. 비어 있는 첫 번째 약실을 비롯해 공포탄, 실탄 세 발이 차례로 들어 있었다. 그는 실린더 축을 눌러 공포탄과 실탄을 약실에서 빼냈다. 총알이 후드득 금속성을 내며 바닥에 떨어졌다. 두만은 은색 총알을 두 번째 약실에 밀어 넣고 실린더를 닫았다.

그는 방아쇠울에 집게손가락을 넣어 고무 패킹을 밀어냈다. 그리고 엄지손가락 끝으로 리볼버의 해머를 뒤로 젖혔다. 끼리릭, 비어 있던 첫 번째 약실이 돌아가며 해머가 고정됐다.

두만은 방아쇠에 손가락의 첫 번째 마디를 걸었다. 이제 그에게 남은 선택지는 없었다.

그는 심호흡을 했다. 기회는 단 한 번뿐이었다. 긴장 때문인지 리볼버의 무게 때문인지 총구가 가늘게 흔들렸다. 지금까지 그는 수도 없이 방아쇠를 당겨 표적지의 머리나 심장에 구멍을 냈다. 하지만 사람을 대상으로 총을 쏘아본 적은 없었다. 두만은 숨을 쉴 수가 없었다. 관자놀이에 총구가 닿아 차가웠다. 불과 열흘 전만 해도 그는 자신이 사람을 향해 리볼버의 방아쇠를 당기게 될 줄은 상상조차 하지 못했다. 두만은 손가락에 힘을 주었다.

탕! 은색 총알이 튀어 나갔다.

31

은색 탄두가 두만의 두개골을 뚫고 뇌를 가르며 일직선으로 지나갔다. 한 번도 경험해보지 못한 강렬한 통증이었다.

누구나 한 번쯤 과거로 돌아가는 상상을 한다. 이유야 어떻든 과거의 어느 순간으로 시간을 되돌리는 상상, 그때로 돌아가면 지금과는 다른 삶을 살게 될 거라는 상상. 지금의 삶이 산산조각 났거나 앞으로 다가올 미래의 시간까지 후회라는 괴물에 먹혀버린 사람일수록 더 간절하게 그런 상상을 한다. 두만은 그런 상상을 한다. 과거로 돌아가 찰나의 선택을 되돌리면 그 작은 선택이 현재를 바꿔줄 나비의 날갯짓이 될 거라고. 하지만 어떤 사람도 과거의 시간으로 돌아갈 수는 없다. 누구나 그걸 안다. 아무리 간절하게 상상을 해도 현실에서 이루어지지 않는 일이다.

과거로 돌아가고자 하는 사람은 옥상에서 뛰어내리거나 목을 매거나 머리에 총을 쏘는 사람과 근본적으로 다르지 않다. 절망의 크기가 클수록, 절실하면 할수록 더 그렇다.

그렇기 때문에 절실한 사람만이 자신의 머리에 대고 리볼버 방아쇠를 당길 수 있다고 한 놈의 말은 맞다.

천국, 지옥 같은 사후세계나 돌고 돌아 다시 시작되는 윤회의 삶 같은 건 없을지 몰라도 절실한 사람은 결국 방아쇠를 당길 수밖에 없다. 놈이 말한 대로, 과거로 돌아갈 수 없더라도, 새롭게 시작되는 인생이 없더라도 그렇다. 두만의 삶에 남은 유일한 방법이었고, 놈의 말대로, 선택은 두만의 몫이었다.

총알이 머릿속을 지나가는 그 찰나의 순간, 두만은 그날 아침을 떠올렸다.

¤

뇌세포가 모두 으깨지는 듯한 통증이 계속됐다. 비명이 터질 것 같았다. 죽음보다 고통이 먼저 찾아왔다. 그리고 잠깐 동안 암전됐다.

몸이 뻣뻣하게 굳어지는가 싶더니 다리가 풀려 휘청거렸다. 두만은 양팔을 허우적대다 간신히 벽을 짚고서야 버틸 수 있었다. 땀이 배어났고 움찔움찔 몸이 흔들리며 통증이 지나갔다.

두만은 눈을 떴다.

그는 거울을 짚고 서 있었다. 거울에 바짝 붙어 선 탓인지 초점이 잡히지 않아 얼굴이 잘 보이지 않았다. 매끈한 거울 표면에 그의 숨결이 기하학적인 곡선을 그렸다.

두만은 천천히 거울을 밀어냈다. 거울과 떨어져도 얼굴의 윤곽이 흔들렸다. 조금만 움직여도 눈 코 입의 경계가 번져 두만은 여전히 자신의 얼굴을 알아볼 수 없었다.

그는 다리에 힘을 주었다. 현기증 때문에 몸이 흔들려 얼굴이 흔들리는 것이라 생각했다. 하지만 아무리 다리에 힘을 주고 벽을 짚고 있는 손에 힘을 주어도 거울에 비친 그의 얼굴은 초점이 맞지 않고 흔들렸다.

두만은 눈을 비볐다. 몸이 흔들리지 않아도 여전히 얼굴의 윤곽이 불빛처럼 번지면서 형태를 알아볼 수 없을 정도로 뭉개졌다. 그는 초점이 잡히지 않는 눈을 가늘게 떴다. 눈싸움을 하듯 거울 속의 얼굴을 노려보았다. 얼굴은 모자이크를 한 것처럼 눈 코 입이 뒤섞였다.

순간, 두만은 거울 속 다른 사물들이 멀쩡하게 보인다는 걸 깨달았다. 부조화, 그래서 더 어지러운 것 같았다. 눈이 잘못된 건 아니었다. 혹시, 그날 아침으로 돌아온 걸까? 그는 반사적으로 고개를 돌려 뒤를 보았다. 거기에 희령이 있었다.

아, 하는 안도감이 들었다. 두만은 눈물이 날 것 같았다. 모두 망상이었을까?

희령이 위험할지 모른다는 생각에 망상이 더해져 한바탕 꿈을 꾼 것인지도 모른다. 혼자 꾼 꿈속에서 최악의 결말을 만들어 스스로 버둥대고 있었던 건지도 모른다.

두만은 다시 거울을 보았다. 얼굴의 윤곽이 뭉개져 여전히 알아볼 수 없었다.

모든 것이 망상일 뿐인데, 눈을 뜨고도 꿈을 꾸다니. 그는 어처구니가 없었다.

"냉장고를, 실력 있는 기사가 와서 새것처럼 고쳐줬어요."

내가 희령에게 고장 난 냉장고에 대해서 물었던가?

거울 속에서 희령이 두만을 보고 있었다. 희령의 얼굴 윤곽이 흔들려 알아볼 수 없었다. 눈에 초점을 맞추어도 거울 속 자신의 얼굴처럼 희령의 눈 코 입도 흔들리며 뭉개져 알아볼 수 없었다.

두만은 눈을 감았다. 그는 두 눈을 양 손바닥으로 꾹꾹 눌렀다. 꿈속처럼 비현실적인 느낌이었다. 처참하게 희령이 죽은 것이 망상인지, 이렇게 따뜻한 음성으로 등 뒤에 희령이 서 있는 것이 망상인지, 두만은 혼란스러웠다. 어느 쪽이 현실이고 어느 쪽이 꿈인지, 꿈속에서 또 꿈을 꾸고 있는 건 아닌지 분간할 수 없었다.

두만이 돌아섰다. 희령이 눈앞에 있었다. 하지만 거울 속과 마찬가지로 희령의 얼굴은 알아볼 수 없게 흔들렸다.

"안색이 안 좋아요. 무슨 일 있어요?"

희령의 목소리가 다가왔다. 혼란 속에서도 두만은 그녀를 안심시키고 싶었다.

"……눈이 좀 나빠졌나 봐요. 영 흐릿하게 보여요."

"무리해서 그래요. 잠도 좀 자고 그래요. 건강에 신경 쓸 나이가 된 거예요."

"그럴게요."

두만은 근육처럼 단단하게 굳어진 자신의 만두귀를 손가락으로 힘을 주어 눌렀다. 부풀어 오른 귀에 통증이 느껴졌다. 분명 살아있었다. 이편이 현실이었다.

"출근해야겠어요. 참, 현관 밖에 내놓은 쓰레기봉투는 아까 버렸어요."

"아, 그랬구나. 한참을 찾았어요."

"짐을 좀 싸놓아요. 며칠 여행을 가야 할 것 같아요. 오후에 데리러 올게요."

"여행이요? 갑자기 무슨 일이에요?"

"일 없어요. 당신이랑 여행 한 번 제대로 못 갔잖아요."

희령을 향한 미안함과 애틋한 마음이 북받쳐 올랐다.

"괜찮겠어요?"

"안 괜찮으면 형사 그만두죠, 뭐."

"혹시, 뭐 안 좋은 일 있어요? 어디 아픈 데 있는 거 아니죠?"

"나 유도 국가대표 출신이에요. 올림픽에는 못 나갔지만, 건강만큼은 자신 있어요. 그보다 요즘은 악몽 같은 거 안 꿔요?"

"아뇨. 어젠 잘 잤어요. 오늘따라 이상하네……. 저는 괜찮아요. 알았죠?"

희령에게는 아무 일도 일어나지 않은 것 같았다.

"알았어요. 여행 갈 준비나 해둬요. 내가 올 때까지 밖에 나가지 말고, 누가 오든 문 열어주지 말고요."

"정말 무슨 일 있어요?"

두만이 웃으며 돌아설 때까지 희령은 그대로 서 있었다. 얼굴의 윤곽이 흔들리는 탓에 희령의 표정을 읽을 수 없었다.

두만은 현관 밖으로 나왔다. 현관문의 디지털 도어록이 잠기고 안에서 물소리가 들릴 때까지 그는 문에 기대 가만히 서 있었다. 눈물이 뺨을 타고 흘러내렸다. 그는 안에서 들리는 발걸음 소리와 달그락거리는 소리를 들으며 한참 동안을 그렇게 있었다. 희령이 눈치채지 않도록 소리를 죽이고서.

두만은 그날과 같이 휴대폰의 플래시를 켜고 계단을 훑었다. 역시 있었다. 곤충의 날개처럼 미세하게 떨리는, 숨이 죽지 않은 땅콩껍질. 두만은 그날처럼 땅콩껍질을 담뱃갑의 비닐 포장에 모았다. 정말 그날이 되풀이되고 있는 건가? 나는 그 악몽 같은 날들을 건너 정말 과거로 돌아온 건가? 아니면, 아직까지 망상 속에서 꿈을 또 꾸고 있는 건가?

두만은 엘리베이터의 스위치를 눌렀다. 1층에 머물러 있던 엘리베이터가 천천히 올라왔다. 그는 엘리베이터를 타고 18층까지 올라갔다. 그리고 옥상으로 나가는 철문 앞에 서서 크게 심호흡을 했다. 철문을 열고 옥상으로 나가면 거기에 아무것도 없기를, 풀어 헤쳐진 쓰레기봉투 따위는 없기를 바랐다. 그가 겪은 모든 일들이 그저 머릿속으로 만들어낸 망상이기를 바랐다.

두만이 문을 열었다. 군데군데 방수페인트가 벗겨진 초록색 옥상 바닥이 눈에 들어왔다. 한쪽 난간을 타고 들어온 바람이 사방의 벽면에 갇혀 소용돌이치고 있었다. 풀어 헤쳐진 쓰레기봉투의 주둥이가 요란한 소리를 내며 펄럭거렸다. 페인트 조각과 쓰레기봉투에서 나온 영수증, 흙먼지, 삭은 나뭇잎이 바람에 엉켜 휘몰아쳤다.

그날과 같은 날이었다. 두려움이 솟구쳤다. 두만은 식은땀에 온몸이 축축하게 젖어가는 게 느껴졌다. 이마에도 땀이 뱄다. 그는 다리가 풀려 바닥에 주저앉고 말았다. 등줄기를 바람이 훑고 지나갔다. 서늘한 느낌에 두만은 몸서리를 쳤다.

그가 기억하는 지난 시간은 머릿속에서 만들어낸 망상이 아니었다. 그는 미래를 기억하고 있었다. 놈의 말대로 두만은 과거의 그날로 돌아왔다.

믿기지 않았다. 두만은 마치 마주 보는 거울 사이에 서 있는 것 같았다. 한쪽 거울이 다른 거울을 비추고 비춰진 거울이 다시 마주 선 거울을 비추며 끝도 없이 깊어지는 장면 속으로 빨려 들어가는 느낌이었다. 꿈속의 꿈처럼, 망상 속에서 다시 망상이 시작되는 것 같았다.

옥상에 바람이 휘몰아쳤다. 희령의 흔적들이 다시 바람에 엉켰다. 악몽 속에서든, 되풀이되는 현실 속에서든 두만은 희령을 지켜야 한다고 생각했다. 놈을 잡아야 한다. 희령이 불안에 떨지 않도록, 희령을 잃을까 스스로 불안에 떨지 않도록 먼저 놈을 잡아야 한다. 만약 정말 과거로 돌아온 것이라면 이번엔 반드시 놈을 잡아야 한다.

두만은 쓰레기봉투에서 숫자가 적힌 종잇조각과 대학교 주차비 영수증을 찾아 사진을 찍었다. 그리고 차정후의 명함을 챙겼다. 그가 기억하는 한, 이것들에서 놈의 지문은 나오지 않았다. 쓰레기봉투에서 쓸 만한 정보는 이 정도가 전부였다.

두만은 쓰레기봉투를 들고 옥상을 나와 18층 엘리베이터 앞에 섰다. 엘리베이터가 도착하기 전 18층 남자가 현관문을 열고 나왔다. 남자가 두만에게 가볍게 목례를 했다. 남자의 얼굴 윤곽이 흔들려 정확히 알아볼 수는 없었지만 누군지 알 것 같았다. 그날 엘리베이터에서 마주친 남자일 것이다. 남자는 그날과 마찬가지로 검은색 등산복 바지에 회색 티셔츠를 입고 있었다.

두만 역시 목례를 했다. 남자는 엘리베이터가 1층에 도착할 때까지 휴대폰을 보고 있었다. 두만은 엘리베이터 문이 열리자마자 쓰레기봉투를 들고 관리실로 향했다. 그날처럼 당직을 선 직원이 있을 것이다.

그는 쓰레기봉투를 수거함에 던져 넣었다. 그리고 관리실 직원에게 CCTV의 복사본을 받았다. 관리실 직원 역시 얼굴 윤곽이 흔들려 알아볼 수 없었다.

은색 총알의 후유증 때문에 사람들의 얼굴을 알아볼 수 없는 것이라고 두만은 생각했다. 몸이 이 시간대에 적응하면 곧 괜찮아질 것이다. 그는 그렇게 믿기로 했다.

두만은 차를 몰고 아파트를 빠져나왔다. 막 아파트 정문을 벗어나는 순간, 인도에서 걸어오던 모자 쓴 남자의 얼굴을 확인하고 그는 급하게 브레이크를 밟았다. 두만은 차에서 내렸다. 모자 쓴 남자를 정면으로 마주 보았다. 지금까지와는 달리 남자의 얼굴은 눈 코 입이 또렷하게 보였다. 얼굴의 윤곽도 흔들리지 않았고, 표정까지 읽을 수 있었다. 하지만 그가 기억하는 CCTV 속 모자 쓴 남자는 아니었다.

그는 마주 오는 사람들의 얼굴을 하나씩 뜯어보며 걸었다. 두만의 시선을 의식해 고개를 돌린 몇 명을 제외하고는 사람들의 세세한 표정까지 읽을 수 있었다. 그의 생각대로 사람들의 얼굴을 알아보지 못하는 것은 일시적인 현상이었다. 눈이 적응하자 은색 총알의 후유증이 사라지고 다시 사람들의 얼굴을 알아볼 수 있게 된 것이다.

그는 휴대폰을 꺼내 사진 폴더를 열었다. 하지만 여전히 희령의 사진은 초점이 맞지 않고 깨져 보였다. 사진을 몇 장 넘기다 어느 날 회식 자리에서 팀원들과 찍은 사진에서 멈췄다. 오 팀장이나, 한 형사, 최 형사의 얼굴 역시 알아볼 수 없을 정도로 흔들렸다.

두만은 알아볼 수 없는 얼굴과 알아볼 수 있는 얼굴에 일정한 패턴이 있다는 걸 깨달았다.

면식. 두만이 알아볼 수 없는 사람들은 그가 얼굴을 기억하는 사람들이었다.

은색 총알의 후유증이 분명했지만, 눈이 문제가 아니었다. 두만은 누구를 먼저 찾아가야 할지 알 것 같았다. 그때 그날처럼, 선우현을 찾아가야 했다. 과학적으로도, 논리적으로도 설명되지 않는 이 상황들에 대해 물으면 선우현은 어떤 대답을 할까.

선우현도 두만의 얼굴을 알아보지 못했던 걸까? 희령의 얼굴도? 선우현은 은색 총알의 용도를 알고 있었을 것이다.

차량이 늘어나기 시작하는 도로를 헤치며 두만은 빠른 속도로 차를 몰았다. 낡은 쏘나타의 엔진 소리가 커졌다.

서울청에 도착한 두만은 다기능분석실이 있는 3층까지 비상계단을 걸어 올라갔다. 엘리베이터를 타면 아는 사람과 마주쳐도 피할 방법이 없었다. 가까운 동료를 피해 다니는 형사라니. 두만은 쓴웃음이 나왔다. 형사가 동료는 물론, 수배된 용의자들의 얼굴을 알아보지 못한다는 건 치명적인 결함이다. 면식장애라는 것을 들키는 날에는 형사로서의 커리어도 끝이다. 내근직으로 서류를 만지거나 유치장 관리를 해야 할 것이다. 그러니 적어도 희령을 살해한 범인을 잡을 때까지는 들킬 수 없었다.

두만은 복도를 지나 다기능분석실까지 가는 동안 얼굴을 알아볼 수 없는 다섯 명의 사람과 마주쳤다. 옷차림으로 보아 세 명은 강력계 형사였고 근무복을 입은 두 명은 내근직 부서의 직원이었다. 그는 휴대폰을 꺼내 들고 통화를 하는 척 가볍게 목례하며 그들을 지나쳤다.

두만은 증거물분석실의 비밀번호를 누르고 문을 열었다. 그날처럼 선우현이 커피를 내리고 있었다. 은은한 커피 향이 들숨을 따라 콧속 깊이 들어왔다.

선우현은 두만이 가까이 다가갈 때까지 주전자 끝에서 눈을 떼지 않고 커피 드리퍼에 물을 붓고 있었다.

"여기 있을 줄 알았어요."

두만이 먼저 말을 걸었다. 튀어나오려는 말들을 누르고 눌러 골라낸 말이었다.

"커피 한 잔 줄까?"

선우현이 두만을 보았다. 선우현의 얼굴 역시 눈 코 입의 윤곽선이 흔들리고 엉켜서 알아볼 수 없었다.

"아뇨. 이것부터 봐주세요."

두만은 작업대에 땅콩껍질이 담긴 담뱃갑 비닐을 꺼내놓았다.

"뭐야, 이게?"

"증거죠."

"무슨?"

"차정후의 DNA가 검출될 아주 중요한 증거물이죠. 오늘 저희 집 앞 계단에 떨어져 있었고요."

그동안 쌓인 감정 때문인지 두만의 말투는 공격적이었다. 심상치 않은 어감에 선우현이 드리퍼에 물줄기를 부어 넣던 걸 멈췄다. 그가 주전자를 내려놓았다.

"검출될? 좀 알아듣게 설명을 해봐. 무슨 일이야?"

두만이 차정후의 명함을 선우현에게 내밀었다.

"차정후, 누군지 아시죠?"

"얼굴은 모르겠고, 차정후라는 이름은 기억하지."

"지금까지는 냉장고 AS 기사죠. 작업실 냉장고에 개와 고양이를 죽여 보관하는 놈이고요. 여자 고객의 팬티와 브라,

스타킹, 슬리퍼 같은 걸 훔치는 변태죠. 그러다 살해당했고요. 아니, 살해당할 예정이고요."

선우현이 들고 있던 차정후의 명함을 내려놓고 두만의 얼굴을 똑바로 봤다.

"살해당할 예정이라고?"

"적어도 제가 기억하는 놈의 지난 생에서는 살해당했으니까요. 이번 생에서는 아직 예정이고요."

두만은 자신이 생각해도 앞뒤가 맞지 않는 대답이라 생각했다. 감정이 말보다 앞서 있었다.

선우현이 두만의 손을 잡았다. 두만은 차마 그의 손을 뿌리치지 못했다.

"지난 생이라……. 다행이다. 네가 시간을 되돌려서."

"어떻게 된 건지 얘기 좀 해봐요. 미칠 것 같으니까."

"허벅지의 은색 총알이 사라진 걸 보고 누군가 시간을 되돌렸다는 건 알았어. 그게 너였으면 했고. 나 살해당한 건가?"

"선배가 은색 총알을 허벅지에서 꺼내 죽기 전에 삼켰어요. 부검 과정에서 부검의가 찾아냈고요. 그걸 내가 머리에 쐈죠."

"범인은 잡지 못했고?"

"잡지 못했죠. 희령도 살해당했고요."

"되돌린 생에서도 난 놈에게 졌던 모양이군. 그래도 너에게 은색 총알을 남긴 걸 보면 아주 멍청하지는 않았네?"

선우현이 농담처럼 가볍게 말했다. 하지만 두만의 머릿속은 정리되지 않는 생각들이 엉켜 터질 것 같았다.

"어떻게 된 거예요? 도대체 그날 무슨 일이 벌어진 거예요?"

"그날?"

"희령이 선배와 함께 살해된 날이요."

"미안하다. 내가 도와주지 못해서."

"아무것도 기억나지 않아요?"

"되돌린 건 너의 시간이야. 나에겐 아직 일어나지 않은 너의 시간. 그래서 네가 나의 시간을 기억할 수는 있지만 내가 나의 일어나지 않은 미래를 기억할 수 없어."

"무슨 뜻이에요?"

"시간을 되돌리면 되돌린 시간의 기억은 오직 은색 총알을 쏜 사람에게만 남아. 그러니까 네가 되돌린 시간을 기억하는 사람은 너뿐이야. 내겐 일어나지 않은 미래인 거지."

"선배도 은색 총알을 쏜 거죠?"

선우현이 고개를 끄덕였다.

"나는 너무 오래 되돌렸지. 10년, 긴 시간이었다. 이제 얼마나 남았나?"

"열흘이요."

32

"내가 되돌린 지난 생에서 서연은 손가락 열 개를 모두 잘린 채 살해당했어. 10년 전 그녀의 부모님이 살해당한 방식과 같았지. 그녀의 잘린 손가락이 붉은 혈흔 위에 우수수 떨어져 있는걸 보는데, 처음으로 사람에 대한 살의를 느꼈다. 그런데 놈을 쫓아갈 단서라고는 없었어. 눈을 떠도 눈을 감아도 그녀의 공포에 질린 눈과 잘린 손가락이 지워지지 않았어. 고통을 지우는 방법은 은색 총알뿐이었다. 너도 알다시피 다른 방법 같은 건 없잖아. 탕!"

선우현이 손가락으로 만든 총을 관자놀이에 대고 방아쇠를 당겼다. 두만은 고개를 끄덕였다. 자신의 머리에 총을 쏘아본 사람만이 이해할 수 있는 이야기였다.

선우현이 서버를 기울여 커피를 따랐다. 두만은 커피를 한 모금 마셨다. 따뜻한 액체가 목구멍을 타고 내려갔다. 선우현이 두만을 보았다. 두만도 선우현을 보았다. 표정은 물론, 얼굴조차 알아볼 수 없는 두 남자가 서로 마주 보고 앉아 있었다. 두 사람은 서로의 얼굴을 알아볼 수 없었지만 서로를 이해할 수는 있었다.

선우현은 아무도 기억하지 못하는, 유일한 그의 삶을 떠올렸다. 그가 서버를 기울여 커피 잔을 채웠다. 어디서부터 시작해야 할까. 생각이 말이 되는 데는 시간이 더 필요했다.

◌

검붉은 혈흔 위로 잘린 손가락이 살아있는 애벌레처럼 어지럽게 흩어져 있었다. 모두 스무 개. 살해당한 노부부의 손가락이었다. 선우현은 누렇게 색이 바랜 현장감식보고서를 천천히 넘겼다. 10년 동안 시간 날 때마다 살펴본 터라 사진 찍힌 현장의 아주 세세한 부분까지 그는 기억했다. 눈을 감아도 사건 현장의 모습이 눈앞에 있는 것처럼 생생하게 그려졌다.

노부부는 열 개의 손가락을 잘린 채 살해당했다. 바닥에 생성된 혈흔의 패턴과 손가락의 절단면으로 보았을 때 손가락은 피해자들이 살아있을 때 잘려나갔다.

보통의 경우 시체의 손가락을 잘라내는 건 지문을 지워 시체의 신원을 숨기기 위해서다. 그 때문에 시체를 유기하기 전에 잘라낸다. 잔인하지만 드문 케이스는 아니다. 하지만 노부부의 시체는 그들의 자택에서 발견됐다. 시체는 손가락이 잘려 있었고, 잘린 손가락도 함께 발견됐다. 신원을 감추기 위해 손가락을 절단한 것이 아니었다. 살인마는 노부부에게 고통을 가할 목적으로 고문한 뒤 살해했다.

탐문수사를 했지만, 노부부가 원한을 살 만한 사람은 없었다. 노부부는 선한 사람들로 명망이 높았고 가진 것을 나누는 것이 익숙한 사람들이었다. 독일에서 유학했고 그곳에서 자리를 잡았던 두 사람은 강사로 대학에서 각각 예술과 신화를 가르쳤다. 아마 아이가 태어나지 않았고, 국내 대학에 교수 자리가 나지 않았다면 계속 독일에서 살았을 것이다.

선우현은 당시의 현장 증거물 목록을 수없이 재확인했다. 각각의 수거물에 대한 검사 결과도 이미 알고 있었다. 사건 현장에는 지문 등 증거가 남지 않았고, 설사 뭔가 남아 있었다고 해도 과학수사가 활성화된 시절이 아니었기 때문에 증거로 활용할 수 없었다. 아무리 파헤쳐도 증거물 목록에는 개인을 식별할 증거가 없다는 걸 인정할 수밖에 없었다.

휴무 중에도 선우현은 집에서 사건 파일을 들여다보고는 했다. 오랜만에 노부부의 파일을 보던 저녁 선우현은 문득 증거물보관실을 떠올렸다. 목록에는 없지만 현장에서 수거했다가 반환되거나 폐기되지 않은 노부부의 물건이 있는지 증거물보관실을 뒤져봐야겠다고 그는 마음먹었다.

뭔가 나온다면 당시 용의선상에 올랐던 놈들을 다시 수사할 계기가 생길 것이다. 선우현은 용의자들의 얼굴을 한 명씩 떠올렸다.

문을 여는 인기척에 파일을 급하게 덮었다. 서연이었다. 살해당한 노부부의 딸, 그리고 지금은 그의 아내. 한서연은 피해자 보호 프로그램 덕에 이름을 바꿨고, 과거의 모든 기록을 지운채 법적으로 새로운 사람이 되었다. 하지만 그래도 그녀는 늘 불안해했다. 외상 후 스트레스 장애에 시달렸기 때문이었다.

선우현은 파일을 책상 서랍에 넣고 닫았다. 서연이 봐서 좋을 건 없었다. 그녀는 10년 전 그날 이후 자주 호흡곤란을 일으켰고, 작은 소리에도 공포에 질렸다. 약이 없으면 정상적인 생활을 할 수 없었다.

¤

"서연이 희령인 거죠?"

"아니, 한서연은 한서연이지. 한희령이 한희령인 것처럼. 서연은 내 기억에만 존재하는 사람이야."

두만은 고개를 끄덕였다. 그의 말이 맞았다. DNA가 같다고 같은 사람은 아니었다. 커피가 식어가고 있었다.

취향이나 스타일도 상대의 기억에 남는 것이다. 두만은 선우현의 집이 자신의 집을 복사해놓은 것처럼 닮았던 이유를 이해할 수 있었다.

"선배가 희령을 계속 미행했던 건 연쇄살인마 때문이고요?"

"서연이 살해당한 게 이즈음이었거든."

"그럼, 희령이 서연이 아니듯이 살인마도 지난 생의 살인마와는 다른 놈이라는 거잖아요."

"그래. 내가 다른 선택을 했듯 놈도 다른 선택을 할 수 있는 거지."

두만은 조급해졌다. 자신이 되돌린 시간 안에서 연쇄살인마가 또 어떤 선택을 할지 두려웠다. 남은 시간이 얼마나 될까? 열흘은 될까?

두만은 자신도 모르게 다리를 떨고 있었다. 무릎에 힘을 주었다. 생각을 더듬는 듯 이야기를 잠시 멈췄던 선우현이 지난 생의 기억을 떠올리며 다시 입을 열었다.

¤

선우현은 침침해진 눈 때문에 고개를 들었다. 연쇄 부녀자 실종사건의 기록에서 눈을 뗐을 때 창밖은 이미 어두워져 있었다.

그때였다. 그의 휴대폰은 물론이고 사무실에 남아 있던 형사들의 휴대폰이 일제히 울렸다. 유괴·실종 경보였다. 16세 여고생이 하굣길에 실종됐다는 내용이었다. 드문 경우였다. 보통은 아동이나 치매 노인, 발달장애인 등 자력으로 집에 돌아올 수 없는 사람들이 실종된 경우에 울리던 경보였다.

선우현은 실종된 여고생의 프로필을 확인했다. 기록을 보면 가출할 준비도 되지 않은, 그럴 이유도 없는 평범한 아이였다. 여고생과 마지막으로 통화한 사람은 아이의 엄마였다. 아이는 수학학원에 가고 있다는 통화를 한 뒤 실종됐다. 아이는 학원에 도착하지 않았고, 마지막 통화가 끝난 기지국 반경 안에서 전화기가 꺼졌다.

실종된 지 세 시간이 지나고 있었다. 아동은 실종 후 세 시간 이내에 발견할 경우 네 명 중 세 명은 살릴 수 있다. 75퍼센트의 생존율이다. 그러나 실종 72시간이 지나면 생존율은 희박해진다. 수사팀은 여고생의 실종을 강력사건으로 전환했다. 하굣길 동선의 CCTV 확보와 목격자 탐문이 빠르게 이루어졌다.

선우현은 느낌이 좋지 않았다. 연쇄 부녀자 실종사건의 기록을 보고 있었기 때문인지 실종 경보의 내용이 사건 기록과 겹쳐졌다. 객관적으로 보면 부녀자 실종사건과는 범행 패턴도 다르고, 실종 피해자들과 여고생의 프로필도 달랐지만 계속 그의 신경을 건드렸다.

애초에 연쇄 부녀자 실종사건은 여성들의 실종을 단순 가출이나 개별 사건으로 보고 각각 다른 관할서에서 수사를 진행하고 있었다. 비슷한 시기에 비슷한 패턴으로 부녀자 실종사건이 발생하자 언론에서 먼저 연쇄 가능성을 제기했다. 특별한 증거가 있어서라기보다 여러 건의 실종사건을 '연쇄'라는 단어로 한데 묶어 기사의 파급력을 키운 것에 불과했다. 하지만 연쇄실종사건 뉴스는 대중들의 막연한 불안에 불을 붙이는 촉매제가 됐고, SNS를 타고 유언비어까지 퍼지면서 대중의 불안은 극대화됐다. 결국 경찰 지휘부에서는 실무진의 의견을 무시하고 부녀자 연쇄실종 전담팀을 꾸렸다.

실무진 입장에서는 '연쇄'로 볼 근거가 없는 사건을 여론에 떠밀려 수사하는 터라 수사에 대한 의지도 없었고 따라서 진척도 느렸다. 수사에 성과가 나오지 않자 지휘부는 선우현의 강력3팀까지 부녀자 연쇄실종 수사팀에 넣어버렸다.

피해자들의 실종 정황을 살펴보던 선우현은 사건들에 공통된 특이점이 있다는 걸 발견했다. 재개발지구에 혼자 사는 여자, 외부 침입 흔적이나 피해자가 저항한 흔적 또는 물색 흔적조차 없는 주거지, 목격자도 없으며, 실종된 피해자가 외출한 흔적 역시 없는 정황. 그녀들은 하나같이 외부 인과관계 없이 실종됐다. 갈등관계의 주변인조차 없거나 있더라도 알리바이가 분명했다.

피해자 모두 집에서 실종됐고, 외부 침입 흔적이 없었다. 선우현은 범인이 피해자와 면식관계일 가능성이 크다고 판단했다. 하지만 사는 곳과 직장, 인간관계가 모두 다른 피해자들 모두와 범인이 면식관계를 갖기는 사실상 불가능에 가까웠다. '연쇄'가 맞다면 딱 떨어지는 공통점이 뭘까?

선우현은 초조한 심정으로 자료들을 뒤적거렸다. 실종된 이후 피해자들의 생활 반응은 없었다. 현실적으로 보면 '실종'과 '살인'의 차이는 피해자의 시체를 발견했는지 여부뿐이었다. 만약 여고생 역시 부녀자 연쇄실종사건의 연장선에 있다면, 실종이 살인이 되기 전에 그 아이를 빨리 찾아내야 했다.

선우현은 개별 사건들의 정황을 살펴보고 전담팀에서 수사한 사항들을 꼼꼼히 확인했다. 전담팀은 지휘부의 지시에 마지못해 기초적인 수사를 진행하고 있었다. 통화 내역을 뽑고 CCTV를 확보하고 인터넷 커뮤니티와 SNS 팔로워를 확인했다. 하지만 수사에 방향성이 없었다. 영혼 없는 수사, 의지 없이 자료만 확보하는 삽질의 흔적이었다.

선우현은 가장 최근에 실종된 김혜진의 통화 내역을 확인했다. 통화 내역은 최근 3개월 치였다. 수사팀이 착발신자들 중 의심할 만한 사람의 신원을 이미 털 만큼 턴 상태였지만 용의자로 특정할 만한 사람은 없었다. 첫 번째 피해자인 이서연의 통화 내역도 살폈다. 김혜진과 마찬가지로 사망 직전 3개월간의 착발신 내역이었다.

선우현은 내역을 훑어보다 1566으로 시작되는 AS 센터의 전화번호를 발견했다. 발신 주체가 확실한 번호여서 전담팀은 확인만 하고 그냥 넘긴 것 같았다. 생각해보면 서로 접점이 없는 피해자들과 공통적으로 면식관계를 형성할 인물 중에 AS 기사만 한 사람이 또 있을까? 선우현은 나머지 피해자들의 통화 내역을 확인했다. 강북서 관할에서 실종된 나정원의 통화 목록에서 1566으로 시작되는 AS 서비스 센터의 번호를 찾아냈다. 그는 나머지 피해자의 통화 목록의 범위를 1년으로 확대해 같은 번호를 찾아냈다.

아이가 실종된 지 다섯 시간이 넘어서고 있었다. 그의 신경이 타들어갔다.

☒

"아이는 살았나요?"

"차정후를 특정하고 나서 놈의 작업실을 찾아내는 데 시간이 너무 걸렸어. 우리가 현장에 도착했을 때 이미 놈은 사라지고 없는 상황이었고."

"피해자들은요?"

두만의 시간 속에서 차정후 작업실의 냉장고들은 비어 있었다. 두만에게 차정후는 단순 변태였지, 살인마는 아니었다.

"작업실 벽에 냉장고가 일렬로 서 있었어. 냉장고엔 실종 여고생을 포함해 모두 일곱 명의 피해자가 알몸으로 냉동돼 있었지."

선우현의 시간 속에서 차정후는 연쇄살인마였다. 두만의 눈에도 보이는 것만 같았다. 냉장고 안에서 하얗게 얼음 가루를 뒤집어쓰고 있는 시신들, 얼어붙은 아이 얼굴에 남은 공포의 흔적. 그는 선우현이 차정후를 살해한 걸 이해할 수 있을 것 같았다.

"그래서 차정후를 살해한 겁니까?"

"내가?"

"선배는 오늘 차정후를 살해해요. 요골동맥을 잘라서 차정후 작업실 냉장고에 넣었죠."

"피해자들은? 이번에도 그 여고생은 살리지 못하나?"

"아뇨. 이번에는 여고생은 살려요."

"그 아이만 살았어? 나머지 피해자는?"

"차정후의 냉장고에 개와 고양이를 제외하고 다른 시체는 없었어요."

"다행이군. 내가 먼저 차정후를 죽여서."

"김혜진은 이미 3주 전에 요골동맥이 절단돼 살해됐어요. 집 안에서 발견됐죠. 영등포서 관할이고, 차정후의 AS 목록에 있었어요. 그 목록의 이서연은 오늘 시체가 발견될 겁니다."

"아, 영등포 김혜진이 그때 냉장고에서 발견된 김혜진이었다고? 수법이 달라서 동일인인 걸 알아채지 못했어. 기억하고, 계속 확인했어야 하는데, 내 탓이야."

고개를 숙이며 선우현이 길게 한숨을 뱉어냈다.

"우리 일이 그렇잖아요. 피해자에겐 조금씩 무뎌지는 것 같아요."

자조 섞인 위로였다. 선우현이 고개를 들었다. 그가 두만을 똑바로 보았다. 하지만 그도 두만도 서로의 표정을 읽을 수는 없었다.

"형사가 피해자에게 무뎌지면 끝이야. 난 이미 형사 자격은 없지만, 강 반장은 잊지 말고 기억해줘."

두만은 고개를 끄덕였다. 피해자의 이름을 잊었을지언정, 선우현은 놈들의 이름을 잊어버리진 않았다. 그가 기억한 놈들의 이름 덕에 그가 기억하지 못한 더 많은 피해자들이 살았을 것이다. 사람을 죽였으니 그가 형사로서 자격이 없는 건 맞지만 두만 역시 형사 자격이 없기는 마찬가지였다. 희령을 살릴 수 있다면 그도 무슨 짓이든 할 수 있었다.

"선배가 되돌리기 전의 생에서 차정후는 어떻게 됐어요?"

◻

비어 있는 냉장고에서 쏟아지는 냉기가 공포스러웠다. 언제든 여자들을 채워 넣겠다는 듯 차정후는 빈 냉장고의 전원을 그대로 켜두었다. 선우현은 부르르 몸을 떨었다.

선우현은 일곱 개의 냉장고에 알몸으로 냉동되어 있던 피해자들의 시신이 떠올랐다. 그는 여고생 아이의 앳된 얼굴과 공포에 질린 표정까지 똑똑히 기억했다. 죽어서도 놈에게서 벗어나지 못한 피해자들의 고통이 선우현의 내부에서 살의로 들끓었다. 그의 성정에 내재된 정의감과 연민 같은 것들이 차정후에 대한 살의와 뒤엉켰다. 이런 놈을 살려둘 필요가 있을까? 그는 형사로서 회의감이 들었다.

차정후의 수배가 전국에 떨어졌지만 선우현은 누구보다 먼저 놈을 잡고 싶었다. 검거 과정에서 사망사고 같은 예상치 못한 일은 종종 일어나기 마련이니까. 그는 전력을 다해 차정후를 쫓았다. 경찰력 또한 총동원돼 놈의 흔적을 쫓았다. 놈의 연고지나 놈의 지인들 주변에 팀원들이 그림자처럼 따라붙었다.

그럼에도 차정후의 행방은 좀처럼 드러나지 않았다. 신용카드 사용 내역이나 입출금 내역, 통화 내역, 의료 기록, 웹사이트 로그인 흔적 등 어떤 생활 반응도 잡히지 않았다. 전담팀은 전국 편의점과 마트 등에 놈의 수배 전단을 붙이고 현금으로 결제하는 남자를 유심히 봐달라고 홍보했다. 신고 전화가 계속 울려댔지만 확인해보면 차정후는 아니었다. 그 덕에 각종 수배자가 검거되는 낙수효과는 있었다.

차정후는 꼬리를 자르고 완벽하게 숨었다. 혹시, 밀항? 차정후가 합법적으로 출국하는 것은 이미 불가능했다. 놈이 국외로 빠져나가는 방법은 밀항밖에 없었다. 전담팀은 밀항을 하려면 놈에게 조력자가 있어야 한다는 합리적인 추론에 도달했다. 차정후의 가족은 물론 모든 지인들을 대상으로 통화 기록부터 통장 내역까지 광범위하게 들여다보며 수사를 진행했다. 하지만 수상한 돈의 흐름이나 특정되는 전화번호, 밀항과 관련된 인물은 없었다.

의미 있는 결과도 없이 시간이 흘러가자 전담팀은 지쳐갔다. 이 정도 규모의 경찰력을 이렇게 오랜 기간 동원하고서도 꼬리가 잡히지 않는 건 피의자가 자살한 경우가 대부분이었다. 수사망이 좁혀오면 검거와 처벌에 대한 두려움으로 피의자가 극단적인 선택을 하는 일은 드물지 않았다. 수사팀은 차정후의 연고지 주변 산이나 저수지, 빈집 등으로 수색의 범위를 넓혔다.

일선 경찰력이 수사와 변사자 수색으로 소모되는 동안, 하루가 멀다 하고 강력사건이 터졌다. 차정후의 추적에 과도하게 경찰력을 투입해 생긴 치안 공백 때문이라는 시사평론가들의 그럴듯한 진단이 언론의 후광을 업고 여론으로 자리 잡았다. 언론의 관심이 치안 공백으로 옮겨가자 경찰 윗선은 전담팀만 남기고 수사팀을 축소했다.

수사에는 더 이상 진척이 없었고 전담팀마저 동력을 잃어갔다. 그럴수록 수사 회의는 길어졌고, 전담팀의 누구도 더 이상 밤을 새우지 않았다. 말은 안 했지만 이제 곧 전담팀이라는 이름만 남겨놓고 사실상 해체될 거라는 걸 모두가 예상할 수 있었다. 사건을 미제로 분류하기 위한 사전 단계였다.

¤

선우현은 잠시 말을 끊고 식어버린 커피를 한 모금 마셨다. 커피 향이 옅어지면서 증거물에서 나는 가벼운 악취가 느껴졌다.

"차정후가 진짜 자살한 건 아니죠?"

선우현이 고개를 저었다. 모든 게 거기서 끝났다면 그가 시간을 되돌릴 일은 없었을 것이다. 그랬다면 잡지책에 나오는 정원이 있는 집에서 서연과 행복한 시간을 보내고 있었겠지. 커피 향을 지운 증거물들의 냄새가 정원을 산책하던 그를 현실로 소환했다. 부질 없는 상상이었다.

그가 다시 커피를 한 모금 마시고 잔을 내려놓았다. 아무 맛도 느껴지지 않았다.

¤

선우현은 길어진 회의 때문에 식어버린 커피를 뒤늦게 한 모금 마셨다. 미지근한 커피가 채 식도로 넘어가기도 전에 전화벨이 울렸다. 일상적인 벨 소리였다. 하지만 그 순간 웅성거리던 사무실의 소음이 약속이나 한 것처럼 동시에 멎었다. 각자의 패턴으로 움직이던 형사들이 전화벨 소리를 기점으로 박자를 맞췄다. 폭풍전야, 선우현은 전화를 받기도 전에 대형 사건이 터졌다는 걸 알았다. 아마 모두 알았을 것이다. 큰 사건이 터지면 울리는 전화벨 소리부터 달랐다. 형사의 촉이었다.

삼십 대 여자가 손가락이 잘린 채 자택에서 시체로 발견됐다. 김지원, 34세. 차정후의 AS 목록에 있던 여자였다.

시체 주변에 열 개의 잘린 손가락이 흩어져 있었다. 이번에도 피해자의 신원을 숨기기 위해 손가락을 자른 건 아니었다. 혈흔 패턴을 봐도 피해자가 살아있는 상태에서 손가락을 잘랐다는 걸 알 수 있었다. 고문의 흔적이었다. 수사팀은 피해자의 집에 남은 물색 흔적으로 미루어 차정후가 도피 자금을 마련하고자 피해자를 고문한 결과로 추정했다. 하지만 피해자인 김지원 명의의 예금을 이체하거나 인출하려는 시도는 찾을 수 없었다.

선우현은 수없이 되풀이해 보았던 10년 전 현장감식보고서가 떠올랐다. 서연의 부모님을 살해한 살인마 역시 손가락을 자르고 현장을 물색했다. 혹시, 놈이 10년 만에 냉각기를 깨고 다시 활동을 시작한 건 아닐까? 하지만 선우현의 질문은 구체화되지 못했다. '차정후의 AS 목록'이 너무 강력했기 때문이었다. 여고생을 제외하고 살해당한 모든 피해자가 차정후의 AS 목록에 있다는 것은 수사 방향을 바꿀 수 없는 절대적인 단서였다.

그렇다고 차정후가 10년 전 단지(斷指) 살인마와 동일 인물이라는 확신은 들지 않았다. 다만 수배된 차정후를 잡는 것이 10년을 끌어온 미제사건에 다가가는 첫걸음이라는 건 알 수 있었다.

시시평론가들은 차정후 수사팀을 축소한 경찰 지휘부에 이번 사건의 책임이 있다고 떠들어댔다. 차정후를 추적하느라 치안 공백이 생겼다고 지적하던 바로 그 사람들이었다. 그들 중 누구도 자신의 오판을 인정하지 않았다. 그들은 새로운 사건의 희생양을 찾아다니는 하이에나일 뿐이었다.

전담팀에서 빠져나갔던 인원이 보충되고 다시 수사본부가 꾸려졌다. 새로운 희생자가 생기자 취해진 면피성 조치였다.

하지만 많은 수사 인력을 투입하고서도 추가 살인을 막지 못한 무능한 경찰에 대한 질타는 계속됐다. 대중의 호기심이 만들어낸, 차정후의 AS 목록이 '데스 노트'처럼 SNS를 타고 떠돌았다. 눈치만 보던 서울청장이 결국 모든 책임을 지고 자리에서 물러났다. 그럼에도 성난 여론은 쉽게 수그러들지 않았다. 약이 오른 형사들은 차정후 이름만 들어도 이를 갈았지만 의지만으로 차정후를 잡을 수는 없었다.

절벽 끝까지 몰려 도망치던 차정후가 검거 위험을 무릅쓰면서까지 살인을 한 이유가 무엇일까? 단지, 도피를 위해 자금을 마련하려고? 아니면 살인행위 자체에 대한 욕망 때문에? 지금까지와는 달리 피해자를 고문하면서까지 차정후가 얻으려 한 것은 무엇일까?

아무리 생각해도 선우현은 차정후의 생각을 따라잡을 수 없었다. 그는 감식이 끝난 사건 현장을 다시 찾았다. 현장 바닥에 엉킨 옷가지들, 흐트러진 책들, 뒤집힌 서랍, 냉장고에서 꺼낸 음식물이 뒤섞여 악취를 풍기며 썩어가고 있었다. 그리고 이것들을 이어놓은 듯 검붉은 혈흔이 뿌려져 있었다. 귀중품을 노리는 침입자들은 이런 마구잡이식 물색을 하지 않는다. 돈이나 귀중품이 있을 만한 곳은 뻔하기 때문이다. 선우현은 물색 흔적만으로도 범행 목적이 금품이 아니라는 걸 쉽게 짐작할 수 있었다. 차정후는 뭘 찾으려고 했을까? 지금까지 차정후는 납치한 여자들을 냉장고에 보관해 소유하려고 했다. 그러니 그가 훔친 물건이라고 해봐야 피해자들의 스타킹이나 속옷과 같은 것들이 전부였다. 차정후는 되는대로 기념품을 수집했을 뿐 목적을 가지고 뭔가를 물색하지는 않았다.

그런데 이번 건은 달랐다. 단순히 물색 흔적을 남긴 것이 아니라 목적을 가지고 뭔가를 찾은 흔적이었다. 하지만 차정후는 원하는 것을 손에 넣지는 못했으리라. 자신이 줄 수 있는 것을 주지 않으려고 손가락이 모두 잘릴 때까지 버티는 사람은 없다. 살해된 김지원은 차정후가 원하는 걸 가지고 있지 않았을 것이다.

차정후가 이번 살인으로 원하는 걸 얻지 못했으므로 다시 살인사건이 발생할 것이다.

선우현은 이미 차정후에게 살해돼 냉장고에서 발견된 피해자들의 거주지를 다시 찾았다. 지푸라기라도 잡아보려는 심정이었다. 피해자들의 대부분이 재개발지구에 혼자 살았던 터라 사건 현장은 빈집 그대로 방치돼 있었다.

김혜진의 집은 오르막길 끝에 있는 다세대주택이었다. 현관문에 붙은 노란색 출입 금지 테이프를 떼어내고 문을 열자 바닥에 깨진 물건들과 흐트러진 옷가지들이 보였다. 원래부터 짐이 많지 않아서인지 흐트러진 물건들이 많지는 않았다. 집 안의 모든 서랍과 문이 활짝 열려 있었다.

선우현은 바닥의 흐트러진 잔해들 속에서 화장품병을 쏟아서 내용물을 확인한 흔적을 보았다. 깨지고 흐트러진 형태를 보면 유가족들이 유품을 정리한 것 같지는 않았다. 빈집이라는 걸 알고 침입한 잡범? 희박한 확률이었다. 재개발지구에 있는 범죄 피해자의 집에 푼돈을 노리고 침입하는 수준의 잡범이라면 쓸 만한 걸 들고 나가지 이런 식의 물색 흔적을 남기지 않았을 것이다. 빈집에 몰래 숨어든 동네 양아치들의 장난일 가능성은 있었다.

선우현은 다른 피해자들의 주거지를 확인해보면 보다 확실해질 거라 생각했다. 그는 과수팀에 연락해 현장감식을 의뢰하고 또 다른 피해자인 이서연의 집으로 차를 몰았다.

한남동 재개발지구에 있는 이서연의 집도 마찬가지였다. 거실과 방에 찢기거나 깨진 물건들이 나뒹굴고 있었다. 과도한 물색 흔적이었다. 선우현은 나머지 피해자의 집도 모두 확인했다. 유가족들이 현장을 정리한 두 곳과 납치당한 여고생의 집을 제외한 네 곳의 현장이 모두 같은 피해를 입었다.

☒

"결국 단지 살인마가 차정후라는 뜻입니까?"

"아니, 마지막까지 확인하지 못했어. 미안하다. 끝까지 확인해서 내 손에서 마무리 지어야 했는데."

"선배나 저나 같은 상황이었어요. 한서연도 죽었고 한희령
도 죽었죠."

두만은 머리에 총을 쏘는 그 순간을 떠올렸다. 다음이 있을
거라는 확신 같은 건 없었다. 선우현도 그랬을 것이다. 표정
을 알아볼 수는 없었지만 선우현 역시 자신과 비슷한 표정을
짓고 있으리라.

"강 반장은 오늘로부터 열흘이 지난 시점에서 현재로 거
슬러 왔어. 그 열흘 동안 요골동맥 살인마에 대해 밝혀진 게
있나?"

"선배가 오늘 차정후를 살해하기 전에 발생한 살인사건이
두 건이에요. 모두 요골동맥을 잘린 채 살해당했어요. 현장엔
온전한 물건이 없을 정도로 과도한 물색 흔적이 남았고요. 선
배가 차정후를 살해하고 난 뒤 희령과 선배 역시 요골동맥이
절단되는 수법으로 살해당했어요."

"김혜진과 이서연의 경우 차정후의 범행인지 확인할 방법
이 없으니 그 결론은 일단 보류. 차정후는 내가 살해했으니
까, 나와 희령 씨를 살해한 건 차정후가 아니라는 건 사실로
확정. 따라서 차정후 외에 다른 살인마가 있다는 것도 확정.
김혜진, 이서연, 나, 희령 씨 모두 요골동맥이 절단돼 죽었어.
만약 김혜진, 이서연을 살해한 놈이 차정후라면 나와 희령 씨

를 살해한 놈은 차정후의 모방범이 되는 거야. 아주 희박한 확률이지. 그래서 김혜진, 이서연을 살해한 놈이 나와 희령 씨까지 죽였다고 보는 게 자연스러워. 그놈이 진짜 요골동맥 연쇄살인마야."

"저도 그렇게 생각해요. 하지만 은색 총알을 쏠 때까지 저 역시 놈을 특정하진 못했어요."

"나의 지난 생과 이번 생을 통틀어 발생한 살인사건을 복기해보면 범행 시기나 수법, 피해자는 달라져도 범행의 목적과 범인은 변하지 않아."

"그럼, 요골동맥 살인마와 단지 살인마가 같은 놈일까요? 현장에 드러나는 욕망의 결이 비슷하잖아요."

"아마도."

"이번에는 놈을 잡을 수 있겠죠?"

"놈이 지난 생에서처럼 움직인다면."

"제가 시간을 되돌렸다는 걸 놈이 눈치채면 안 되겠군요."

"그래야지. 강 반장이 시간을 되돌린 걸 나처럼 놈도 알지 못할 테니까."

"눈치채지 못한다 해도 놈이 그대로 움직여줄까요?"

"똑같이 움직이지는 않을 거야. 삶이 판박이처럼 되풀이되지는 않더라고. 각자의 선택이 나비의 날갯짓처럼 태풍을 만들어내니까."

"놈이 날갯짓을 하기 전에 꺾어버려야겠군요."

표정을 읽을 수 없는 두 사람은 말없이 서로를 마주 보았다. 두 사람 모두 각자가 지나온 전생을 떠올렸다. 서연과 희령을 잃었다는 것을 제외하면, 따로 존재하는 평행세계처럼 각자 되돌린 시간 속에서 다른 사건들이 일어났다. 누군가의 사소한 선택이 다른 결과를 만들었으리라. 그 누군가가 두만이든 선우현이든, 차정후든, 또 다른 연쇄살인마든 간에.

33

"왜, 저와 희령 씨를 이어준 겁니까? 머리에 총을 쏠 만큼 간절하게 되돌린 생일 텐데요."

"9월 10일 서연이 놈에게 살해됐어. 난 아무것도 몰랐어. 서연이 살해되고 나서야 차정후의 AS 목록에 한서연 이름이 있다는 걸 알 정도였지. 그때도 난 피해자보다 범인을 잡는 것에만 몰두한 거야. 자격이 없어. 형사로서도, 남편으로서도."

¤

놈은 뭔가를 찾고 있었다. 차정후에게 살해당한 피해자들의 주거지를 물색한 것이 먼저였는지, 아니면 손가락을 자르고 김지원을 살해한 것이 먼저였는지 현장감식만으로는 알수 없었다. 만약 차정후에게 살해된 피해자들의 주거지를 물색한 후에 김지원을 살해한 것이라면 놈은 아직 원하는 것을 갖지 못했을 가능성이 컸다. 놈은 다음 피해자를 찾고 있을 것이다. 선우현은 그렇게 확신했다.

선우현은 전담팀의 수사 방향을 바꿔야 한다고 보고했다. 차정후 AS 목록에 있는 사람들에 대한 보호와 피살자 프로파일링이 먼저였다. 그는 피살자 프로파일링 결과로 AS 목록 중에 대상자를 추려 그 주변에 형사를 잠복시킬 것을 주장했다. 대상자를 보호하는 동시에 차정후까지 검거할 수 있는 방식이었다. 지휘부는 선우현의 제안을 쉽게 받아들였다. 잠재적 위험으로부터 대상자들을 보호하겠다는 의지라기보다는 또 다른 살인사건이 발생하면 책임져야 할 것들에 대한 압박감 때문이었다.

전담팀은 차정후의 목록에 있는 대상자들을 일일이 방문해 탐문수사를 벌였다. 차정후에게서 AS를 받은 사람들은 생각보다 많았다. 프로파일러들은 주거지, 가족, 나이, 외모, 직업 등 모든 데이터를 동원해 기존에 살해된 피해자와 유사성을 보이는 대상자들을 목록에서 추려냈다. 대부분의 사람들은 자신이 차정후의 AS 목록에 있다는 것을 이미 알고 겁에 질려 있었지만, 또 상당수의 사람들은 AS를 받은 사실조차 잊고 있었다.

1차 탐문이 끝나고 대상자들을 추려낸 후 잠복이 시작됐다. 선우현은 강북구 미아동의 재개발지구에 사는 김선영의 집과 마주 보는 공가에 잠복했다. 프로파일링 결과 피살자들과 가장 많은 조건이 일치하는 대상자였다. 그는 잠복 중인 다세대주택의 깨진 유리창 밖으로 빛이 새어 나갈까 봐 휴대폰조차 켜지 못했다. 오전과 오후로 조를 나누어 잠복해야 하지만 선우현은 조가 바뀌어도 며칠 동안이나 그 자리를 지켰다. 그는 놈을 꼭 자신의 손으로 잡고 싶었다.

소강상태가 5일 동안 이어졌다. 그제야 선우현은 옷을 갈아입기 위해 공가에서 나와 휴대폰을 켰다. 그가 잠복 중이라는 걸 알고 있던 서연은 낮에만 문자를 남겼다. 마지막으로 남긴 것이 어제 13시였다. '밥은 먹었어요?' 일상적인 문자였다. 하지만 그는 이상하게 눈물이 났다. 노란 폴리스라인 안에서의 삶에 더 익숙한 그를 일상으로 돌아오게 해주는 마법의 주문 같았다.

선우현은 서연에게 전화를 걸었다. 연결음이 계속돼도 서연은 전화를 받지 않았다. 다시 전화를 걸었지만 받지 않았다.

선우현은 살짝 불안한 마음으로 아파트 현관문을 열었다. 그 순간 뭔가 크게 잘못됐다는 걸 깨달았다. 사건 현장에 출동하면 늘 맡던 냄새가 났다. 피 냄새였다. 그는 왜 자신의 집에서 피비린내가 나는지 의아했다. 비현실적이었다.

집 안의 모든 것들이 무질서하게 흩어진 파편 위에 봄날 떨어진 벚꽃 잎처럼 붉은 피가 흩뿌려져 있었다. 서연은 눈도 감지 못한 채 거실 벽에 기대앉아 있었다. 그녀의 회색 치마가 피에 젖어 검붉게 보였다. 서연의 발끝 주위에 피가 넓게 퍼져 웅덩이처럼 고여 있었고, 잘린 손가락들이 절반쯤 핏물에 잠겨 있었다.

몇 날 며칠 김선영의 집을 지켜보느라 정작 자신의 집은 돌아보지 못했다. 선우현은 서연의 경동맥을 짚었다. 이미 서연은 체온을 잃고 차갑게 식어 있었다. 그는 빛을 잃고 혼탁해진 서연의 눈을 감겼다. 자신의 내부에서 뭔가가 끊어지는 느낌을 받았다. 눈앞이 까맣게 변했다. 선우현은 쓰러져 정신을 잃었다.

웅, 웅, 우웅. 휴대폰의 계속되는 진동 소리에 눈을 떴다. 발신자가 '한서연'이었다. 휴대폰 액정에 선명하게 뜬 서연의 이름을 보며 선우현은 자신이 기분 나쁜 꿈속에 있는 것만 같다고 느꼈다. 그의 눈앞에 죽은 서연이 없었다면 그는 그렇게 믿었을 것이다.

선우현은 휴대폰을 쥐고 일어나 앉았다. 정지된 뇌를 두드려 깨웠다. 그는 곧, 전화를 건 놈이 누구인지 깨달았다. 온몸의 피가 한순간에 빠져나가는 것 같았다. 분노로 손이 부들부들 떨렸다. 개새끼.

"너, 누구냐?"

"시간을 되돌려 서연 씨를 살리고 싶지 않아요?"

정신병자 새끼. 사람을 죽여놓고, 되살리고 싶지 않냐고? 머리끝까지 치솟은 살의 때문에 선우현은 오히려 냉정해질 수 있었다. 놈의 변조된 음성에선 나이는 물론 성별조차 드러나지 않았다.

"계속해봐."

"은색 총알을 찾으세요. 서연 씨가 가지고 있을 거예요. 정작 본인은 모르고 있었지만."

음성변조 때문인지 묘하게 기분 나쁜 목소리가 계속됐다.

"10년 전 서연의 부모님을 살해한 것도 네 짓이냐?"

"은색 총알을 찾아서 관자놀이에 대고 방아쇠를 당겨요. 지금의 당신은 사라지겠지만 과거의 어느 지점으로 돌아갈 수 있어요. 뭐, 믿기지 않으면 모든 걸 잊고 새 출발 하시고요."

머리에 총을 쏘라고? 서연을 죽인 놈이 서연의 시신 앞에 앉아 있는 그를 희롱하고 있었다. 선우현의 거친 숨에 서연의 머리카락이 흔들렸다. 그는 자신이 막다른 전장에 몰려 울부짖는 패잔병 같았다. 머리에 총구를 대고 있는 자신을 보고 허리가 끊어지도록 웃는 놈의 웃음소리가 들리는 것 같았다.

"개새끼. 너 차정후지? 부탁하는데 지금처럼 잡히지 말고 잘 피해 다녀라. 꼭 내 손으로 잡아야 하니까. 잡아서 네가 제발 죽여달라고 애원해도 죽지 않을 만큼 조금씩 손가락을 잘라줄게. 마디마디 조금씩. 물론, 치료도 해주면서 할 거니까 걱정하진 말고. 손가락을 다 자르고 나면 발가락을 자를 거고, 발가락도 다 자르면 귀를 자를 거고, 손목을 자를 거다. 네 심장이랑 대가리만 남을 때까지 조금씩 잘라서 지옥을 보여줄게. 기대해."

"그만해요. 무섭잖아요. 지리겠어요."

놈이 비웃듯 대답했다. 머릿속에서 놈의 웃음소리가 끊이지 않고 메아리쳤다.

"내가 차정후든 아니든 중요하지 않아요. 은색 총알을 찾는 게 중요하죠. 당신에겐 마지막 기회가 될 거예요."

"네가 누구든 네 몸이 조각조각 잘리는 걸 네 눈으로 직접 보게 될 거야. 내가 꼭 그렇게 해줄 거거든."

"믿기지 않을 거예요. 선택은 당신 몫이에요."

전화가 끊어졌다. 선우현은 현실로 돌아왔다. 아내의 참혹한 시신을 앞에 두고 눈물조차 나오지 않았다. 그는 뒤집힌 매트리스에 서연을 눕혔다. 선우현은 손바닥만 남은 서연의 손을 양손으로 감싸 쥐었다. 혼자 있게 해서 미안하다고, 놈을 잡아 대가를 치르게 하겠다고, 조금만 기다려달라고 몇 번이고 되뇌었다.

선우현은 흐트러진 물색 흔적을 하나씩 지우며 놈의 흔적을 찾았다. 서연과 함께했던 시간의 잔해들이 쓰레기봉투에 담겼다. 이를 악물고 단서를 찾았지만 놈이 누구인지 식별해낼 어떤 흔적도 없었다. DNA나 지문, 족적, 어느 것 하나 나오지 않았다.

선우현은 가득 찬 쓰레기봉투를 묶었다. 그리고 놈이 만들어놓은 잔해들을 다시 치웠다. 시간이 지날수록 쓰레기봉투의 개수가 늘어났다. 놈이 잡히기 전까지 이 사건은 세상에 드러나서는 안 된다. 그가 사건 관계자인 게 밝혀져 수사에서 배제되어서도 안 되고, 사람들의 이목을 끌어도 안 된다.

형사로서 해서는 안 되는 현장 훼손이었지만 그는 현장을 보존할 필요를 느끼지 못했다. 오염되지 않은 증거 역시 필요 없었다. 놈을 재판정에 세울 이유가 없었으니까.

그는 마지막 쓰레기봉투를 묶으며 직접 놈을 응징하리라 다짐했다.

선우현은 입 속에 고인 핏물을 개수대에 뱉어냈다. 핏물과 거품 사이로 하얗게 부서진 이빨 조각이 보였다.

¤

"그 상황에서, 서연 씨를 그렇게 두고, 현장을 치웠다고요?"

"사건이 공개되면 사람들의 시선이 내게 집중될 테고, 내 일거수일투족이 공개되면 놈을 잡아서 내 손으로 처리할 수 없게 될 테니까."

어쩌면 두만이라도 그랬을 것이다. 두만은 누구보다 선우현을 이해할 수 있었다. 겪어본 사람만이 알 수 있는 고통과 분노였다. 놈을 씹어 먹어도 풀리지 않을 것 같은 그때의 분노가 되살아났다. 두 사람은 식어버린 커피 잔을 들어 바싹 마른 입 안을 축였다.

"현장에서 놈을 특정할 만한 게 나왔나요?"

"전혀. 놈은 머리카락 한 올조차 남기지 않았더군."

"은색 총알은요?"

"내가 현장에서 은색 총알을 찾을 수 있었다면 놈이 먼저 찾았겠지."

"그럼, 은색 총알은 어디에서 찾아낸 거죠?"

"강 반장은, 놈이 10년에 걸쳐 찾으려던 게 뭐라고 생각해?"

"은색 총알이죠."

"바꿔 말하면, 은색 총알은 10년 전 서연의 부모님이 살해될 당시에도 있었다는 거지. 서연이 총알을 갖고 있지 않다는 것은 내 눈으로 확인했고……. 그럼, 남은 곳은 한 군데밖에 없더라고."

"과수팀이 수거한 증거물 상자인가요?"

"거기엔 없었어. 근데 당시 기록을 보니까 과수팀이 현장에서 수거한 상자가 하나 더 있었어. 증거물 가치가 없어서 유족에게 반환해야 하는 건데, 서연이 입원한 상태라 제때 반환을 못 한 거지. 보통은 폐기될 텐데 폐기된 기록이 없었어. 혹시나 해서 증거물보관실을 다 뒤졌어. 그런데 기록에만 있는 상자라 정해진 보관 위치가 없으니 찾을 수가 있나. 보관실의 구획을 나눠 몇 번을 찾아보았지만 못 찾았어. 그러다가 증거물보관실이 지금의 최신 시설로 이전하기 전에 과수팀이 사용했던 보관실이 떠올랐어. 지금은 불용 처리된 과학수사 장비들과 잡다한 것들이 쌓여 있는 창고 말이야. 거기를 무작정 뒤졌지. 거기에 있더라고. 창고에 쌓인 품목들을 보면 몇 번에 걸쳐 정리를 한 거 같긴 한데, 원래부터 거기 있었고 용도도 모르는 상자라 아무도 치우지 않았던 거 같아. 상자 안에 현장에서 수거한 잡다한 것들이 들어 있더군. 은색 총알은, 서연의 가족사진 액자 프레임 안쪽에 숨겨져 있었어. 뭔가 의미가 있는 건 분명해 보였지."

"희령을 가운데 두고 어색하게 웃고 있는 그 가족사진 말하는 거죠?"

"맞아. 돌려줄 타이밍을 놓쳐서 내가 가지고 있었어."

"그 사진, 희령이 가지고 있었어요."

"그래? 그나마 다행이네. 희령 씨에게 늦지 않게 돌려주었으니."

"살해되기 전 희령 씨가 선배의 잠긴 방문을 열었어요."

선우현이 짧게 한숨을 쉬었다.

"내가 죽기 전에 희령 씨에게 설명할 만한 시간이 있었을까?"

"지난 시간에서는 모르지만, 이번엔 설명할 수 있을 겁니다."

"그래. 놈을 잡으면 사진을 돌려주고 설명할 기회도 있겠지."

그가 혼잣말처럼 나직이 말했다.

"놈에 대한 다른 단서는요?"

"상자 안 물품들을 하나하나 분해해서 다 뜯어보았지만 은색 총알을 제외하고는 사건과 연관 지을 만한 메모 한 장 없었어. 놈이 은색 총알에 대해 알려주지 않았더라면 그마저도 찾지 못했을 거야."

"선배가 시간을 되돌릴 때까지 수사에 진전은 없었나요? 작은 거라도요."

"놈이 나한테 은색 총알에 대해 알려줬다는 건 더 이상 추가 범행을 저지르지 않겠다는 뜻이잖아. 가진 게 없고, 더 나올 것도 없다면 수사는 끝난 거지. 발버둥 쳤지만 서연의 죽음은 10년 전 사건처럼 묻혀갔어. 난 서연의 시신을 그녀의 부모님 옆에 암매장했어. 서연을 땅에 묻는 일련의 과정이 CCTV에 빠짐없이 찍혔지. 수사가 시작되면 내가 서연을 살해하고 유기한 범인으로 특정될 상황이 된 거야. 놈이 이겼어."

34

탕!

선우현은 리볼버의 방아쇠를 당겼다. 놈의 웃음소리가 머릿속에 계속 메아리쳤다. 은색 총알이 그의 두개골을 뚫고 들어왔다. 그의 얼굴이 고통으로 일그러졌다.

혼자라도 끝까지 수사했으면 놈을 잡을 수 있었을까? 아마 잡지 못했을 것이다. 오히려 서연을 살해하고 시체까지 유기한 범인으로 체포될 가능성이 더 컸다. 놈의 거짓말에 놀아나는 꼴이라는 걸 알면서도 그에게 남은 선택지는 하나밖에 없었다.

총알에 으깨지는 뇌의 조각들이 생생하게 느껴졌다. 끔찍한 통증이었다.

통증이 사라지면 삶도 끝날 것이다. 곧 서연을 만나게 되겠지. 서연을 처음 보았을 때가 떠올랐다. 10년 전, 피해자 진술을 받기 위해 병실 문을 열었을 때였다. 핏기 없는 창백한 얼굴과 깊은 눈이 기억났다.

눈앞이 캄캄해졌다. 비 오는 날 수면에 퍼지는 동그라미처럼 눈꺼풀 안쪽에 동심원들이 끊임없이 맴돌았다. 무릎이 꺾였다. 선우현은 두 팔을 허우적거리다 겨우 벽을 짚었다.

"괜찮으세요?"

익숙한 목소리, 서연이었다. 그는 눈을 떴다. 눈앞에, 환자복을 입고 있는 창백한 얼굴의 사람이 있었다. 그날, 그 병실이었다.

"괜찮으세요?"

그녀가 다시 물었다. 칼에 찔려 죽음의 문턱까지 갔다 온 여자가 이미 죽은 거나 다름없는 남자에게 처음 건넨 말이었다. 그가 10년 전 서연에게 처음 건넨 인사말이기도 했다. 눈물이 났다. 놈의 말대로 과거로 돌아왔다.

눈앞에 맴돌던 동심원들이 사라지자 선우현은 그녀를 물끄러미 보았다. 눈 코 입이 뒤섞여 얼굴을 알아볼 수 없었다. 그는 눈을 감았다 다시 떴다. 그녀의 얼굴은 모자이크한 것처럼 깨져 여전히 알아볼 수 없었다.

"괜찮으시다면 피해자 진술을 나중에 받아도 될까요? 다른 형사를 보내겠습니다."

그녀가 고개를 끄덕였다. 그는 서연이 두 번이나 '괜찮으세요?'라고 묻는 순간 이미 괜찮지 않다는 것을 깨달았다. 그녀를 알아볼 수 없는 자신도, 그런 자신과 결말을 알 수 없는 관계를 다시 시작해야 하는 서연도, 무엇도 괜찮지 않았다.

선우현은 병실 문을 닫고 돌아섰다. 서연이라는 존재는 이제 선우현의 기억 속에만 존재하게 될 것이다. 그녀와 다시 관계를 시작하는 건 이기적인 일이었다. 그는 그녀의 삶에서 멀어지리라 마음먹었다.

선우현은 두만에게 전화를 걸었다. 두만이라면 자신과 다른 결말을 만들 수 있을 것이다. 신호음이 두어 번 울리기도 전에 두만이 전화를 받았다.

"두만아, 네가 피해자 진술 좀 받아야겠다. 괜찮지?"

"저야 괜찮죠. 근데 무슨 일 있으세요?"

"일은, 너만 괜찮으면 된 거지. 부탁해."

☓

"미안하다. 너까지 끌어들여서. 되돌린 순간부터 10년 동안 그녀의 죽음을 매 순간 되풀이해서 기억하며 살기에 난 너무 지쳤었거든."

선우현이 두만에게 사과했다.

"고마워요. 희령이 있는 삶을 살게 해주셔서."

두만이 대답했다.

"고맙다. 원망하지 않아 줘서."

"선배에게 고마워하는 사람은 저 말고도 많을 거예요. 선배가 전원주택 마당에 묻어놓은 사람들의 이름을 봤어요."

"그게 무슨 뜻인지도 알았고?"

"저도 형사잖아요."

선우현이 신음처럼 길게 숨을 뱉어냈다.

"차정후가 마지막이었어. 놈이 내가 기억하고 있는 마지막 살인마였어. 차정후를 처리하고 희령 씨가 안전해지면 어떻게든 책임을 지려고 했다."

"믿어요. 올바른 방법이라고는 할 수 없지만 선배가 선택한 최선이었다는 것도 믿고요."

"지옥이었어. 놈들을 범행 전에 미리 잡아넣을 수도 없고, 알고 있으면서 살인이 끝나길 기다렸다 잡아넣는 것도 할 짓이 아니고. 되돌리기 전의 삶에서 살해당한 피해자를 이번에라도 살리려면 방법은 하나밖에 없었어."

"알아요."

"그래도 죄의 무게가 가벼워지지는 않더라."

"그것도 압니다. 그래도 전 할 겁니다. 놈을 죽여서라도 희령 씨를 살려야죠."

"내가 할게. 넌 수사만 해. 어떤 상황에서도 내가 지은 죄의 무게는 줄어들지 않으니."

"그 무게, 제가 감당하겠습니다."

"강 반장, 놈을 죽인 다음엔, 그다음엔 어떻게 할 거야? 희령 씨에게까지 그 무게를 감당하게 할 거야?"

두만은 할 말이 없었다. 그가 옳았다. 침묵이 이어졌다.

"두만아, 난 이젠 돌이킬 수 없다. 그러니 나한테 맡겨. 내 죄의 무게는 내가 감당하게."

물기에 눈앞이 흐려졌다. 모자이크처럼 깨진 선우현의 얼굴이 형태조차 알아볼 수 없을 정도로 번졌다. 두만은 선우현이 자신의 표정을 읽을 수 없는 것이 다행스러웠다.

"그렇게 할게요. 고맙습니다."

담담하게 대답하려 했지만 목소리 끝이 갈라졌다. 선우현이 고개를 끄덕였다.

"열흘 남았다고 했나?"

"되돌린 시간대로 흘러가면요."

"서둘러야 해. 놈이 어떤 선택을 할지 모르니까."

"단지 살인마나 요골동맥 살인마가 차정후가 아니라는 건 분명해졌어요. 놈이 찾는 게 은색 총알이라는 것도 분명해졌고요. 근데, 왜 하필 지금일까요? 10년 동안 시간은 많았을 텐데."

"나도 그게 이상해. 내 지난 삶에서도 놈은 차정후의 살인을 기점으로 움직이기 시작하거든. 이유는 모르겠지만, 차정후와 놈은 어떤 식으로든 연결돼 있는 것 같아."

"놈이 서연 씨나 희령 씨를 찾고 있었던 건 아닐까요? 서연 씨나 희령 씨 둘 다 개인 기록이 없었잖아요. 피해자보호 프로그램으로 이름과 기록이 모두 지워지고 다시 만들어졌으니까."

"그렇다고 해도 10년 동안 기다렸다가 지금에서야 활동하는 이유가 설명되지는 않아."

"만약, 10년 만에 희령 씨나 서연 씨의 인적 사항이 드러났다면요?"

"무슨 뜻이야?"

"제 지난 삶에선 놈에게 살해된 희령 씨의 과거가 언론에 의해 보도돼요. 10년 전 손가락이 잘려 살해된 노부부 살인 사건의 생존자라고요. 수사라인에서 주도권을 잡기 위해 누군가 정보를 흘렸어요."

"살해 후에 인적 사항이 보도된 거라면 의미 없어. 놈은 이미 희령 씨의 과거를 알고 살인을 저질렀다는 뜻이니까. 게다가 내가 되돌린 삶에선 서연을 내 손으로 암매장했으니 살해된 사실조차 드러나지 않지. 네가 한 가정에 앞뒤가 맞지 않아."

"은색 총알에 대해 우리에게 알려준 놈이 범인이에요. 맞죠?"

"맞지."

"놈은 은색 총알에 대해 우리보다 먼저 알고 있었어요. 그것도 맞죠?"

"그렇지."

"놈은 어떻게 알고 있었을까요?"

"아, 그러니까 놈도 시간을 되돌렸을 거란 말이지?"

"그래야 설명이 돼요. 시간을 되돌리면 기억 속에 있는 사람들의 얼굴은 알아보지 못하는 부작용이 있잖아요. 놈은 희령 씨의 얼굴을 알아볼 수 없었던 거예요. 그래서 차정후의 AS 목록에 있던 다른 여자들까지 살해한 거고요."

"강 반장이 말한 대로 얼굴을 알아보지 못하는 부작용은 되돌리기 전 이미 면식이 있는 사람들에 한해서야. 그러니까 놈은 이미 알고 있던 희령 씨를 제외한 다른 피해자들의 얼굴은 알아볼 수 있어야 해."

"놈은 차정후가 살해한 피해자들의 얼굴을 모두 기억하고 있었던 거죠. 그중에 자신이 찾는 서연이나 희령이 있다는 것도 알고 있었고요. 그래서 차정후가 필요했던 거예요."

"그럼, 차정후의 범행이 먼저 발생해야 하잖아."

"놈은 차정후의 범행을 기다린 게 아니라 차정후의 AS 목록이 완성되기를 기다린 것 같아요. 그리고 차정후의 AS 목록을 가로채 이번엔 먼저 범행을 저지른 거죠. 차정후는 핸드폰에 범행 대상에 대해 자세하게 기록해놓고 있었어요. 놈이 차정후의 핸드폰을 손에 넣었다면 AS 목록도 갖게 된 거죠.

수사한 바에 따르면 차정후는 최근에 핸드폰을 최신 기종으로 바꿨어요."

"그럴듯해. 하지만 그래도 질문은 남아. 놈은 왜, 10년이나 지난 지금에 와서 은색 총알을 찾는 걸까?"

"과거로 돌아가고 싶은 이유는 많죠. 놈은 10년 동안이나 그걸 기다린 거고요."

"놈은 자신이 은색 총알을 찾을 수 없게 되자 우리에게 은색 총알에 대해 알려줘. 그런데 너나 내가 은색 총알을 쏘면 설사 과거로 돌아간다고 해도 놈은 얻을 수 있는 게 없잖아. 아무것도 기억하지 못할 테니까. 자신의 삶이 되풀이되고 있다는 것조차 알지 못해. 그런데 왜, 10년이나 기다리고서 은색 총알의 존재를 우리에게 알려준 걸까?"

두 사람 모두 쉽게 답을 찾지 못했다. 이런 방식으로 놈이 얻게 되는 이득이 뭘까? 침묵이 계속됐다.

두만은 다기능분석실 벽면의 보드에 세로로 줄을 그었다. 좌측에 플러스 기호를, 우측에 마이너스 기호를 적어 넣었다. 두만과 선우현은 시간을 되돌려 희령을 되살렸으니 이득이었다. 두만은 플러스 기호 밑에 자신의 이름과 선우현, 희령을 적었다.

"지난 생에서 차정후에게 살해된 일곱 명의 피해자 중 선배가 이번 생에서 차정후를 살해해 생존한 다섯 명은 이득,

즉 플러스가 되는 거죠."

두만은 다시 플러스 기호 밑에 생존자 다섯 명의 이름을 적어 넣었다.

"차정후는 자신의 범행도 성공하지 못했고, 강 반장이 되돌린 생에선 내 손에 살해당했으니까 마이너스에 해당한다는 거지?"

"그렇죠."

두만은 마이너스 기호 밑에 차정후의 이름을 적어 넣었다.

"지난 생에선 살인을 저지르고 빠져나갔지만 이번 생에선 내 손에 죽은 김영학, 이정우, 한성범, 오정태도 마이너스가 되겠군."

두만이 마이너스 기호 밑에 그들의 이름을 적어 넣었다.

"하지만 선배 덕분에 살아남은 김영학의 아내, 이정우에게 살해당한 여고생, 한성범의 동생 한기범에겐 이득이고요."

두만은 플러스 기호 밑에 생존자의 이름을 적었다.

"이번 생에선 차정후가 아니라 요골동맥 살인마에게 살해된 이서연과 김혜진은 플러스에도 마이너스에도 해당하지 않는 건가?"

"그렇죠. 시간을 되돌렸는데도 결과가 나아진 게 없으니까요."

두만은 보드를 나눈 줄 위에 두 사람의 이름을 적었다.

이제 남은 사람은 한 사람뿐이었다. 그놈, 진범.

두만이 보드 마커를 내려놓았다. 그와 선우현은 보드에 적힌 이름들을 보았다. 선우현은 플러스 기호 아래에 적힌 사람이 더 많다는 것에 위로받았다. 죄책감이 전부 사라지지는 않았지만 적어도 저 이름들에게는 용서받을 수 있으리라 안도감을 느꼈다.

두만은 보드에 적힌 사람들의 이름을 보다가 공통적인 부분이 있다는 걸 깨달았다.

"선배, 플러스나 마이너스 모두 보드에 적힌 사람들의 이름엔 공통점이 있어요."

"어떤?"

"선배와 내가 되돌린 시간 안에서 생과 사가 결정된 사람들이에요."

"당연한 거지. 저들의 생사를 알고 있어야 우리가 되돌린 시간에서는 그들의 미래를 바꿀 테니까. 네가 희령 씨와 내가 살해당하는 걸 알고서 미래를 바꾸려고 하는 것처럼 말이야."

"그런데 플러스나 마이너스, 어디에도 넣을 수 없는 사람이 있어요. 사건과 관계된 중요 인물 중에서 우리가 생사를 모르는 유일한 사람."

"그놈?"

"제 생각엔 그래요."

"그럼, 놈의 생사는 우리가 되돌린 시간 안에 없다는 뜻이

되나?"

"그렇죠. 놈의 생사는 처음부터 우리가 되돌린 시간의 바깥에 있었던 거죠. 그래서 놈은 자신이 되돌리지 못한다면, 누구라도 시간을 되돌리기를 바랐던 거예요."

"우리가 모르는 미래에 놈은 자신에게 닥칠 치명적인 결과를 아니까, 이걸 바꾸기 위해 우리를 이용했다는 거지?"

"놈은 우리가 보지 못한 시간의 끝을 혼자서만 본 것 같아요. 반드시 되돌려야만 하는 엔딩요. 은색 총알로 반드시 바꿔야 하는 자신의 미래를 본 거죠."

"그래서 은색 총알을 손에 넣지 못하자 놈은 우리에게 총알의 존재를 알려줘서 시간을 벌었군."

선우현이 의자에서 벌떡 일어났다.

"그렇다는 건 어쨌든 결정적 시간이 되면 놈이 원치 않는 치명적인 결말이 기다리고 있다는 거잖아? 결국 우리가 놈이 바꾸고 싶은 결말을 만들어줬다는 뜻이고. 이번에야말로 쥐도 새도 모르게 놈을 실종시킬 수 있겠군."

우웅, 웅, 우웅. 두만의 휴대폰이 진동했다. 한 형사였다.

"반장님, 어디세요?"

"청에 있어."

"팀장들 소집돼서 줄줄이 광수대장 방에 들어간 지 한참 됐어요. 아무래도 대형 사건 같은데, 안 오고 뭐 하세요?"

그날이 되풀이되고 있었다. 두만은 벽시계를 봤다. 11시 50분. 회의가 끝나려면 20분 정도 남았다.

"최 형사한테 형기대 차 준비시키고 밖에서 대기하고 있어."

"반장님은요?"

"앞으로 20분은 있어야 회의 끝날 거야. 팀장님 나오시면 같이 합류할게."

"반장님, 지금 태평하게 있을 분위기가 아니라니까요. 이러다 선수 뺏겨요. 제가 좀 알아본 바에 따르면 연쇄살인사건이랍니다."

한 형사는 생색을 내다가 '연쇄살인'이라는 단어에 목소리를 급하게 낮췄다.

"알아. 지난번 영등포 요골동맥 절단 살해사건과 같은 수법의 사건이 또 터졌어. 이번엔 한남동 재개발지구고."

"어, 진짜요? 뭐, 들으신 거라도 있어요? 아직 회의 중이라 연쇄살인도 간신히 알아낸 건데."

"얼른 준비해둬. 12시 10분을 넘기면 회의도 끝날 테니까."

"진짜 이상하네. 반장님, 혹시?"

"혹시 뭐?"

"이상하잖아요. 이 정도로 디테일하게 알고 있는 게요. 반장님 말대로라면 수사기밀인데 회의 끝나기 전에 혼자 알고 있는 것도 그렇고요."

두만이 움찔했다. 눈치 빠른 한 형사에게 너무 티를 낸 모양이었다.

"용산서 애들한테 들었어요? 아님, 그분이 오셨나?"

한 형사는 미심쩍은 말투로 장난치듯 물었다.

"그래, 왔다. 그분."

"에이, 그럼, 온 김에 범인까지 찍어달라고 해봐요. 이번 건으로 특진 한 번 해보게."

한 형사는 농담하듯 가볍게 빈정거렸다.

"범인인지는 모르겠지만, 잡으러 갈 놈도 있으니까 준비해."

"진짭니까?"

"그분이 오셨냐며?"

"20분 후면 알게 되겠죠. 일단 형기대 차는 준비해놓겠습니다."

한 형사는 반신반의하며 전화를 끊었다.

"이서연의 시체가 발견된 모양입니다. 광수대 팀장들 모여서 회의 중이라네요. 용산서에서 용의자 특정이 어려워지자 뒤늦게 연쇄 가능성에 대해 보고한 거 같아요."

"가봐야지?"

"가봐야죠. 선배가 차정후를 죽이기 전에 제가 먼저 잡아야죠."

"네가 긴급체포로 잡아넣어도 영장 안 나올 거야. 그럼 48

시간이면 풀려나. 차정후는 결국 AS 목록에 있는 여자들을 살해할 거고. 차정후를 죽이지 않으면 다른 무고한 사람이 죽어. 망설일 시간이 없어."

"1차와 2차 사건 현장에서 차정후의 DNA가 검출된 땅콩 껍질이 발견돼요. 차정후는 진범이 잡히기 전까지는 유치장 밖으로 절대 못 나올 겁니다."

"진범이 잡히면?"

선우현이 차정후의 명함을 만지작거렸다. 그는 미련을 떨치지 못하는 것 같았다.

"진범은 잡히지 않아요. 제가 놈을 '실종'시킬 겁니다. 흔적도 안 남을 거고요. 차정후는 현장 증거에 따라 두 건의 연쇄 살인에 대한 재판을 받을 거예요. 지난 생에 저지른 살인에 대한 처벌을 이번 생에 받는 거죠."

선우현이 차정후의 명함을 내려놓았다.

"좋아, 대신 조건이 있어. 약속한 대로 진범의 '실종'은 내가 맡을 거야. 그리고 만약 차정후가 풀려나면 그땐 내가 죽일 거야."

"차정후는 풀려나지 못할 겁니다. 그리고 진범은 특정부터 해야 죽이든 실종을 시키든 할 거 아닙니까?"

"그래, 일단 잡자. 지금부터 뭘 해야 하지?"

"결말을 아는데 뭐라도 해봐야죠. 그놈만 알고 있는 시간

속에 놈을 특정할 무언가가 있어요. 그걸 우리가 손에 쥐어야죠."

"난 10년 전 사건이랑 이번 사건을 종합해서 놈을 특정할 만한 게 있는지 볼게. 아마 미래에 놈을 특정할 만한 단서를 쥐었다면 내가 여기서 뭔가를 찾아냈을 거야."

"좋습니다. 전 제가 기억하는 미래의 시간 속에서 놈과 마주치는 순간을 노려 잡아채볼게요."

35

"팀장님, 요골동맥 절단 연쇄살인사건 맞아요? 사건 현장
은 한남동 재개발지구에 있고요?"

차가 출발하기도 전에 한 형사가 오 팀장에게 물었다. 운전
을 하는 최 형사도 오 팀장을 곁눈질했다.

"뭐야, 어떻게 알았어?"

"그러니까 말이죠. 반장님, 어떻게 아신 거예요?"

한 형사가 두만에게 물었다.

"그분이 오셨다니까."

"회의 끝나는 시간까지 맞추셨어요. 진짜 같아서 소름 돋잖
아요."

최 형사가 룸미러로 두만의 기색을 살폈다.

"팀장님이 미리 준비하라고 문자로 반장님한테 알려주신
거죠?"

한 형사가 미심쩍은 표정으로 다시 오 팀장에게 물었다.

"회의 끝내는 시간이야. 대장님 마음인데 내가 어떻게 알고 먼저 알려주냐? 강 반장, 어떻게 안 거야?"

오 팀장이 두만을 보고 정색하며 물었다. 두만은 너무 티를 냈다는 생각이 들었다.

"과수팀에서 건너 건너 들었죠."

"그렇지? 하여간 입들이 가벼워. 윗선에서 언론에 노출되지 않게 함구하라니까, 우리 쪽에서 새 나가지 않게 조심해."

"사건이야 그렇다 쳐도 회의 끝나는 시간을 어떻게 맞춰요. 누가 알려줄 수도 없는데요. 반장님, 진짜 그분이 오신 거 아니에요?"

최 형사가 다시 끼어들었다.

"이러다 막내 점집 쫓아다니겠네. 찍었는데 어쩌다 맞은 거겠지."

한 형사가 두만 대신 대답했다.

"그보다 한 형사, 요골동맥 살인사건 기억하지?"

두만은 화제를 연쇄살인사건으로 돌렸다.

"알죠. 피해자의 요골동맥을 절단해 살해하는 수법과 과도한 물색 흔적이 특징이잖아요. 한남동 사건도 같은 거죠?"

한순간에 주변이 어두워지더니 불빛들이 빠르게 뒤로 지나갔다. 형기대 차는 남산3호터널을 지나고 있었다.

"일치해. 범행 목적이 애매한 것도 그렇고. 과도한 물색 흔적이 있는데도 피해자의 지갑이나 휴대폰이 그대로 있는 걸 보면 금품이 목적은 아니야. 또 피해자 주변 치정이나 원한도 아직까지 나온 건 없어."

오 팀장이 간략하게 대답했다. 그는 답답한지 창문을 살짝 내렸다. 한순간에 바람이 쏟아져 들어왔다.

"혹시, 약 때문 아닐까요? 요즘 여자들도 프로포폴이나 엑스터시, 케타민, LSD 같은 데 쉽게 빠지잖아요. 투약자에서 공급책이 되는 경우도 흔하고요. 아니면 운반책일 수도 있고."

한 형사의 목소리가 커졌다. 두만은 한 형사의 일관된 추리에 실소가 나왔다. 오 팀장이 창문을 올렸다.

"벌써 영등포서에서 관련 수사를 했지. 피해자 혈액에서 아무것도 안 나왔어. 주삿바늘 흔적도 없고. 계좌 털어봤는데 송금 내역도 깨끗해."

"아, 그럼 뭘까요? 사이코패스에 의한 쾌락살인인가?"

한 형사가 자신 없는지 혼잣말처럼 중얼거리다 말꼬리를 올렸다. 두만은 한 형사의 혼잣말이 반가웠다. 누군가의 선택이 달라지면 사소하게라도 미래에 영향을 끼치기 마련이었다. 그런데 한 형사는 한결같았다. 그는 미래가 바뀌지 않게 지탱해주는 작은 축이었다.

"반장님은 어떻게 생각하세요?"

"나라고 알 수 있나. 이제부터 찾아봐야지."

"그분이 범행 동기 같은 건 안 알려주나 봐요?"

한 형사의 상상력이 아무리 뛰어나도 결코 '은색 총알'을 떠올릴 수 없을 것이다. 두만은 머릿속이 복잡한 데다 대화를 길게 끌고 싶지 않아 잠자코 창밖만 보았다.

"참, 반장님, 아까 잡으러 갈 놈이 있다는 건 누구예요?"

최 형사가 룸미러로 두만을 흘깃 보았다. 두만은 최 형사의 표정을 알아볼 수는 없었지만 그의 눈빛에 의심이 깃들어 반짝이고 있다는 걸 알 수 있었다.

"맞아. 잡으러 갈 놈이 있다고 했잖아요. 누구예요?"

오 팀장이 몸을 돌려 두만을 보았다.

"진짜? 뭐 좀 더 들은 거 있는 거야?"

"현장 가서 보고 확실해지면 말씀드릴게요. 촉이 오는 게 좀 있어서요."

"좋아. 사건 사이즈를 보면 이번 건 특진 케이스야. 우리가 먼저 잡자. 막내야, 사이렌 켜고 밟아."

형기대 차가 차량들 사이를 비집고 달렸다. 과속이었다.

형기대 차는 야트막한 언덕 끝에 있는 빌라 앞에 멈춰 섰다. 내비게이션의 안내 방송이 미처 종료되기도 전이었다. 오 팀장과 한 형사가 앞장서서 빌라의 공동현관 안으로 급하게 들어갔다. 현관 앞을 지키던 근무복 차림의 순경이 기세에 눌려 옆으로 비켜섰다. 두만은 순경의 얼굴을 똑똑히 알아볼 수 있었다. 그날과 다른 근무자였다. 아무리 사소한 거라도 이전의 기억과 달라지면 두만은 불안했다. 또 뭐가 달라질지 예측할 수 없으므로.

"최 형사는 현장 주변 CCTV부터 체크해봐."

"동네 분위기도 그렇고, 이미 관할서에서 훑었을 텐데 남아 있는 게 있을까요?"

최 형사의 대답을 듣고 예민했던 신경이 살짝 누그러졌다. 그가 기억하는 미래였다.

"올라오면서 보니까 진입로 쪽은 이주가 시작돼 별거 없을 것 같고, 번화가로 이어지는 아래쪽 길은 가능성이 있어 보여. 큰 골목에서 이어지는 작은 골목 안쪽으로 주차장을 찍는 CCTV 같은 거 확인하고. 골목 내려가서 대로변에 있는 편의점이랑 스타벅스 내부 CCTV도 확보해둬. 피해자가 들렀을 가능성이 있으니까. 피해자 사진 지금 핸드폰으로 쏴줄게."

최 형사는 대답도 없이 멀뚱히 서 있었다.

"왜, 무슨 할 말 있어?"

"반장님, 그분이 오신 거 맞죠? 형기대 차가 진입한 쪽도 아닌 반대편 길에 있는 스타벅스랑 편의점은 어떻게 알고 계세요? 곁가지로 이어지는 작은 골목 안쪽에 있는 주차장

CCTV를 확인하라고 콕, 짚어주시는 것도 그렇고요. 이 정도면 점쟁이지 형사가 아니잖아요?"

"그래, 오늘 그분이 오셨다. 어디, 오늘 네 운명을 좀 볼까?"

"아, 섬뜩하게 왜 그러세요?"

"몸조심해. 오늘 싸움은 꼭 피해라. 네 운에 그늘이 보여."

두만이 최 형사의 어깨에 팔을 둘렀다.

"진짜요? 농담이죠?"

"그럼, 농담이지, 진짜겠냐? 지도 앱으로 보면 스타벅스랑 편의점 있는 거 확인할 수 있고, 피해자 연령대면 귀갓길 동선에 들렀을 가능성 있잖아."

"그렇죠? 다녀오겠습니다."

최 형사는 빠른 걸음으로 언덕길 아래로 내려갔다. 두만은 몸을 돌려 천천히 빌라 쪽으로 걸었다. 그를 보고 있던 앳된 얼굴의 순경이 유리문을 열고 옆으로 비켜섰다. 두만이 목례를 했다.

3층으로 올라가는 계단에 잘게 부서진 유리 가루가 반짝거렸다. 현장에 가까워질수록 두만은 기시감을 느꼈다. 기시감이라기보다는 기억이라는 게 정확하겠지만.

두만의 인기척에 근무복 차림의 순경이 현관문 앞을 막아섰다. 두만은 여러 겹으로 흔들리고 겹쳐진 그의 얼굴을 알아볼 수 없었다. '강은호'. 근무복 가슴에 달려 있는 명찰이 아니어도 그가 들고 있는 불룩한 형사 수첩만으로도 그날 현관 문을 지키던 직원이라는 걸 알 수 있었다. 두만은 그가 반가 웠다.

"서울청 광수대에서 왔어요."

두만의 목소리를 듣고 오 팀장이 들어오라고 손짓을 했다. 강 순경이 옆으로 비켜섰다. 두만은 현장 안으로 성큼 들어섰 다. 현관문의 파손 흔적을 확인하지도, 현관에 세워진 우산을 눈여겨보지도 않았다.

두만은 거실에 쭈그리고 앉아 놈이 물색한 순서대로 과수 팀이 정리해놓은 잔해들을 살폈다. 놈은 서랍과 싱크대에 수 납된 것들을 꺼낸 뒤, 냉장고를 물색하고 화분을 깨서 흙 속 까지 확인했다.

두만이 기억하는 대로 냉장고는 텅 비어 있었고, 바닥에 정 리된 잔해들 중에 음식물은 몇 개 되지 않았다. 그는 휴대폰 의 사진 폴더를 열어 1차 사건 현장의 감식 사진을 찾아 열었 다. 그는 한참 동안 휴대폰 속 사진을 보는 척하며 그대로 앉 아 있었다. 물고기가 미끼를 물기를 기다리는 낚시꾼처럼.

한 형사가 궁금증을 참지 못하고 두만의 주위를 서성거렸다.

"한 형사, 피해자들 냉장고에 들어 있던 음식물이 너무 적 은 것 같지 않아?"

"요즘 젊은 사람들이 집에서 뭘 해 먹나요. 다 밖에서 해결하지."

"1차 사건의 현장 사진이야. 이것도 좀 봐봐. 아무리 안 해 먹어도 먹다 남은 음식물이나 김치라도 있어야 하는 거 아냐?"

"그렇긴 하죠. 혹시, 냉장고가 문제였던 건 아닐까요?"

"공통적으로?"

"그럴 수도 있겠네요. 피해자들 냉장고 AS 내역을 확인해 봐야겠어요. 보통 냉장고가 고장 나면 한 번씩 싹 비우잖아요. AS 기사라면 피해자들이 경계심 없이 문을 열어줬을 테고요. 침입 흔적이 없는 현장 상황에도 부합해요."

한 형사는 베테랑답게 미끼를 깊숙이 물었다. 그는 곧 냉장고 AS 기사 차정후를 용의선상에 올릴 것이다. 낚싯대를 채야 하는 순간이었다.

"한 형사가 봐도 그렇지?"

"털어봐야 할 것 같아요."

"뭘 좀 찾은 거야?"

오 팀장도 미끼에 끌려 두만의 주변을 맴돌았다.

"영등포랑 이번 사건의 피해자 냉장고가 지나치게 깨끗해요. 음식물도 너무 없고요."

"그게 뭐?"

한 형사가 던진 미끼를 오 팀장은 물지 않았다.

"공통적으로, 두 피해자의 냉장고가 고장 난 이력이 있을지 모른다는 거죠. 냉장고 AS 기사 쪽을 확인해봐야 할 것 같습니다."

"그러니까 AS 기사가 의심된다, 뭐 이런 건가?"

"그렇죠."

"한 형사 말대로 두 명의 피해자 모두 AS 센터에 전화한 통화 내역이 있습니다. 만약 같은 AS 기사가 출장 나간 거라면 우리가 유력한 용의자를 찾은 거죠."

두만이 스마트폰에 피해자들의 통화 내역을 띄워 보여주었다. 시기는 달랐지만 같은 번호였다.

"어? 뭐가 이렇게 쉽게 흘러가."

"통화 내역 같은 건 어떻게 알고 미리 준비한 거예요? 용산서 출신이라고 하더니만 그쪽에서 누군가 미리 소스를 준 거죠?"

"그분이 왔다니까."

"좋습니다. 밝히기 싫다면야. 그 대신 뒷북치긴 싫으니까 한 가지는 대답해주셔야 할 것 같은데요. 용산서에서 아직 용의자 특정하지 못한 건 맞는 거죠?"

두만이 고개를 끄덕였다.

"한 형사, AS 센터 전화해서 출장 나간 기사가 누군지 확인해봐. 빨리."

한 형사가 현관을 지키는 강 순경을 피해 방 안 깊숙이 들어갔다. 한 형사는 목소리를 한껏 죽여 통화했다. 마치 멀리서 속삭이는 것처럼 들렸다. 그가 전화를 끊고 밖으로 나와서 슬그머니 엄지를 세웠다.

"그만, 철수해. 더 있어봐야 없는 게 나오는 것도 아니고."

"어디서부터 수사를 시작해야 할지 감도 안 잡히는데요."

오 팀장과 한 형사는 강 순경이 들으라는 듯이 일부러 목소리를 키웠다. 혹시라도 용산서에서 수사 방향을 눈치채고 차정후를 가로챌까 봐 뿌리는 연막이었다.

"감식보고서 나오면 뭔가 방향이 잡히겠지."

"그때까지 피해자 주변 탐문이나 해야겠네요."

두만은 그들이 어색한 만담을 하는 것 같아 쓴웃음이 나왔다.

한 형사가 먼저 나가고 그 뒤를 오 팀장이 천천히 따라 나갔다. 두만은 강 순경에게 가볍게 목례를 하고는 두 사람을 따라 밖으로 나갔다. 계단을 내려가려는 두만을 강 순경이 불러 세웠다.

"저, 반장님. 위층은 확인 안 하세요?"

"입주자 알리바이는 용산서에서 확인했겠죠. 혹시, 확인해야 할 거라도 있나요?"

"아니, 저, 그냥……. 계단에 땅콩껍질 같은 게 떨어져 있던데, 그건 사건과 무관하겠죠?"

"예리하네요. 그것도 그 수첩에 적혀 있는 건가요?"

"현장에 있다 보면 시간이 많아서요. 아, 저, 그리고 저도 수사를 해보고 싶어서요."

"꼭 지원해요. 꼼꼼하고 예리하니까 잘할 거예요. 아, 그리고 땅콩껍질이라면 과수팀에서 이미 수거했어요."

"역시, 이미 확인하셨구나. 그런데 보지 않으셔도 뭐가 있는지 바로 아시네요?"

"아, 이미 한 번 본 거라 그래요."

두만은 대충 얼버무렸다.

"이미 현장에 와보셨구나. 죄송합니다. 제가 사람 얼굴을 잘 기억하지 못해서요."

"그래요. 또, 뭔가 생각나는 게 있으면 전화 줘요."

"알겠습니다."

강 순경이 거수경례를 했다. 두만이 계단을 내려가자 오 팀장과 한 형사가 형기대 차 옆에서 초조한 듯 담배를 피우고 있었다.

"강 반장, 막내는 어디 간 거야? 전화도 안 되는데."

"주변 CCTV 확보하라고 보냈습니다. 곧 올 거예요."

말이 끝나기도 전에 오 팀장이 손에 들고 있던 휴대폰이 울렸다.

"어디냐? 철수해야 하니까, 빨리 와."

두만은 희령에게 전화를 걸었다. 통화 연결음이 끝나고 음성사서함으로 넘어갈 때까지 희령은 전화를 받지 않았다. 지금쯤 그녀는 전화기를 냉동실에 넣어둔 채 잊어버렸을 것이다. 변수는 없을까? 전화를 하는 대신 차정후가 직접 희령을 찾아가진 않았을까? 그날과는 다른 불안함에 두만은 조급해졌다.

언덕 아래에서 뛰어오는 최 형사의 모습이 보였다.

"뛰지 마. 천천히 와."

말은 그렇게 했지만 사실 여유 같은 건 없었다. 차정후가 AS 목록에 있는 누군가를 살해하기 전에, 혹은 차정후 자신이 살해당하기 전에 잡아야 했다. 놈을 잡아서 그의 휴대폰에 대해 물어봐야 했다. 최 형사는 멈추지 않고 뛰어왔다.

최 형사가 거친 숨을 몰아쉬며 운전석에 앉아 시동을 걸었다.

"팀장님, 어디로 갈까요?"

오 팀장이 대답 대신 한 형사를 돌아보았다.

"센터에 알아보니까 동일한 AS 기사가 두 사건 피해자의 집에 출장 나간 게 맞습니다. 차정후라고 센터에선 손 빠르고 고객 클레임도 없는, 성실한 사람이랍니다."

"오늘 일정은?"

"오늘 여섯 건의 냉장고 수리 일정이 잡혀 있다고 합니다. 얼추 시간 계산을 해보면 세, 네 번째 일정 정도를 소화하고 있을 것 같은데 어떻게 할까요?"

두만은 지난 생에서 선우현이 차정후를 유인해 살해한 시간을 따져보았다. 아마도 지금쯤 차정후는 다섯 번째 일정을 소화하고 있을 것이다.

"손이 빠르면 다섯 번째쯤 고객을 찾아갔을지 모르지."

두만이 대답하자, 오 팀장이 바로 덧붙였다.

"그럼, 대충 네 번째 고객한테 전화해봐. 전화번호는 확보했지?"

"그러다 혹시라도 차정후랑 같이 있으면 어쩌고요."

한 형사가 망설이는 느낌으로 대답했다.

"그것도 그렇네. 차정후가 눈치채고 잠수라도 타면 공개수배 때려야 하는데, 그렇게 되면 완전히 우리 손 떠나는 거지. 생각만 해도 혈압 올라간다."

"그렇게 되면 특진도 날아가는 거고요."

한 형사가 망설인 이유였다.

"팀장님, AS 기사가 진범이면 마지막 고객이 위험하지 않을까요? 다음 일정이 없으면 아무래도 범행을 저지르기 쉽잖아요. 손이 빠르면 일정을 빠르게 소화해서 범행 시간을 벌 수 있고요."

최 형사가 오 팀장의 눈치를 보며 슬쩍 던졌다.

"오, 막내, 그럴듯한데. 형사 다 됐어. 근데 앞서 발생한 두 건 모두 마지막 스케줄이 아니더라고. 내가 벌써 확인해봤지. 차정후는 정상적으로 AS를 끝낸 뒤 나중에 피해자 집에 재방문해서 범행을 저질렀어."

"죄송합니다. 제가 주제넘게 나서서."

"잘했어. 그런 의심이 들어야 나처럼 피해자들의 방문 스케줄을 확인하지."

"참, 출동할 때, 반장님이 잡으러 간다고 말씀하신 놈이 냉장고 AS 기사였어요?"

어설픈 추리에 대한 칭찬이 듣기 민망했는지 최 형사가 화제를 돌렸다. 한 형사가 의심스러운 눈으로 두만을 보았다.

"아니, 차정후는 한 형사가 특정한 거야."

"반장님이 실마리를 주셨고요."

평소와 달리 한 형사는 자신의 공에 대해 너스레를 떠는 대신 두만을 추궁하듯 덧붙였다.

"나야 사건 현장에서 뭔가 이상하다는 것만 느꼈는데, 한 형사가 피해자들의 냉장고 고장과 동일 AS 기사 출장 나간 걸 밝힌 거지."

두만이 차정후를 특정한 공을 전부 한 형사에게 넘겼다. 하지만 한 형사는 의심의 눈초리를 거두지 않았다.

"그럼, 출동할 때 반장님이 잡으러 갈 놈이 있다는 건 누구였어요?"

"난 재개발이랑 관련된 놈이 연관된 게 아닐까 짐작했지. 빨리 사람을 집에서 쫓아내야 이득을 보는 놈들 있잖아."

두만은 되는대로 내뱉었다. 두 명의 피해자 모두 재개발로 이주가 시작된 곳에 거주하고 있다는 공통점이 있으니까 헛소리지만 그럴듯하게 들릴 것이다.

"그 정도 근거로요? 반장님, 오늘 참 이상하시네. 신기가 있다 말다 하나 봐요."

"어떻게 할까요? 일단 출발할까요?"

최 형사가 기어를 넣고 브레이크에서 발을 뗐다. 천천히 차가 움직였다.

"근데, 차정후를 잡아도 영장 칠 수 있을까? 까놓고 보면 살해당한 두 명의 피해자와 접촉했다는 공통점뿐이잖아. 직접적인 증거는 나온 게 없으니까."

"일단 잠복하면서 지켜볼까요? 시간이 걸려서 그렇지 연쇄면 재범 가능성이 높으니까 기다렸다 현행범으로 잡을 수도 있잖아요."

오 팀장의 말에 자신이 없어졌는지 한 형사가 한발 물러섰다. 최 형사가 브레이크를 밟았다. 몸이 살짝 앞으로 쏠렸다.

"그냥, 치죠. 형사 하루 이틀 해요? 우리가 언젠 증거 확보하고 용의자 땄나요? 잡아놓고 핸드폰이랑 주거지 털어보면 뭐라도 나오겠죠. 아니면 풀어주면 되고요."

두만은 언젠가 들은 광수대장의 말을 그대로 옮겼다. 오 팀장에게는 광수대장의 말이 효과가 있을 것이다.

"반장님한테 그분이 오셨을 때 빨리 진도 나가시죠."

최 형사도 두만을 거들었다.

"그래, 그렇지?"

망설이는 오 팀장에게 한 형사가 쐐기를 박았다.

"팀장님, 일단 차정후의 오늘 일정 중 마지막 고객에게 전화해보죠. 일정이 당겨졌으면 사전에 전화로 방문 약속을 했을지도 모르니까요."

"그래, 전화해. 우리가 형산데, 모양 빠지게 검거하기 전에 견적부터 뽑는 건 아니지. 그래도 혹시 모르니까 형사라고 하지 말고 고객 센터라고 해."

"그럼요. 우리가 형산데, 무조건 고죠."

최 형사가 추임새를 넣으며 오 팀장을 부추겼다.

형기대 차가 다시 언덕 밑으로 속도를 내서 내려가기 시작했다. 한 형사는 한쪽 귀에 이어폰을 끼고 마지막 고객에게 전화를 걸었다. 한참 후, 그가 고개를 저었다.

"안 받아? 막내 말대로 벌써 무슨 일 터진 거 아니야? 고객 위치가 어디야?"

"은평구 갈현동입니다."

"일단 그리로 가자. 우리가 쥐고 있다 문제 생기면 승진은 고사하고 감찰이 뜰 수도 있어."

최 형사가 심상치 않은 분위기에 형기대 차의 속도를 올렸다. 낡은 디젤차의 엔진 소음이 커지자 다른 소음은 들리지도 않았다.

"그건 그렇고 막내야, CCTV는 어떻게 됐냐?"

소음 때문에 오 팀장이 목소리를 키워 윽박지르는 것처럼 들렸다.

"그게, 아무래도 반장님한테 그분이 오신 게 맞는 거 같아요. 골목길 안쪽에 진짜 말씀대로 CCTV가 있더라고요. 최신 기종이라 화질도 괜찮고요. 근데 더 대박인 게 편의점에서 피해자가 라면 먹는 걸 찾았어요. 아직 제대로 확인하지는 못했는데 어쩌면 용의자도 찍혔을지 모르잖아요."

"좋아, 거기서 차정후가 나오면 게임 끝나는 거고, 안 나와도 피해자 동선이랑 범행 시간 특정되면 차정후 알리바이 확인하기도 좋으니까, 큰일 했다. 앞으로도 이렇게만 하자."

오 팀장의 말에 힘이 실렸다. 형기대 차는 골목을 벗어나 한남고가차도 쪽으로 방향을 잡았다.

"저야 반장님이 시키는 곳에 가서 심부름한 게 다인데요."

"네가 발로 뛰어다니며 찾을 거, 내 경험이 조금 거들었을 뿐이다."

한 형사가 조용히 하라는 몸짓을 했다. 마지막 고객이 전화를 받은 모양이었다.

최 형사가 형기대 차의 속도를 줄였지만 소음 때문에 한 형사의 통화 내용은 거의 들리지는 않았다. 한 형사가 센터인 척하는 대신 자신의 소속과 신분을 밝혔다. 아마도 마지막 고객 옆에 차정후가 없는 게 확인된 모양이었다. 그가 금방 통화를 끝냈다.

"어떻게 됐어? 마지막 고객이랑 통화한 거야?"

"우리 예상보다 차정후가 더 빨리 움직이고 있습니다. 이미 수리를 마치고 나갔답니다."

"뭐야, 벌써?"

오 팀장이 비명 같은 질문을 했다. 두만의 시간 계산보다 차정후는 더 빠르게 움직이고 있었다. 혹시, 차정후가 살인을 시작하는 게 오늘이었나? 선우현의 말대로 차정후를 그대로 둬서 오늘 희령이 살해되거나 누군가 다른 고객이 살해되는 건 아닌가, 두만은 불안했다. 당장 차정후가 희령을 찾아가 아파트의 현관문을 두드릴 것만 같았다.

마음은 급한데 두만은 놈을 어디에서 잡아야 할지 금방 떠오르지 않았다. 그가 기억하는 미래가 아니었으므로 두만 역시 당황스러웠다. 그날의 선우현처럼 차정후를 집으로 유인해야 하는지, 아니면 지금이라도 집 앞에 가서 잠복해야 하는지 알 수 없었다.

36

"차정후 위치는? 집 주소는 확보했어? 지금이라도 윗선에 보고해서 수배 때리고 실시간 위치 추적해야 하는 거 아냐?"

오 팀장이 조급한 마음에 연달아 질문을 쏟아냈다. 하지만 질문의 핵심은 지금이라도 단독 행동을 멈추고 윗선에 보고해서 실점을 만회하자는 것에 가까웠다. 두만은 다른 피해자가 생기기 전에 차정후에게 직접 전화를 걸어 위치를 파악하는 게 유일한 방법이라 생각했다. 놈은 두 건의 연쇄살인의 용의자가 된 것을 모를 테니, 참고인 조사라고 둘러대면 응할 것도 같았다. 이유는 달랐지만 오 팀장이나 두만이나 조급하긴 마찬가지였다.

"피해자 생기기 전에 차정후한테 직접 전화하죠. 아직 용의선상에 오른 줄 모를 테니 참고인 조사가 필요하다고 하면 응할지도 모르잖아요."

"안 돼. 아무리 담이 큰 놈이라도 두 명이나 죽여놓고 지발로 경찰서 걸어 들어올 놈은 없어."

오 팀장의 말이 옳았다. 적어도 객관적인 정보로 보면 그랬다. 두 건의 연쇄살인을 저지른 놈이 차정후가 아니라고 두만이 밝히지 않는 한 그렇게 판단하는 게 맞았다.

"진정들 하세요."

당황해하는 오 팀장이나 두만과는 달리 한 형사는 여유를 부리고 있었다. 뭔가 있었다.

"제가 누굽니까, 광수대 에이스 아닙니까. 뛰어난 순발력으로 문제를 깔끔하게 해결했습니다."

최 형사가 차들 사이를 요령 있게 빠져나가 남산1호터널을 향해 달리고 있었다.

"알았어. 알았으니까, 어떻게 해결했다는 거야?"

한 형사의 너스레를 듣는 오 팀장의 얼굴에 기대와 조바심이 동시에 스쳤다.

"마지막 고객에게 협조를 부탁했습니다. 차정후에게 서비스받은 냉장고에 이상이 있으니까 다시 와달라는 내용으로 문자를 보내달라고요. 요즘은 문자로 주고받는 걸 더 편해하니까요."

"그래서 온대?"

최 형사가 휴대폰을 들어 답장을 보여줬다. 마지막 고객과 문자를 주고받은 내용이었다.

'한 시간 안에 방문하겠다고 문자 왔어요. 저, 위험한 거 아니죠?'

"그래, 잘했다. 우리 에이스가 크게 한 건 했다."

오 팀장의 얼굴이 활짝 펴졌다. 두만 역시 한 형사의 순발력에 감탄했다.

"가자. 놈이 도착하기 전에 우리가 먼저 가서 기다렸다 잡아채야지."

사이렌을 켜자 차 안에 긴장감이 돌았다. 하지만 을지로에서 종로1가로 접어들면서 속도를 내지 못했다. 아무리 사이렌을 켜고 차량들 틈을 비집고 들어가도 꼼짝할 수 없었다.

"한 형사, 마지막 고객에게 차정후가 도착해도 절대 문 열어주지 말라고 했지?"

"했죠. 전화도 받지 말라고 했고요. 차정후한테 연락이 오면 저한테 문자로 알려주기로 했습니다. 아직 문자 온 거 없고요."

"좋아. 조금만 속도를 내면 우리 손으로 딸 수 있을 것 같다."

최 형사가 신호를 몇 번 어기고, 중앙선을 몇 번 넘어가서 아찔한 순간을 넘기고서야 도로의 흐름이 좋아졌다.

차량이 서대문을 지나 은평구에 들어설 때까지 마지막 고객은 문자를 보내오지 않았다.

형기대 차가 빌라 근처에 도착했다. 그들이 한발 빨랐다.

"예, 저희 근처에 도착했습니다. 걱정하지 마시고요. AS 기사한테 전화 오면 잘 받으시고요. 아, 평소처럼 그냥 올라오라고 하시면 됩니다. 저희 직원이 지금 올라갈 테니까 겁내지 않으셔도 됩니다."

한 형사가 능숙하게 상황을 정리하는 동안, 최 형사는 '공가'라고 쓰여 있는 다세대주택의 주차장에 기동대 차를 숨겼다. 최 형사가 빌라로 올라가자, 한 형사는 빌라의 1층 계단참에 숨어서 대기했다. 두만은 빌라 옆 건물의 공동현관에 몸을 숨겼고, 오 팀장은 골목길 초입에서 상황을 지켜보았다.

30분이 지나도 차정후는 나타나지 않았다. 두만은 불안해지기 시작했다. 그날과는 달리 차정후가 희령에게 먼저 간 것은 아닌지, 희령이 전화를 받지 않자 집으로 찾아간 것은 아닌지, 다시 불안이 밀려왔다. 두만은 희령에게 전화를 걸었다. 이번에도 그녀는 전화를 받지 않았다. 그는 지금이라도 희령에게 달려가야 하는 건 아닌지 망설였다. 그 순간, 문자메시지의 알림이 휴대폰 액정에 떴다.

'차정후, 10분 후 도착이랍니다.'

최 형사였다. 차정후의 도착이 예상보다 늦어지자 고객의 전화로 최 형사가 문자를 보내 방문 일정을 확인한 것이다.

10분이 지나기 전에 빌라 앞에 낡은 밴이 멈춰 섰다. 운전석에서 내린 차정후는 밴의 테일게이트에 걸터앉아 양말을 갈아 신었다. 그리고 그는 공구 상자를 들고 빌라의 현관으로 들어섰다. 오 팀장은 혹시 모를 도주를 막기 위해 밴의 옆에서 백업했고, 두만은 차정후의 뒤를 따라 현관으로 들어섰다.

두만이 채 계단을 올라가기도 전에 차정후의 비명이 들렸다. 두만은 천천히 계단을 올라갔다. 한 형사가 차정후를 제압한 채 손목에 수갑을 채우고 있었다. 비명을 듣고 3층에서 최 형사가 뛰어내려왔다. 최 형사 뒤에 숨어 있는 마지막 고객의 앳된 모습이 보였다.

"미란다원칙은 이미 읊어줬으니까 나중에 다른 얘기 하지 말고."

"제가 무슨 죄를 지었다고 이러시는 겁니까?"

"크게는 살인, 작게는 속옷 절도."

"누굴 죽인 적 없습니다."

"속옷 훔친 적은 있고?"

차정후는 두만의 말에 더 이상 저항하지 못하고 고개를 숙였다.

"임의제출로 차정후 휴대폰 확보하고. 최 형사는 차량 뒤져봐, 뭐 나오는 거 없는지. 그리고 내비에서 자주 가는 곳 확인하고."

최 형사가 뛰어내려갔다. 한 형사가 차정후를 끌고 현관 밖으로 나갔다. 차정후 목덜미를 움켜쥔 한 형사의 팔 근육이 눈에 띄었다.

"저놈, 절대 이 근처에 못 오게 만들 테니 걱정하지 마세요. 이번 일이 아니더라도 도움이 필요하면 언제든 연락 주시고요."

긴장한 채 소동을 지켜보던 마지막 고객에게 두만은 명함을 쥐여주고 밖으로 나왔다.

"반장님, 어떻게 아신 거예요? 아직도 그분이 막 와 있고 그런 겁니까?"

"뭘?"

"아까, 체포할 때 속옷 절도에 대해 얘기했잖아요. 밴에서 지퍼 백에 든 여성 속옷이 나왔습니다."

"차정후 얼굴에 변태라고 쓰여 있잖아."

"차정후가 자주 가는 곳이 있다는 건 어떻게 아셨는데요?"

최 형사가 두만을 쫓아왔다.

"속옷 훔치는 변태에다 살인까지 저지르는 놈이 집에다 범행 증거를 보관하겠어? 과수팀한테 주소 불러주고 출동 요청해."

최 형사가 과수팀에 출동 요청을 하는 사이 한 형사가 기동대 차량을 밴 옆에 바싹 댔다. 뒷자리에 오 팀장과 차정후가 나란히 앉아 있었다.

"야, 이놈 이거 완전 변태야. 핸드폰에 여자들 도촬한 거랑 속옷 사진이 잔뜩 있어. 제대로 잡은 거 같은데. 얼른 타, 가자."

오 팀장이 들뜬 목소리로 두만을 재촉했다. 최 형사는 차정후의 밴에 탔다.

두만이 쥐고 있던 휴대폰을 보았다. 희령에게서 걸려온 전화는 없었다.

차정후는 불안한 듯 눈알을 굴렸다. 두만과 오 팀장이 매직미러 뒤편에 서서 차정후를 지켜보고 있었다.

"제가 먼저 들어가서 분위기 좀 잡아놓을게요."

한 형사가 진술녹화실의 문을 열고 들어갔다. 맞은편에 앉는 한 형사를 똑바로 보지 못하고 차정후가 고개를 숙였다.

"저기 카메라 보이시죠. 지금부터 말하는 건 모두 녹화됩니다. 법정에서 불리하게 사용될 수 있다는 뜻입니다. 변호사의 도움을 받을 수 있고, 불리한 진술은 거부할 수 있습니다. 들으셨죠?"

차정후가 고개를 끄덕였다. 한 형사가 두 손으로 탁자를 치며 일어섰다. 의자가 큰 소리를 내며 뒤로 밀렸다.

"대답을 하라고. 우리 말할 줄 몰라? 내가 지금 네 마음까지 읽어야 해?"

"아닙니다. 드, 들었습니다."

"이름, 주민번호."

"차정후입니다. 주민번호는……."

"좋아. 쉽게 가자. 이서연이랑 김혜진 알지?"

"자, 잘 모르겠습니다."

"아, 그래, 누군지 모르고 죽였을 수도 있지. 죽이는 데 이름이 중요한 건 아니니까. 그럼 다시 물을 테니까 잘 듣고 기억을 떠올려봐. 영등포 김혜진, 한남동 이서연. 네가 죽였지?"

"전 아무도 죽이지 않았습니다. 정말입니다."

"좋아. 사람을 죽인 적도 없고, 두 사람을 한 번도 본 적이 없다는 거지?"

"잘 모르겠습니다."

"와! 그러니까 지금 나보고 증거 갖고 오라는 얘기네? 세상 좋아졌네. 잘 생각해봐. 본 적 있어? 없어?"

"새, 생각이 나지 않습니다."

"거봐. 한결같잖아. 죽였냐니까, 안 죽였대. 그럼 본 적도 없냐니까, 그건 생각이 안 난대. 네가 보기엔 차이가 뭐 같아?"

"……."

한 형사가 다시 탁자를 치며 일어섰다. 그는 일부러 탁자를 앞으로 밀어 차정후를 압박했다. 차정후는 숨쉬기조차 불편해 보였다.

"질문을 받았으면 대답을 해. 내가 지금 너한테 혼자 고백

하는 거야? 아니잖아! 대답하는 게 그렇게 어려워?”

“죄, 죄송합니다. 정말, 모르겠습니다.”

“그래, 말을 하긴 하네. 근데 모른다는 건 질문에 대한 대답이 아니지. 주관식으로 물어봐서 어렵나?”

한 형사는 허리를 숙이며 차정후에게 가까이 다가갔다. 한 형사가 차정후의 귀에 입을 가까이 대고 속삭였다.

“내가 지금 답을 몰라서 너한테 묻는 것 같아? 확인하는 거야. 한 번만 더 거짓말하다 들키면, 앞으로 네가 하는 어떤 말도 다 안 믿어줄 거야. 네가 받고 있는 혐의는 연쇄살인이야. 잘 생각해.”

마이크에 잡히지 않을 정도의 작은 목소리였다. 그는 다시 자리에 앉았다.

“자, 다시 시작해보자. 이번엔 쉽게 오엑스문제야. 김혜진이랑 이서연 본 적 있지?”

“예. 제가 AS를 한 고객이었습니다.”

“좋아. 잘하네. 네 경력을 보면 지금까지 AS를 한 고객이 몇천 명은 될 거야. 그렇지?”

“맞습니다.”

“근데, 그 많은 고객들 이름을 설마 다 외우는 건 아닐 테고, 어떻게 두 사람 이름을 기억하는 거지?”

차정후의 표정이 일그러졌다.

"……"

"와, 씨, 대답을 하라고!"

한 형사가 다시 자리에서 일어났다. 두만이 진술녹화실의 문을 열고 들어갔다.

"한 형사, 내가 물어볼게."

"반장님, 저 열 올라서 얼굴 빨간 거 보이시죠."

"잘 참았어. 열 좀 식히고 와. 지금부턴 내가 할게."

"쟤가 제 혈압도 올리고 참을성도 막 길러주네요."

"고생했어."

한 형사가 나갔다. 두만은 밀려 있던 탁자를 앞으로 끌어 차정후가 숨 쉴 공간을 만들어주었다.

"AS를 하다 보면 제때 밥 먹기 힘들죠?"

차정후가 고개를 들었다.

"아, 이건 질문은 아니에요. 대답 안 해도 되고요. 편하게 하세요."

"못 먹을 때가 많습니다. 냉장고는 다른 가전제품과 달라서 고장 나면 음식물이 상하니까 고객님들이 늘 독촉하거든요."

"그럼, 끼니때를 놓치면 간식 같은 걸로 때우겠네요. 이를 테면 땅콩 같은 견과류?"

"어떻게 아세요?"

"우리도 잠복하다 보면 끼니를 놓칠 때가 많거든요. 차 안에 두고 아무 때나 먹을 수 있는 게 많지 않잖아요."

"맞아요. 저도 그래서 땅콩 같은 견과류를 차에 갖고 다닙니다. 졸릴 때 먹기도 하고요."

차정후는 두만에게 친근감을 느끼며 맞장구를 쳤다. 라포(rapport: 친밀감 또는 신뢰관계)가 형성되기 시작됐다.

"그렇죠? 우리랑 비슷하네. 지금도 차에 있어요? 배고플 텐데 가져다줄까요?"

"한 봉지 있던 걸 낮에 먹어서 지금은 없습니다."

"그럼, 점심에도 굶었겠군요. 조금만 참아요. 끝나면 밥 시켜줄게요. 경찰서 앞에 늦게까지 하는 해장국집이 있거든요."

"고맙습니다."

두만은 차정후의 진술로 살인사건 현장에서 수거된 땅콩껍질과 차정후 사이의 인과관계를 완성시켰다. 두만은 연쇄살인마가 자신의 살인을 차정후에게 덮어씌우기 위해 설계했던 시나리오를 그대로 이용했다. 차정후는 절대 빠져나가지 못할 것이다.

"근데, 핸드폰 게임 같은 거 좋아하나 봐요? 요즘은 현질 같은 걸 좀 해야 한다고 하던데, 어때요?"

"전 게임 안 하는데요."

"아, 그래요? 핸드폰이 최신 기종이라서, 게임 좋아하는 줄 알았죠. 그럼, 사진 찍는 걸 좋아하나 봐요?"

"쓰던 걸 잃어버렸습니다. 차 문 잠그는 걸 깜박하고, 잠깐 자리를 비웠는데 휴대폰이랑 전동드릴이 없어졌어요. 재개발 지구에서 철거를 하던 인부 짓인 거 같은데, 못 찾는 거죠."

두만은 고개를 끄덕였다. 차정후가 말한 철거 인부는 연쇄 살인마일 것이다. 예상한 대로 연쇄살인마와 차정후 사이의 연결고리는 휴대폰이었다. 놈이 시간을 되돌렸다는 게 확인된 셈이다.

"사진은요?"

"기록하기 위해 찍기는 하는데 좋아하진 않습니다."

"그런데 왜, 엉뚱한 고객들 사진을 모았어요?"

차정후의 숨소리가 달라졌다. 그는 허리를 곧게 펴고 자세를 고쳐 앉았다. 두만은 차정후의 표정을 읽을 수는 없었지만 그가 긴장하고 있다는 건 피부로 느낄 수 있었다.

"잘못했습니다."

"다 도촬이던데, 혼자 있는 여성 고객들을 보면 막 흥분하고 소유하고 싶고 그렇죠?"

"아닙니다."

"그래서 센터 모르게 방문하려고 냉장고 수리를 완벽하게 하지 않거나 일부러 고장 낸 거 아닙니까? 이번엔 냉각 파이프에 구멍을 뚫었던데요."

"잘못했습니다. 나중에 다시 보고 싶어서 그랬습니다. 하지만 아무 짓도 하지 않았습니다. 냉장고 수리 비용도 정가의 10퍼센트만 받았고요. 확인해보셔도 됩니다."

"그래서 모자란 수리비 대신 속옷을 훔쳤나요?"

"잘못했습니다. 죄송합니다."

"메모장을 보니까 범행 계획이 상세하게 기록돼 있더라고요. 그래도 같은 주장을 되풀이하실 겁니까?"

"그건 그냥 찌질한 상상일 뿐입니다. 계획이 아닙니다. 혼자 상상하는 게 죄는 아니지 않습니까?"

거기까지 듣고 두만은 시계를 보았다. 6시 20분. 희령이 걱정됐다. 그는 매직미러를 슬쩍 쳐다보았다. 다음 스텝으로 가자는 신호 같은 거였다.

진술녹화실 문이 벌컥 열리고 누군가 들어왔다. 옷차림과 움직임으로 보아 한 형사였다. 표정을 읽을 수는 없었지만 여전히 얼굴에 열이 올라 붉어져 있는 것은 알아볼 수 있었다.

"반장님, 이 새끼 완전 사이코패스예요. 방금 과수팀이 이 새끼 작업실 냉장고에 들어 있는 개랑 고양이 사체 수십 마리를 발견했답니다. 개의 동맥을 잘라 살해한 패턴을 보면 살해된 피해자들이랑 유사성도 있고요. 냉장고 안에서 여자들 팬티랑 슬리퍼 같은 것도 나왔답니다. 이 새끼, 진범 맞아요."

"지금부터는 한 형사가 맡아. 증거 토대로 진술받고, 영장 청구해."

"변태 살인마 새끼, '넌 이제 절대 못 나간다'에 내 남은 형사 생활을 건다. 너는 내가 아주 끝장을 내줄 거야."

"살살해. 그리고 끝나면 밥 시켜주고."

두만은 진술녹화실의 문을 닫고 나왔다. 그는 현장감식 2팀장과 3팀장에게 전화를 걸어 현장에서 수거된 땅콩껍질의 DNA 감정을 요청했다.

두만은 차정후에 대해 그가 할 수 있는 모든 것을 했다. 이제 차정후는 구속될 것이고, 그에게 살해되었을 고객들은 비로소 안전해질 것이다.

두만은 희령에게 전화를 걸었다. 연결음이 계속되었지만 여전히 전화를 받지 않았다. 망설이고 있을 시간이 없었다.

"반장님, 어디 가시게요?"

최 형사가 두만을 따라붙었다.

"언제부터 있었던 거야? 안은 어쩌고?"

"팀장님이 계세요. 길어질 거 같다고 먼저 밥 먹고 오라고 하셔서요."

"혼자 먹어라. 난 가볼 데가 있다."

"아직도 통화 안 되신 거죠? 제가 형기대 차로 모시겠습니다. 지금 퇴근 시간이라 막히는 시간이에요. 변태 자식이 살인은 절대 안 했다고 뻗대는 걸 보면 반장님이 계셔야 자백받을 수 있을 거 같습니다. 그러니까 넓게 보면 반장님의 일이

긴급한 공무가 되는 거죠."

두만은 초조한 기색을 보이지 않으려고 했지만, 티가 난 모양이었다.

"말이 어째 좀 길다. 그래도 같이 가줘서 고맙다."

37

 형기대 차는 버스 전용차선에 들어섰지만 퇴근 시간이라
그마저도 제 속도를 내기는 어려웠다. 사이렌을 울려도 다른
차량들이 비켜줄 수 있는 틈이 없었다.

 최 형사가 차량들 틈을 비집고 들어가고 중앙선을 넘나들
며 곡예 운전을 했다. 길은 어둑해졌고, 자동으로 헤드라이트
가 켜졌다. 날이 어두워지자 두만의 불안함이 시각화됐다.

 최 형사 덕에 막히는 길을 뚫고 서울청에서 30분 만에 아
파트에 도착할 수 있었다. 최 형사가 차에서 기다리는 동안
두만은 희령을 데리러 올라갔다.

 집에 가까워질수록 지난 생에서 살해된 희령의 모습이 떠
올랐다. 그는 몸서리를 쳤다. 희령이 살해되었던 날과 다른
날이라고 아무리 되뇌어도 두만은 마음이 진정되지 않았다.

 두만은 현관문을 열고 크게 심호흡을 했다. 냄새는 나지 않

왔다. 그는 비로소 안심이 되었다.

희령은 그날과 마찬가지로 짐을 싸다 말고 정지된 것처럼 거실 한가운데 앉아 있었다. 두만은 희령의 표정을 알아볼 수 없었지만 그녀가 느끼는 감정을 짐작할 수는 있었다.

"괜찮아요?"

"왔어요? 시간이 이렇게 지난 줄 몰랐어요. 또 정신 줄을 놓고 있었나 봐요. 아무리 찾아도 핸드폰은 어디에 뒀는지 모르겠고, 엉망이에요. 미안해요. 얼른 준비할게요."

"나 때문이에요. 괜한 일로 스트레스를 받게 했어요. 희령 씨까지 위험하게 만들어서 미안해요."

"전에도 이랬던 걸요. 나, 치매면 어쩌죠?"

"나도 깜빡깜빡해요. 걱정하지 말아요."

두만은 냉동실을 열어 희령의 전화를 꺼내줬다.

"그게, 왜 거기에 있을까요?"

"냉장고 AS 기사랑 통화했죠? 냉동실 상태 확인해달라고 했고요. 그때 거기에 둔 거죠."

"어떻게 알았어요?"

"내가 형사잖아요. 뭐 찾아내고, 범인 잡고, 도와주고, 그런 거 하는 전문가예요. 그러니까 나만 믿어요."

"고마워요."

두만은 자신의 검은색 티셔츠와 바지를 캐리어에 넣으려다 망설였다. 희령이 그런 두만을 지켜보고 있었다.

"같이 가는 거 아니에요?"

"혼자 갔으면 해요. 여행 가듯 며칠만 있다 와요. 나랑 같이 있으면 위험할 수도 있어서 그래요."

"혼자선 안 갈 거예요."

"이유가 있어요. 희령 씨가 위험해요. 그놈이 우리 집을 알아요."

"그래도 혼자는 가지 않겠어요."

희령의 말은 단호했다. 그녀는, 10년 전 어느 날 조금 늦어진 자신의 귀가 때문에 부모님이 살해당한 트라우마를 가지고 있었다. 두만은 이대로는 희령을 설득할 수 없다는 걸 알았다. 시간을 되돌렸다는 이야기를 하지 않고서는 그녀를 설득시킬 수 없을 것이다.

"이대로 있으면 희령 씨가 죽어요. 믿지 않겠지만, 그걸 내가 봤어요."

"악몽 꿨어요? 대한민국 형사가 이렇게 허약해서 되겠어요?"

희령이 대수롭지 않게 넘겼다.

"믿을 수 없겠지만, 희령 씨와 선배가 10년 전 희령 씨 부모님을 살해한 놈에게 살해당해요. 난 그걸 막지 못했고요. 그래서 시간을 되돌렸어요."

"타임머신이라도 탔어요? 나 놀리는 거죠?"

당연한 반응이었다.

"내가 냉장고에 들어 있는 희령 씨 휴대폰을 어떻게 찾았겠어요. AS 기사 전화가 온 건 어떻게 알았고요? 그러니까 믿어요."

희령이 멈칫했다. 두만은 절박했고, 희령은 혼란스러웠지만 그의 말을 진지하게 듣기 시작했다.

"그러니까 내가 살해당했고, 두만 씨는 내가 죽은 미래에서 시간을 되돌려서 여기 왔다는 거예요?"

"그래요. 믿기지 않겠지만 은색 총알이 시간을 되돌리는 열쇠 같은 거예요."

"은색 총알요? 혹시, 아빠 서재에 있던 그 은색 총알 말하는 거예요?"

"맞아요. 얘기 들은 적 있어요?"

"아, 이런……. 아빠도 비슷한 얘기를 한 적이 있어요. 은색 총알로 시간을 되돌릴 수는 있지만 엄청난 고통이 따른다고요. 전 그 말이 그냥, 현재를 후회 없이 살아야 한다는 뜻이라고 생각했어요."

"아버님도 알고 계셨던 거예요. 은색 총알을 머리에 대고 쏘면 현재가 사라지고 과거의 시간이 다시 시작돼요. 미래의 기억이 시공간을 넘어 과거의 나에게 각인된다는 게 더 정확한 표현일 거예요."

"당신도 총을 쏜 거예요?"

"다른 방법이 없었어요."

"왜 그랬어요? 총알이 진짜면 죽을 수도 있는데."

"은색 총알은 진짜였고 발사됐어요. 고통스럽긴 했지만 죽지는 않았어요. 만약 과거로 돌아온다는 말이 거짓이었다 해도 쏠 수밖에 없었을 거예요. 내 잘못을 만회하려면 이 방법밖에는 없었거든요."

"내가 그걸 좋아할 거라 생각했어요?"

희령은 한동안 말이 없었다. 두만은 그녀의 침묵에서 울음소리를 들었다.

"함께 있잖아요. 난 괜찮아요."

"총알을 머리에 쏘면 미래의 기억이 현재의 머릿속에 각인된다고요?"

"그래요."

두만은 쓰레기봉투를 뒤진 일이나 차정후와 빨간색 슬리퍼에 대해서도 얘기했다. 또 두 건의 연쇄살인에 대해서도 이야기했다. 희령은 두만이 말하는 것을 논리적으로 이해할 수는 없었지만 그의 말을 믿을 수는 있었다.

연쇄살인마가 10년 전 희령의 부모님을 살해했으며 연쇄살인을 저지르는 이유가 과거로 돌아갈 수 있는 은색 총알 때문이라고 두만은 설명했다.

"연쇄살인마는 희령 씨가 은색 총알을 가지고 있다고 생각해요."

"제겐 은색 총알이 없어요."

"알아요. 한 발 남아 있던 걸 내가 썼거든요. 그런데 놈은 그걸 몰라요. 총알을 쏘고 시간을 되돌린 당사자만 이전 삶을 기억할 수 있어요. 그래서 희령 씨가 위험해요."

"그런 이유라면 난 절대 도망치지 않을 거예요. 두만 씨가 기억하는 내 미래를 바꿀 수 있다면 연쇄살인마의 미래도 바꿀 수 있는 거잖아요. 살인마를 잡아서 꼭 죄를 물어야 해요."

"내가 잡을게요. 위험해요."

"두만 씨가 그랬잖아요. 살인마가 아직 눈치채지 못했을 거라고요. 그럼, 내가 도망가지 않으면 살인마도 그때와 다르지 않게 행동할 거란 뜻이잖아요. 나 그대로 있을게요. 두만 씨가 살인마를 잡아요."

"너무 위험해요. 변수가 있어요. 이번에도 살인마가 같은 선택을 할지 아무도 장담할 수 없어요."

"만약, 내 반응이 달라졌다는 걸 살인마가 눈치채면 바로 숨겠지요. 숨어서 다음 기회를 노린다면, 난 평생 불안에 떨면서 살아야 해요. 지금보다 더한 불안을 안고 약물에 의지한 채 미래를 망치고 싶지 않아요. 지금을 바꿔야 해요. 도망가지 말고 놈을 잡아요, 우리."

희령은 단호했고, 두만은 더 이상 그녀를 설득할 수 없다는

278

걸 깨달았다. 그가 알고 있는 미래의 기억을 희령과 공유하는
것이 최선이었다.

"두만 씨가 말한 미래의 나와 똑같이 행동할 거예요. 선우
현 팀장님 집에 갈 거고, 병원에도 갈 거예요. 그러면 살인마
는 나를 찾아올 테니 당신이 잡아요."

"너무 위험해요. 다시 희령 씨를 잃고 싶지 않아요."

"두만 씨를 믿어요. 당신은 시간을 거슬러 왔잖아요. 이번
엔 우리가 잡을 거예요."

두만과 희령은 캐리어에 옷가지들을 챙겨 넣었다. 두만의
교복 같은 검은색 옷가지들도 넣었다. 희령은 고장 난 만년필
을 보다가 캐리어를 그대로 닫았다. 그녀는 만년필을 에코백
에 챙겨 넣었다.

두 사람은 그날과 마찬가지로 캐리어를 들고 언덕길을 걸
어 내려갔다. 최 형사가 멀리서 두 사람을 따르고 있었다. 두
만은 한결 안심이 되었다.

"그때는 어떻게 됐어요?"

"난 길 건너편에서 모자 쓴 남자를 보고 쫓아가요. 희령 씨
를 그대로 두고요. 희령 씨는 소리와 상황 때문에 공황발작을
일으켜요. 난 놈을 놓쳤고, 캐리어를 잃어버렸어요."

"두만 씨 말대로라면 연쇄살인마가 캐리어를 훔쳤을 수도

있겠군요."

"그렇죠."

"이번에는 캐리어를 놓치지 않을게요."

"내가 놈을 쫓을 동안 최 형사가 희령 씨를 지켜줄 거예요."

"어쩌면 오늘 잡을 수 있을지도 모르겠네요."

"무섭지 않아요?"

"서울청 형사 두 명이 함께 있는데 무서울 리 없죠."

희령의 목소리는 밝았다. 두만과 희령이 길 끝에 멈춰 섰다. 그날처럼 길 건너편에 모자 쓴 남자가 보였다. 남자의 얼굴이 모자이크를 한 것처럼 뒤섞였다. 놈이었다.

"가서 잡아요."

희령이 작은 목소리로 재촉했다. 두만은 최 형사를 한 번 보고 서행하는 차량들 틈으로 무단횡단을 했다. 경적 소리와 자동차의 급정거 소리가 날카롭게 이어졌다.

두만이 희령을 보았다. 그녀는 캐리어 손잡이를 움켜쥔 채 두만을 보고 있었다. 그날과는 달리 괜찮아 보였다.

두만은 남자를 뒤쫓았다. 모자 쓴 남자가 뛰기 시작했고, 두만이 뒤를 쫓았다. 모자 쓴 남자가 모자를 벗고 사람들 속으로 숨었다. 두만은 사람들을 잡아채며 닥치는 대로 얼굴을 확인했다. 얼굴을 알아볼 수 없는 놈이 모자 쓴 남자일 것이다.

두만은 뛰다시피 빠르게 걷던 남자를 잡아챘다. 남자의 눈

코 입이 뒤섞였다. 두만은 놈의 소매와 목깃을 움켜쥐고 메치기를 했다. 남자가 중심을 잃고 바닥에 널브러졌다. 두만은 남자의 손목에 수갑을 채웠다. 이제 끝이었다.

두만은 남자를 제압한 후 희령을 확인하려 고개를 들었다.

길 건너편에서 최 형사가 희령을 향해 걸어가는 모습이 보였다. 최 형사는 비틀거리고 있었다. 어떤 상황인지 두만이 파악하기도 전에 최 형사가 바닥에 주저앉았다. 최 형사가 움켜쥔 목에서 피가 흐르고 있었다. 사람들의 비명이 들렸다. 희령이 지혈하기 위해 최 형사의 목을 눌렀다.

"누가 119 좀 불러줘요."

희령의 비명처럼 날카로운 목소리가 차량 소음을 뚫고 들렸다. 희령이 아무리 상처를 세게 눌러도 손가락 사이로 피가 흘러나왔다.

☿

약효를 못 이겨 희령이 눈을 감았다. 희령의 불투명한 눈빛이 눈꺼풀 뒤로 사라졌다. 두만은 희령에게 어떤 말도 할 수 없었다. 희령 또한 그랬다. 최 형사가 죽었다.

두만은 은색 총알이 한 발 더 있었더라면 주저 없이 방아쇠를 당겼을 것이다. 두개골이 깨지는 고통과는 비교할 수 없는 통증이 가슴 언저리를 후벼팠다.

두만이 방문을 열고 나왔다. 선우현이 있었다.

"잠들었어?"

두만이 고개를 끄덕였다.

"괜찮아?"

두만이 고개를 저었다.

"너는?"

"나 때문이에요. 내 부탁만 아니었으면 최 형사는 죽지 않았을 거예요. 그냥 돌려보냈으면, 이전의 삶에서처럼 최 형사는 아무 일 없이 현장을 누비고 있을 거예요."

"시간을 되돌린다 해도 생각만큼 행복한 결말이 나진 않더라고. 내가 의도하지 않아도 나 때문에 누군가의 미래가 바뀔 수 있으니까. 바뀐 결과가 좋으면 나도 좋은데, 내가 되돌리기 전보다 그의 미래가 나빠지면 나 역시 고통스러웠어. 지금 너의 고통도 따지고 보면 결국 내가 과거의 시간을 바꿨기 때문이야."

"내 삶은 괜찮아요."

"시간을 되돌린 이후에 네 기억과 달라지는 건 모두 네 책임이 될 거야. 좋은 거든, 좋지 않은 거든 우리가 짊어져야 할 무게야."

"선배, 시간을 되돌린 걸 후회해요?"

"두 번 다시 되돌리고 싶지 않을 정도로 고통스러운 시간이었어. 그래도 후회하지는 않아. 어쨌건 서연이 희령으로 살아있잖아."

"그래서 최 형사한테 더 미안해요."

"알아. 이제 우리가 할 수 있는 걸 하자. 우리에게 남은 시간이 많지 않아. 변수는 많아졌고. 그럴수록 희령 씨가 위험해. 강 반장이 현장에서 검거한 놈은?"

"단순 알바예요. 진범이 그 현장에서 즉흥적으로 섭외한."

"인상착의는 봤을 거 아냐?"

"몽타주를 그리긴 했는데, 모자를 쓴 데다 평범한 얼굴이에요."

"이번에도 놈은 캐리어를 노린 건가?"

"놈은 희령 씨를 살해할 수도 있었는데 최 형사를 공격했어요. 캐리어를 뺏으려면 최 형사를 먼저 제압해야 한다고 생각한 거죠."

"놈이 최 형사를 살해하면서까지 캐리어를 노리는 이유가 뭘까?"

"캐리어 안에는 갈아입을 옷과 별다를 거 없는 소지품이 전부였어요. 그나마도 전부 쉽게 구할 수 있는 것들이고요. 희령 씨 약을 제외하면 특별한 건 하나도 없어요."

"희령 씨가 놈을 피해 가방을 쌌다면 가장 중요한 걸 챙겼을 거라고 생각했을 거야."

"은색 총알을 노렸군요. 근데 가방에 총알이 없으니까 희령 씨를 타깃으로 다음 범행을 계획한 거고요."

"놈은 캐리어의 내용물을 보고 계획을 세울 거야. 약봉투를 보고 희령 씨가 병원에 갈 거라는 걸 예상하고 기다리겠지. 놈은 병원에서부터 희령 씨를 따라붙을 테고. 아무 연고도 없는 내 아파트를 놈이 알고 찾아올 수는 없으니까. 그리고 침입 흔적 없이 집 안으로 들어온 건 내가 현관문을 열어줬기 때문일 거야. 캐리어에 들어 있던 네 교복과도 같은 검은색 옷을 입고 찾아온다면 얼굴을 알아볼 수 없는 내가 문을 열어줄 만하잖아."

"지난 생과 같이 이번에도 되풀이될까요?"

"변수가 많아졌어. 세상이 시끄러워졌으니."

대낮 도심에서 형사가 살해된 사건은 사람들을 충격에 빠트렸다. 반나절 만에 모든 언론이 기사를 쏟아냈고, 서울청장은 전쟁이라도 선포하듯 경찰 살해범을 체포하겠다고 공언했다. 놈이 겁을 먹고 숨거나, 조급해서 폭주하거나, 모두 두 만에게는 불리했다.

"선배 쪽은 어때요?"

"조금 진전이 있었어. 생각해보면 지금까지 놈에 대해 아무것도 모르고 있었잖아. 그런데 미래의 나는 어떻게 놈을 특정했을까? 도대체 10년 동안 뭐가 달라졌을까?"

"찾은 게 있어요?"

"DNA 기술."

"DNA는 10년 전에 이미 다 확인했던 거잖아요."

"당시 DNA 검출 기술은 세포핵에서 DNA를 확인하는 방식이었어. 그런데 지금은 미토콘드리아에서 DNA를 확인할 수 있어."

"차이가 뭐예요?"

"당시엔 모근이 없는 머리카락은 감정 대상에서 제외됐어. 거기엔 세포핵이 없으니까. 그런데 지금은 모근이 없어도 머리카락에서 DNA를 확인할 수 있어. 다행히 증거물 보관 상자에는 당시 사건 현장에서 수거한 머리카락이 남아 있었고. 모근이 없는 거라 당시에는 분석할 수 없어서 중요 증거로 취급하지 않았던 거지. 난 그걸 국과수에 의뢰했어. 당시 살해당한 피해자의 DNA와 일치하지 않는 프로필이 나오면 그게 살인마야."

"곧 끝나겠죠?"

"곧 끝내야지."

"다행이에요. 희령 씨가 평생 도망 다니며 살지 않아도 돼서."

"피신시킬 생각이야?"

"변수가 너무 많아졌어요. 희령 씨를 노출시켜 놈을 잡기에는 상황이 너무 위험해요."

문소리가 들렸다. 희령이 서 있었다. 그녀는 여전히 불투명한 눈빛이었다.

"이제 두 번 다시 도망치지 않아요. 내일 계획대로 병원에 갈 거예요. 혹시, 내가 잘못된다 해도 연쇄살인마는 잡을 수 있을 거예요."

희령은 호흡이 불규칙해지지도 않았고, 손을 떨지도 않았다.

"두 사람을 살해했고, 최 형사를 살해할 정도로 위험한 놈이에요."

"알아요. 그래서 도망치지 않는 거예요. 나 때문에 또, 누군가 살해될지 몰라요. 그러니까 지금 잡아야 해요. 아직 잡을 수 있는 확률이 남아 있을 때 끝내야 해요."

희령은 약 기운이 남아서인지 공황장애의 전조 없이 또박또박 말을 했다.

"곧 놈의 DNA가 확보될 거예요. 이제 잡을 수 있어요. 오래 걸리지 않을 거예요."

"DNA가 확보된다고 해도 살인마가 숨으면 대조할 대상이 없어진다는 것쯤은 저도 알아요. 저의 지난 과거와 현재가 살인마 때문에 망가졌어요. 남은 미래까지 망치게 두지 않을 거예요."

희령은 말을 끝내고 방으로 들어갔다. 방문이 닫혔다.

문을 열고 나온 것도 희령이었고, 문을 닫고 방으로 들어간 것도 희령이었다. 그녀는 대화를 하고자 한 것이 아니었다. 자신의 의지를 보여준 것이었다. 두만은 그녀를 설득할 수 없다는 걸 깨달았다.

"무슨 일이 있어도 내일 끝내야 해요."

두만이 짧은 침묵을 깨고 말했다.

방문 너머로 두만의 차분한 목소리가 들렸다. 희령은 머릿속으로 몇 번이나 연습했는데도 미친 듯이 심장이 뛰었다. 그래도 두만에게 들키지 않았다. 하지만 한 번 떠오른 머릿속의 살인마는 지워지지 않았다. 떠올리지 않으려고 해도 살인마는 점점 더 몸집을 불려갔다. 손이 덜덜 떨렸다.

희령은 다리에 힘이 풀려 바닥에 주저앉았다. 호흡이 점점 빨라졌다. 머릿속 공포에 질려 정신을 잃을 것만 같았다.

그녀는 그림자처럼 형체만 있는 살인마의 얼굴을 떠올렸다. 머릿속으로, 몽타주를 만들 듯 눈 코 입을 따서 형체만 있는 살인마의 얼굴에 붙였다. 구체적인 얼굴이 생기자 오히려 머릿속 공포가 줄어들었다.

희령은 숫자를 세며 호흡을 조절했다. 조금씩 호흡이 느려졌다.

두만의 말대로라면 그녀는 내일 선우현의 집에서 살해될 것이다. 희령은 방 안을 둘러보았다. 침대와 옷장이 전부인

방이었다. 숨을 곳도 시간을 벌 만한 곳도 없는 좁은 공간이었다.

맞서야 했다. 아니, 적어도 공황에 빠져 정신을 잃고 살인마가 하는 대로 둘 수는 없었다. 희령은 살인마가 들어오면 어디로 피할지, 어떻게 시간을 벌지 머릿속으로 계산했다. 그리고 어떻게 반격을 할지 상상했다.

생각만으로 다시 호흡이 가빠졌다. 살인마의 움직임을 여러 방식으로 예측해보고 어떻게 대응할지 되풀이해서 계획했다. 호흡이 가빠지거나 심장이 불규칙하게 뛰지 않을 때까지, 그리고 반격할 수 있는 답을 찾을 때까지. 그녀는 같은 장면을 수도 없이 떠올렸다.

38

분명 처음 온 낯선 공간이었지만 희령은 선우현의 집이 묘하게 익숙했다. 벽지의 색깔이나 커튼, 시계와 그릇의 디자인까지 마치 자신이 골라놓은 것처럼 익숙하단 생각이 들었다. 비슷한 취향? 아니면 기시감? 그것도 아니면 의식하지는 못해도 뭔가 기억하고 있는 걸까? 희령은 자신의 기시감이 타의에 의해 되풀이되는 시간 때문에 생긴 것은 아닐까 하는 의심이 생겼다.

이제 약속된 출발 시간이었다. 두만이 그녀를 뒤에서 지켜줄 것이다.

희령은 그날처럼 공동현관문을 나섰다. 빛이 쏟아졌다. 햇빛 속으로 걸어 들어가며 그녀는 온실 속을 걷는 것처럼 안전한 기분이 들었다. 그리고 다시 기시감을 느꼈다.

이제 타의에 의해 되풀이되는 시간을 끝내야 한다.

언덕길을 내려와 택시를 탔다. 두만의 차가 택시를 따라붙었다. 택시가 교차로를 지나고 수색을 벗어날 즈음 희령은 등받이에 몸을 기댔다. 눈을 감고 택시에서 내려 병원까지 가는 동선을 머릿속에 그렸다. 택시 기사가 틀어놓은 라디오의 소리가 웅성거리는 사람들의 소음처럼 들렸다. 살인마와 마주친다고 해도 그녀는 공황에 빠지지 않고 두만이 올 때까지 버틸 수 있을 것 같았다. 방향지시등이 켜지는 소리가 규칙적으로 들리면서 몸이 한쪽으로 쏠렸다. 택시가 멈췄다.

희령은 택시에서 내리기 전에 에코백에서 휴대폰을 꺼냈다. 휴대폰은 스피커폰 상태로 켜져 있었고 통화 시간이 초 단위로 늘어나고 있었다.

"이제 병원에 들어가요."

"열을 세기 전에 희령 씨한테 갈 수 있는 거리에 있을게요. 통화를 듣고 있다가 위험한 상황이면 바로 갈 테니까 걱정하지 말아요. 장소를 이동하면 어디로 간다고 희령 씨가 혼잣말처럼 말해줘요."

"알았어요."

희령은 휴대폰을 에코백에 넣었다. 머릿속에 떠올린 동선대로 그녀는 병원이 있는 상가로 들어섰다. 엘리베이터 앞에 모여 있는 사람들을 피해 비상계단을 올라갔다. 정신건강의학과는 3층에 있었다.

"예약 시간보다 일찍 오셨네요. 원장님 진료 중이신데, 괜찮으신 거죠?"

김 간호사가 희령의 안색을 살폈다. 희령이 기다릴 수 있다는 뜻으로 미소 지었다.

"괜찮아요."

희령은 대기실의 푹신한 소파에 앉았다. 대각선 소파에 앉아 있던 여자가 인기척에 눈을 떴다. 눈 밑에 다크서클이 짙었다.

찰칵, 김 간호사가 셀카를 찍는지 휴대폰을 보며 입꼬리를 최대한 늘려 과장된 미소를 짓고 있었다. 찰칵, 이번에는 손가락으로 V 자를 만들었다. 그녀는 볼에 바람을 빵빵하게 넣어 귀여운 표정으로 한 장을 더 찍고 나서야 휴대폰을 내렸다.

희령은 김 간호사가 셀카가 아니라 자신을 찍었다는 걸 깨달았다. 그녀는 자신이 눈치챈 걸 김 간호사에게 들키지 않도록 무심한 척 고개를 돌렸다.

한참 후에 다크서클 여자가 진료실에서 나왔다. 예약된 시간보다 진료가 늦어지긴 했지만 선우현과 만나기로 한 시간까지는 아직 시간이 많이 남아 있었다.

의사는 임의로 복용량을 늘린 것이 아닌지 물었고, 희령은 약을 분실했다고 대답했다. 의사는 희령의 상태를 관찰했다. 그가 의심의 눈빛을 거두고 형식적인 질문을 시작했고, 희령 역시 형식적인 대답을 했다. 희령은 의사의 말이 끝나기를 기다렸다.

희령은 진료실에서 나와 처방약이 나올 때까지 기다렸다. 김 간호사가 아침, 점심, 저녁으로 나누어진 약에 대해서 복약지도를 했다.

"아침 약은 중요하니까 빼먹으시면 안 돼요. 잊어먹고 두 번 드셔도 안 되고요."

그녀는 노란색 알약이 한 개씩 일렬로 포장된 비닐 위에 유성 펜으로 '1'부터 숫자를 적어 내려갔다.

"드실 때 숫자가 빠진 게 있는지 확인하시면 잊어먹고 두 번 드시거나 빼먹지 않으실 거예요."

"불안, 초조, 식욕 감퇴, 식욕 증가 그리고 성욕 감퇴 등 여러 가지 부작용이 있을 수 있다는 거 알고 계실 거고요."

김 간호사는 약의 부작용에 대해 설명하며, 약봉투를 검정 글씨로 채워나갔다. 희령은 스피커폰을 통해 두만이 함께 그 설명을 듣고 있는 게 싫었다.

"알고 있어요."

그래도 김 간호사는 설명을 멈추지 않았다. 평소와 달랐다.

"알고 있습니다."

희령의 강한 어감 때문인지 김 간호사가 하던 설명을 멈췄다. 그녀의 유성 펜이 막 별표를 그리던 참이었다. 굵고 진한 글씨와 별표가 그녀가 약에 의존하는 정도를 시각적으로 드러내는 것 같았다.

"사고가 있었거든요. 복약지도를 잘하라고 하셔서."

"들은 걸로 할게요."

김 간호사의 시선이 벽시계에 머무르다 빠르게 돌아왔다. 그 틈에 희령은 약봉투와 김 간호사의 유성 펜을 슬쩍 집어 들었다.

"불편하시면 지금 1번 약을 드셔도 됩니다."

"괜찮아요."

지난 시간 속의 희령이라면 간호사 앞에서 허겁지겁 약을 삼키지는 않았을 거라 그녀는 생각했다. 다르지 않게 행동해야 했다. 희령은 약봉투와 유성 펜을 에코백 안에 집어넣었다. 다음 환자는 깨끗한 약봉투를 갖게 될 것이다.

희령은 병원을 나왔다. 선우현과의 약속 시간은 아직 많이 남아 있었다. 그녀는 그날 자신이 움직였던 동선을 재현해야만 했다. 뭘 했을까? 커피라도 마셨을까? 그날의 그녀라면 그러지 않았을 것이다.

"병원을 나왔어요. 이제 엘리베이터를 타볼게요."

희령은 혼잣말처럼 중얼거렸다. 두만이 듣고 있을 것이었다. 희령은 몸이 가는 대로 움직이기로 했다. 그녀는 엘리베이터를 타고 1층 버튼을 눌렀다. 두만이 함께 있다고 생각하니 엘리베이터를 타는 것도 참을 수 있었다.

문이 닫히기 전 야구 모자를 쓴 남자가 탔다. 살인마……? 희령의 몸이 굳었다. 엘리베이터 문이 닫히면 잠시 동안 두만이 통화를 들을 수 없게 될 것이다. 문이 닫히기 전에 희령이 급히 엘리베이터에서 내렸다. 아마 그날의 그녀도 엘리베이터에서 내렸을 것이다.

희령은 비상구 계단을 걸어 내려갔다. 비상구의 열린 문을 통해 엘리베이터에서 마주친 모자 쓴 남자의 옆모습이 보였다. 그녀는 몸을 돌려 다시 계단을 올라갔다. 모자 쓴 남자가 엘리베이터와 비상계단을 번갈아 흘긋거리다 전화기를 귀에 댄 채 비상계단 쪽으로 걸음을 옮겼다. 통화를 하고 있는데도 남자의 목소리가 들리지 않았다.

급한 발걸음 소리에 두만이 달려오고 있을지 모른다. 희령은 계단을 뛰듯 올라갔다. 모자 쓴 남자의 빠른 발걸음 소리가 곧 그녀를 따라왔다.

희령은 3층 복도를 달리기 선수처럼 달렸다. 그녀는 자신이 진료를 받은 정신건강의학과에 들어가려다 순간적으로 생각을 바꿨다. 그때의 그녀라면 김 간호사가 셀카를 찍던 것과 모자 쓴 남자가 기다렸다는 듯 엘리베이터에 탄 것을 의심했을 것이다. 희령은 복도 안쪽에 있는 치과까지 달려가서 멈춰 섰다. 치과 문을 열고 들어가기 전 희령은 뒤를 돌아보았다. 두만이 뛰어오기 전에 모자 쓴 남자를 확인해야 했다. 야구 모자를 쓴 남자는 정신건강의학과를 지나 산부인과로 급하게 들어갔다. 희령은 안도의 한숨을 쉬었다. 오해였다.

"오해였어요. 아무 일도 아니에요. 전 지금 치과에 들어가요. 빈 시간을 어디서 보냈는지 알 것 같아요."

그녀가 치과에 들어서자 대기실에 있던 사람들의 눈이 그녀에게 쏠렸다. 발갛게 상기된 얼굴과 가쁜 숨이 사람들의 시선을 끌기에 충분했다.

"예약하셨나요?"

희령은 접수대 위 광고물을 훑었다.

"아니요. 스케일링을 하려고요."

"예약 안 하셨으면 오래 기다리셔야 하는데 괜찮으세요?"

"괜찮아요."

희령은 치과의 대기실 의자에 앉았다. 그녀는 치과의 불투명한 유리문 밖에 있을 누군가가 더 이상 두렵지 않았다.

39

삐, 삐, 통화중대기 신호음이 울렸다. 선우현이었다. 스케일
러가 요란하게 돌아가는 소리가 휴대폰을 통해 백색소음처
럼 들렸다. 희령은 아직 치과에서 스케일링을 받는 중이었다.
두만은 선우현의 전화를 받았다.

"어디쯤 오고 계세요?"

"도로 사정도 괜찮고, 시간 맞춰서 도착할 거야. 그쪽 상황은?"

"그때랑 크게 다르지 않게 흘러가는 것 같아요."

"이제 곧, 놈을 확인할 수 있겠다. 참, 국과수에 의뢰했던
10년 전 사건의 머리카락에서 피해자와 다른 유형의 DNA가
검출됐다고 회보됐어."

"드디어 놈의 뒤통수가 보이는 정도까지 쫓아왔네요."

"우리 계획대로 되면 10년 전 미제사건까지 엮어서 오늘
끝낼 수 있을 거야."

"오늘, 끝낼 수 있겠죠?"

"오늘 못 끝내도 기억나지 않는 지난 생에서처럼 미래의 내가 어떻게든 끝낼 거야. 희령 씨만 안전하면 돼."

"너무 먼 미래가 아니면 좋겠습니다."

"그래서 내가 생각을 좀 해봤는데, 10년 전 놈은 은색 총알을 희령 씨 부모님이 가지고 있다는 걸 알고 침입했어. 그렇지?"

"원하는 걸 얻기 위해 피해자의 손가락을 모두 자른 걸 보면 그렇다고 봐야죠."

"그럼 놈은 은색 총알이 거기 있다는 걸 어떻게 알았을까?"

"그야, 은색 총알을 써서 시간을 되돌리기 전에 알았겠죠."

"그거야. 놈은 은색 총알을 직접 쏴보기 전에는 총알의 존재를 몰랐을 거야. 알았다 해도 믿지 않았을 테고. 그럼, 놈이 처음 희령 씨 부모님 집에 침입했던 이유가 뭘까?"

"아, 처음 침입한 목적은 다르겠군요."

"그래서 10년 전 용의선상에 오른 자들 중에서 주거침입이나 절도 등의 전과자들의 DNA를 수집할 생각이야. 영장을 받을 순 없어도 따라다니다 보면 담배꽁초나 음료수 캔이라도 버릴 테니까."

"결국 선배가 찾아낼 거예요. 지난 생에서처럼요."

"오늘 끝내면 더 좋고."

전화를 끊었다. 휴대폰을 통해 계단을 내려가는 희령의 발

소리가 들렸다. 비상구 계단을 걸어 내려가는지 소리가 메아리치듯 울렸다. 두만은 휴대폰을 귀에 바싹 대고 희령의 발걸음 소리를 따라오는 다른 발걸음 소리가 있는지 확인했다. 발걸음 소리는 희령의 것뿐이었다.

잠시 후, 희령이 상가의 정문에 나타났다. 그녀를 뒤따르거나 지켜보는 사람은 없었다. 아무도 없다는 사실에 오히려 두만은 조바심이 들었다.

희령이 도로 끝에 서자 약속한 대로 선우현의 쏘나타가 방향지시등을 켜고 도로 쪽으로 붙었다. 희령이 슬쩍 고개를 돌려 주차장 입구에 있는 두만의 차를 확인했다.

희령이 쏘나타의 조수석에 올라타자 차가 출발했다. 두만은 선우현의 차가 차선을 바꿀 때까지 낚시꾼의 심정으로 기다렸다. 미끼가 시야에서 사라지기 전에 놈이 움직일 것이다. 두만은 찌가 움직이는 걸 지켜보듯 선우현의 차에서 눈을 떼지 않고 용의 차량이 따라붙는지 주시했다.

두만은 도로에 막 들어서는 차나 정차한 차들의 움직임을 빠르게 확인했다. 옆 상가건물 주차장에서 빠져나온 아우디가 횡단보도의 보행신호를 무시하고 선우현의 차를 빠르게 따라붙었다. 길 건너편에 있던 순찰차는 불법 유턴을 해서 아우디를 쫓아갔다. 사이렌은 울리지 않았다.

두만은 찌가 움직일 때까지 기다렸다. 목적지를 모르는 놈은 선우현의 차량이 시야에서 사라질 때까지 기다리지 못할 것이다. 뒤늦게 출발해 간격을 두고 쫓아갈 여유는 없을 것이다. 선우현의 차가 두만의 시야에서 사라지면 용의 차량도 따라 움직였다는 뜻이었다.

그때, 주차장 진입로에서 요란하게 경적을 울리며 반대편 차선으로 역주행한 싼타페가 두만의 차를 추월해 지나갔다. 차량의 높이 차이 때문에 운전자의 얼굴은 보이지 않았다.

선우현의 차는 다른 차량에 가려 잘 보이지 않았다. 두만은 가속페달을 힘껏 밟았다. 타이어가 마찰하는 소리와 함께 차가 크게 덜컹거리며 주차장 턱을 넘었다.

두만은 앞선 차량들을 살폈다. 이 중에 연쇄살인마가 있을 것이다.

검은색 아우디가 선우현의 쏘나타를 따라가는 것이 보였다. 순찰차는 신호위반을 한 아우디를 잡으려고 뒤쫓는 것은 아닌 듯했다. 순찰차는 사이렌을 울리지도 않고 3차로를 따라 느리게 달렸다. 역주행 싼타페는 급하게 차선을 바꾸고 급가속을 하면서 속도를 높였다. 두만은 차 두 대를 사이에 두고 싼타페 뒤를 쫓았다. 싼타페가 살인마라면 결국 같은 목적지에서 만날 것이다.

사거리 신호가 주황색으로 바뀌었다. 거리로 따지면 선우현의 차는 신호에 걸리지 않을 것이다. 선우현의 차가 급정거를 했다. 같은 차선에서 뒤를 따라가던 아우디 역시 급정거했다. 3차로를 달리던 순찰차는 멈춰 서지 않고 같은 속도로 사거리를 지나갔다.

싼타페는 빈 차선으로 차를 급하게 옮긴 뒤 멈췄다. 조금이라도 앞서가려는 모양이었다. 아직까지 확실하게 눈에 띄는 차량은 없었다.

신호가 바뀌고 선우현의 차가 사거리를 지나갔다. 아우디는 계속 뒤를 따랐다. 순찰차는 3차로에서 선우현의 차와는 상관없이 천천히 움직였다. 관내 순찰을 도는 일상적인 모습이었다.

두만은 싼타페를 놓치지 않기 위해 바싹 따라붙었다. 싼타페는 난폭 운전을 하며 차량들 사이를 비집고 들어가 추월했다. 여기저기서 경적이 울렸다. 싼타페의 거친 운전 때문에 차들의 주행이 꼬이면서 두만의 차는 점점 뒤처졌다. 두만은 눈으로 간신히 쫓을 뿐이었다. 싼타페를 따라잡는 것은 불가능했다. 희령에게서 더 멀어지지 않도록 두만은 급하게 차선을 바꿔 앞선 두어 대의 차를 추월했다.

앞서가던 싼타페가 갑자기 비상등을 켜고 중앙선을 넘었다. 눈치챈 걸까? 마주 오던 차들이 경적을 울리며 급하게 속도를 줄였다.

놈이 선우현의 차를 따라가기 위해 무리하게 역주행한 거라면 결국 목적지가 같으니 놓쳐도 상관없다. 하지만 미행을 눈치채고 범행을 포기한 거라면 상황은 통제할 수 없어진다. 두만은 핸들을 급하게 꺾어 중앙선을 넘었다.

쏸타페가 미행을 눈치챌 수밖에 없는 움직임이었지만 지금은 검거가 더 중요했다. 쏸타페는 유턴을 한 뒤 핸들을 급하게 꺾어 대학병원의 응급실 앞에 차를 세웠다.

두만이 쏸타페의 진행을 막기 위해 그 앞에 바짝 차를 세웠다. 운전석에서 남자가 내렸다. 남자는 조수석에서 내리는 임산부를 부축해 병원 안으로 사라졌다.

팽팽하던 긴장이 풀어졌다. 두만은 선우현과 약속한 동선대로 차를 몰았다. 쏸타페 때문에 선우현을 따라가던 다른 용의 차량을 모두 놓쳤다.

얼마 가지 않아 편의점 앞에 비상등을 켜고 정차 중인 선우현의 차량이 보였다. 약속한 대로였다. 편의점 앞에는 선우현의 차량밖에 없었다. 아우디도, 순찰차도 보이지 않았다.

사건 파일에 따르면, 그날에도 선우현은 물을 사기 위해 잠시 편의점 앞에 정차했다. 미행이 있었다면 따라붙었을 것이다.

두만은 선우현의 쏘나타를 지나갔다. 물을 사서 편의점을 나오는 선우현이 보였다. 그도 두만을 보았을 것이다.

두만은 한 블록 정도 가서 불법 주차된 차량 뒤에 차를 세

웠다. 시동을 끄고 사이드미러를 접었다. 눈에 띄지 않아야
했다.

두만은 놈의 오늘까지 행적에 대해서만 기억했다. 이제 몇
시간 남지 않았다. 그 시간을 넘기면 두만은 기억에 없는, 행동
을 예상할 수 없는 놈을 쫓아야 한다. 신경이 날카롭게 섰다.

두만은 몸을 낮춘 채 룸미러로 선우현의 쏘나타가 출발하
는 걸 지켜보았다. 쏘나타가 두만의 차 옆을 지나갔다. 두만
은 쏘나타를 따라 움직이는 다른 차량들을 살폈다. 나아가던
대로 진행하는 차들뿐 흐름을 깨는 차량은 없었다. 이때, 이
면도로로 들어가는 골목길에서 순찰차가 큰길로 진입했다.
순찰차는 쏘나타가 지나간 방향으로 진행했다.

보통 순찰차의 위치는 관제 센터에서 실시간 모니터링된
다. 멈춰 있든 움직이고 있든 관제 센터에서 실시간으로 지켜
보고 있다. 그만큼 움직일 수 있는 폭이 좁다. 그리고 순찰차
의 이동에는 보통 이유가 있다. 저 순찰차가 용의 차량일 가
능성은 낮았다.

하지만 두만은 계속해서 선우현의 쏘나타 근처에 나타나
는 순찰차가 거슬렸다. 그사이 선우현의 쏘나타가 멀어졌다.
두만은 차에 시동을 걸었다. 그는 순찰차와 거리를 두고 뒤를
따라갔다. 미행을 신경 쓰지 않으면 눈치채지 못할 충분한 거
리였다.

사거리 신호가 가까워지자 순찰차는 선우현의 차량과 간격을 좁혔다. 패턴이 일정한 것으로 보아 선우현을 미행하는 게 분명해 보였다. 사이렌을 켜고 쫓는 것도 아니고 미행만 하고 있는 게 수상쩍었다. 목적지에 도착하면 밝혀지리라. 두만은 초조함을 애써 눌렀다.

쏘나타가 아파트 주차장에 들어서자, 순찰차도 거리를 두고 따라 들어갔다. 두만은 자신의 차량으로 주차장 입구를 가로막고 차에서 내렸다.

계획한 대로 선우현은 희령과 함께 먼저 집으로 들어갈 것이다. 두만은 그 둘을 따라 들어가는 놈을 잡으면 된다. 그게 경찰관이더라도.

경찰 근무복을 입은 남자가 아파트 공동현관에서 걸어 나왔다. 두만은 몸을 숨기고 남자의 얼굴을 확인했다. 남자의 얼굴은 모자이크된 화면처럼 알아볼 수 없었다. 두만이 아는 얼굴이었다.

심장이 뛰기 시작했다. 오랜만에 현역으로 돌아가 경기장에 들어서는 기분이었다. 근무복을 입은 순경이 순찰차에 타기 위해 돌아서는 순간, 두만은 그의 팔을 뒤로 꺾어서 움켜쥐고 한 손으로는 뒷목을 잡아 한순간에 제압했다.

"누구야?"

불시에 당한 일격에 놀라서 순경은 한 손으로 허리춤의 총을 더듬었다. 두만이 꺾은 팔에 힘을 주었다. 순경은 고통 때문에 더는 움직이지 못하고 비명 같은 숨소리만 냈다.

"강두만이다. 너 나 알지?"

"광수대 강 반장님?"

"너는 누구냐?"

"저 용산서 강은호 순경입니다. 지난번 한남동 사건 현장을 지키고 있던."

두만은 강은호 순경이 기억났다. 두툼한 경찰 수첩에 메모를 하며 현장을 지키던 순경이었다. 하지만 두만은 강은호의 팔을 비틀어 꺾은 손에 힘을 빼지 않았다.

"조금만 더 힘주면, 너 어깨 나간다. 묻는 말에 대답해."

"아는 대로 말씀드리겠습니다. 근데 좀 살살해주시면 안 될까요?"

"왜 미행한 거야?"

"쏘나타 말씀하시는 거예요? 반장님도 아셨어요?"

"뭘?"

"용산서 관할에서 발생한 김영학 교수 실종사건 용의 차량이잖아요. 현장에서 CCTV에 찍힌 차량 특징과 똑같았어요. 당시 CCTV 각도 때문에 번호판은 특정하지 못했는데, 차량의 특징은 파악이 됐거든요. 흰색 구형 쏘나타. 결정적으로 왼쪽 앞바퀴 펜더가 찌그러진 거랑 트렁크에 모서리 찍힌 자국도 비슷했어요."

"그런 특징을, 대로에서 운행하는 차량을 보고 알아봤다고?"

"메모해놓고 순찰 때마다 들여다봐서 한눈에 알아볼 수 있었습니다."

"관제 센터에 보고했나?"

"이제 곧 지원팀이 올 겁니다. 전 쏘나타를 미행해서 위치만 파악하고 대기하라고 해서 그렇게 하고 있을 뿐입니다."

관제 센터에 보고까지 하고 동선이 드러나는 순찰차로 살인을 하러 가는 것은 상식 밖의 일이긴 했다. 강은호의 팔을 꺾어 틀어쥐고 있던 두만의 손에 힘이 풀렸다.

"죄송합니다. 전 반장님이 쫓고 계시는지 몰랐습니다. 반장님이 쫓고 계신 줄 알았으면 따라오지도 않았을 거고요."

두만은 선우현이 김영학 교수를 살해해 시체를 유기한 사실이 기억났다. 현장 주변 CCTV에 선우현의 쏘나타가 찍혔던 모양이었다.

"쏘나타 차주는 확인됐어?"

"알았으면 쫓아오지도 않았죠. 차적 조회해보니까 대포 차량이더라고요. 그래서 은신처까지만 확인하고 현장에서 대기하라는 지시를 받았습니다."

선우현의 차가 대포 차량이라는 것은 어쩌면 당연한 일이었다. 선우현 역시 꼬리를 잡히면 객관적으로는 연쇄살인마일 뿐이니까. 강은호 순경이 대포 차량을 특정했으니 상황이 급박했다. 연쇄살인마를 잡기 전에 선우현이 먼저 잡혀갈 수도 있는 상황이었다.

"쏘나타 차주는 봤어?"

"짧은 순간이고, 제가 사람을 잘 못 알아봐서 제대로 인상착의를 확인하지 못했습니다."

"너 말고, 쏘나타를 쫓아온 다른 차량은 없었고?"

"다른 차량까지는 모르겠습니다."

강 순경이 순찰차로 선우현 쏘나타를 따라붙은 탓에 미행하던 놈이 떨어져 나갔을 것이다. 놈이 미행하는 차를 미행하는 순찰차라니. 의도하지는 않았지만 강 순경의 열정이 가장 중요한 기회를 망친 변수가 됐다.

"제가 반장님 수사를 망친 건 아니었으면 좋겠습니다."

"괜찮아. 여기는 내가 확인하고 마무리할 테니 그만 철수해."

두만은 강 순경의 팔을 풀어줄 수밖에 없었다. 강 순경은 팔을 몇 번 돌려 어깨를 풀더니 순찰차에 올라탔다. 그가 시동을 걸었다. 두만이 강 순경에게 손을 들어 인사를 했다. 그가 거수경례를 했다. 순찰차가 천천히 움직였다.

두만은 주머니에서 휴대폰을 꺼냈다. 아직 통화가 연결된 상태였다.

"듣고 있어요?"

"듣고 있어요. 그쪽은 상황 종료인 거죠?"

"아무래도 순찰차 때문에 놈이 미행을 포기한 거 같아요."

"이제 어떻게 하죠?"

"걱정 말아요. 놈의 DNA를 확보했고, 선배가 용의자군을 특정했어요. 시간이 걸리겠지만 결국엔 우리가 놈을 특정해서 잡는 것으로 끝날 거예요."

전화를 끊었다. 두만은 주차장 입구를 자신의 차로 막아놓은 것이 기억났다. 그는 차를 빼주기 위해 주차장 입구로 걸어갔다.

부웅, 뒤에서 자동차의 엔진 소음이 크게 들렸다. 높은 RPM으로 엔진이 돌아가는 소리였다. 두만은 뒤를 돌아보았다. 순간, 강 순경의 순찰차가 두만을 덮쳤다. 두만의 몸이 공중에 튀어 올랐고 그 짧은 순간 생각했다. 망쳐버린 건 자신이라고. 최 형사를 죽게 했고, 희령마저 지키지 못했다고.

바닥에 떨어지는 찰나, 두만은 낙법은커녕 손끝 하나 움직이지 못하는 상태라는 걸 깨달았다. 정신이 희미해져갔다.

강 순경이 순찰차에서 내려 그에게 걸어왔다.

"다행이지 뭐예요. 대충 지어내도 믿어주시고. 사람들은 제복을 참 쉽게 믿어요. 그냥 옷일 뿐인데 말이죠. 너무 원망하지는 말아요. 얘기가 잘돼서 은색 총알을 찾으면 반장님도 다시 살아날 수 있으니까요. 아무것도 모른 채 살면 행복할 거예요."

진짜 그놈이었다. 두만은 주머니에 들어 있는 휴대폰을 꺼내 이 모든 상황을 희령에게 알려야 한다고 생각했다. 하지만 그저 생각할 뿐이었다. 의지와는 달리 그는 숨 쉬는 것조차 힘에 겨웠다.

강 순경이 한 걸음씩 가까워졌다. 그가 손에 쥔 짧은 칼날의 나이프가 헤드라이트 불빛에 반짝거렸다.

"네가…… 그놈이냐?"

목에서 가래 끓는 소리가 났다. 강은호가 두만 옆에 섰다. 그가 두만을 내려다보았다. 두만은 분노와 허탈함이 뒤섞인 자신의 표정을 강은호가 알아볼 수 없다는 게 다행스러웠다. 두만은 어금니에 힘을 주어 신음이 새어 나오는 것을 참았다.

"맞아요. 반장님이 애타게 찾던 모자 쓴 그놈."

그가 쭈그리고 앉았다. 칼날이 눈앞에서 반짝였다. 두만은 눈을 감았다. 바보 같은 자신을 대신해 선우현이 희령을 지켜 주리라, 두만은 그렇게 믿기로 했다.

강 순경이 두만의 심장에 칼을 깊게 쑤셔 넣었다. 그가 칼을 빼자 피가 뿜어져 나왔다. 몇 번 피가 울컥거리며 쏟아져 나오다 멎었다. 두만의 심장이 멈췄다.

40

　두만은 집으로 오지도, 전화를 받지도 않았다. 희령이 두만에게 다시 전화를 걸었다. 통화 연결음이 계속되다 음성사서함으로 넘어갔다. 그 짧은 순간에 무슨 일이 생긴 걸까?

　"엘리베이터라 전화가 안 되는 걸 거예요."

　"혹시, 뒤늦게 누군가 나타난 거 아닐까요?"

　"조금만 더 기다려보고 제가 나가서 확인해볼게요."

　선우현은 선우현대로 불안했다. 주차장으로 나갔다가 순찰 경관이 부른 형사지원팀과 마주치면 이대로 붙잡힐 수도 있었다. 그동안 저지른 살인에 대한 죗값을 치러야 한다는 생각엔 변함이 없었지만 시점이 문제였다. 지금은 아니었다. 적어도 놈을 잡을 때까지만이라도 먼저 잡히면 안 된다고 선우현은 생각했다.

　희령이 다시 두만에게 전화를 걸었다. 음성사서함으로 넘어갔다. 지하 주차장에서 집에 오는 데 필요한 시간은 이미 충분히 지난 후였다.

만에 하나 놈이 숨어 있었고, 두만을 기습해 제압했다면? 그렇다면 놈은 되돌리기 전의 시간에서처럼 두만의 옷을 입고 문 앞에 나타날 것이다.

딩동딩동, 초인종이 울렸다. 긴장 때문에 선우현의 얼굴의 핏기가 걷혀 창백해졌다.

선우현은 도어스코프를 통해 밖을 내다보았다. 현관 앞에는 경찰 근무복을 입은 순경이 서 있었다. 얼굴을 알아볼 수는 없었지만 경찰 근무복을 입은 순경인 건 분명했다.

"무슨 일입니까?"

"저는 용산서 강은호 순경입니다. 강두만 반장님 심부름으로 왔습니다."

"강 반장은 어디 가고요?"

"사건 용의자 추격 중입니다. 반장님 휴대폰이 깨져서 지원 요청하고 가족분께 상황 전달하라는 지시를 받았습니다."

강 순경은 손에 들고 있던 휴대폰을 보여주었다. 액정이 깨져 있었지만 케이스가 눈에 익은 두만의 휴대폰이었다. 두만이 미리 숨어 있던 놈의 꼬리를 잡은 것 같았다. 안도의 한숨이 새어 나왔다. 선우현이 현관문을 열었다.

"그래서 112 센터에 지원 요청은 했어요?"

선우현은 두만의 휴대폰을 받아 든 것과 동시에 옆구리에 날카로운 통증을 느꼈다. 강 순경의 칼이 선우현의 옆구리를 뚫고 들어왔다.

"지원은 필요 없죠. 반장님이 당하셨거든요. 저한테."

강 순경이 칼을 뽑아 바로 선우현의 목을 찔렀다. 망설임 없는 동작이었다.

선우현은 후회가 밀려왔다. 시간을 되돌리기 전에도 서연을 지켜주지 못했고, 되돌리고 나서도 희령과 또 다른 희령 역시 지켜주지 못했다. 칼보다 날카로운 후회가 그의 영혼을 깊숙이 찔렀다. 그날, 두만에게 피해자 조서를 받는 걸 부탁하지 않았다면 희령을 살릴 수 있었을까? 선우현은 희령을 보았다. 미안하다고 말을 하고 싶었으나 소리가 돼서 나오지는 못했다. 선우현의 무릎이 꺾였다.

희령은 선우현의 목에서 피가 뿜어져 나오는 것을 보고서야 상황을 파악할 수 있었다. 선우현이 놈의 바짓단을 움켜쥐었다.

강 순경은 쉽게 선우현의 손을 뿌리쳤다. 그가 한 걸음 걸어 들어왔다.

희령은 자신의 호흡이 빨라지고 있다는 걸 느꼈다. 토할 것 같고 어지러웠다. 머릿속으로 수없이 그렸던 장면 중에 이런 상황은 없었다. 희령은 속으로 숫자를 세며 호흡을 조절했다.

하지만 숫자를 세는 속도보다 호흡이 빨라졌고 토할 것 같은 울렁거림이 시작되었다.

두려움을 참고 머릿속으로 수없이 되풀이했던 순서대로 희령이 움직였다. 그녀는 에코백에 손을 넣었다. 차가운 금속이 손끝에서 만져졌다. 만약을 위해 두만이 준 권총이었다.

강 순경이 칼날에 묻은 피를 바지춤에 닦았다. 그가 한 걸음 더 다가왔다.

희령은 에코백에서 총을 꺼냈다. 한 손으로 리볼버의 손잡이를 잡고 다른 손으로 받쳤다. 두만에게 배운 대로 총을 놈에게 겨눴다. 총을 겨누고 있는데도 호흡은 계속 빨라졌고, 손은 떨렸다.

강 순경이 장난처럼 항복하듯 손을 들었다. 여전히 칼을 손에 쥔 채였다.

"진정해요. 아무나 총을 쏘고, 사람을 죽일 수 있는 건 아니에요."

겨냥할 수 없을 정도로 총구가 위아래로 마구 흔들렸다.

"거봐요. 그렇게 떨면서 어떻게 총을 쏜다는 거예요."

희령이 리볼버의 해머를 뒤로 젖혔다.

실린더가 돌아가며 약실이 고정됐다.

그녀는 방아쇠에 손가락을 걸쳤다.

강 순경이 웃었다.

희령도 따라 웃었다.

강 순경이 한 걸음 다가왔다.

희령은 순식간에 총을 자신의 관자놀이에 대고 방아쇠를 당겼다.

탕!

총알이 머릿속을 뚫고 지나가는 찰나의 시간, 희령은 남자의 얼굴이 기억났다.

그 전의 기억도, 그보다 더 이전의 기억도 떠올랐다.

그리고 그날의 일도, 그 고통도 떠올랐다. 총알이 두개골을 뚫고 나갔다. 은색 총알이었다. 세상의 모든 빛이 사라졌다.

41

"아가씨, 괜찮아요?"

눈을 떴다. 눈앞에서 검은 점들이 동시다발적으로 수도 없이 깜빡거렸다. 두개골이 얇은 껍질처럼 부서져 마치 뇌가 쏟아지는 것 같은 통증이 계속됐다. 택시 안이었다.

"안색이 안 좋은데 병원으로 가야 하는 것 아니에요?"

늙은 택시 기사는 룸미러로 희령의 안색을 살피며 걱정스럽게 물었다.

"집에 가야 해요. 10년 만에 돌아가는 집이거든요."

"어쩌다 그랬을까……."

택시 기사는 심각한 표정의 희령을 힐끗 보더니 속도를 냈다. 희령은 차창으로 빠르게 지나가는 불빛에 욕지기가 올라왔다.

희령은 택시에서 내려 골목길의 담 그림자 안에 쪼그리고 앉았다. 노란색 위액을 몇 번 토하고 나니 속이 좀 편해졌다. 지끈거리는 통증도 옅어지며 눈앞의 점들이 줄어들었다.

CCTV는 고사하고, 희미한 보안등 하나가 전부인 골목이었다. 그녀가 기억하는 그날처럼 달빛조차 들지 않아 골목 안은 더 어두웠다. 그나마 드문드문 불이 켜진 창문의 불빛에 토막난 채 어두운 길이 이어져 있었다.

희령은 휴대폰을 들어 시계를 보았다. 모서리가 깨진 구형 스마트폰이었다. 10년 전 그녀가 쓰던 폰과 같았다. 액정에 '2007년 10월 8일. 11시 18분'이라는 글자가 선명했다. 택시기사 덕분에 다행히 늦지 않게 도착할 수 있었다.

골목 끝에서 검은 형체가 걸어오고 있었다. 드문드문 켜진 창문의 불빛 속에 들어서자 남자의 얼굴이 드러났다. 남자의 얼굴은 모자이크된 사진처럼 일그러져 알아볼 수 없었다. 그놈이었다.

희령은 숨이 멎을 것만 같았다. 그동안 수도 없이 후회했던 순간이 눈앞에서 되풀이되고 있었다. 희령은 휴대폰 문자로 112에 신고를 했다. 누군가 담을 넘어 집 안으로 들어왔다는 내용이었다. 액정을 누르는 손끝이 떨렸지만 호흡은 빨라지지 않았다. 그녀는 10년 동안 머릿속으로 수도 없이 되풀이했던 모든 걸 지금 비로소 행동으로 옮길 수 있었다.

남자가 불빛들을 지나 다시 골목길의 어둠 속으로 들어갔다.

윤곽조차 보이지 않는 그림자가 주변을 두리번거렸다. 남자의 흰 눈자위만 흔들리는 도깨비불처럼 어둠 속에 떠 있었다.

희령은 숨을 죽이고 남자를 지켜보았다. 희령을 발견하지 못한 듯 남자의 발걸음엔 망설임이 없었다. 그가 불빛 속으로 들어섰다. 남자는 주머니에서 뭔가를 꺼냈다.

찰칵, 금속성과 함께 반짝이는 칼날이 보였다.

남자가 다시 어둠 속으로 걸어 들어갔다. 희령은 숨을 길게 내뱉었다. 숨이 가쁘지도 울렁거리지도 않았다. 오히려 냉정하게 희령은 남자를 지켜보았다.

다시 불빛 속으로 나온 남자가 불이 켜진 집의 야트막한 담을 망설임 없이 넘었다. 마치 알고 있었다는 듯이 마당을 지나 잠기지 않은 현관문을 열고 그는 안으로 들어갔다.

희령은 몸을 일으켰다. 골목 끝에서 경찰차의 불빛이 다가왔다.

희령이 열쇠를 돌려 남자가 담을 넘은 집의 대문을 열었다. 먼저 도착한 경찰차 뒤로 한 대의 경찰차가 조용히 와서 섰다.

희령이 손짓으로 집 안을 가리켰다. 무리 중 가장 나이가 많은 듯한 경찰관이 순경 한 명을 밖에 대기시키고 나머지를 이끌고 안으로 들어갔다. 나이 많은 경찰관은 허리춤에서 리볼버를 꺼내 움켜쥐었다.

경찰관들이 들어간 뒤에도 집 안은 조용했다. 잠시 후 양손에 수갑을 찬 남자가 두 명의 경찰관에 의해 밖으로 끌려 나왔다. 남자는 순찰차에 구겨지듯 태워져 먼저 현장을 떠났다. 나이 많은 경찰과 함께 노부부가 밖으로 나왔다.

노부부는 희령을 보고 다가와 그녀를 품에 안았다. 희령과 노부부의 눈에서 눈물이 흘러내렸다. 아빠가 희령의 얼굴을 손으로 더듬거리며 만졌다. 아빠의 손이 떨렸다.

"내 딸 맞구나. 다행이다. 정말 다행이야."

엄마는 다 큰 딸의 머리를 연신 쓰다듬었다.

"미안하다."

희령은 엄마와 아빠의 얼굴을 알아볼 수 없었지만 냄새만으로 알 수 있었다. 사무치게 그리웠던 냄새였다.

"날 알아보겠니?"

아빠가 물었고, 희령은 고개를 저었다.

"많이 아팠겠구나. 내가 준 만년필이 도움이 됐니?"

희령은 고개를 끄덕였다. 아빠의 만년필엔 잉크 대신 은색 총알이 들어 있었다.

"이젠 누구도 되돌리지 못하는 시간으로 왔어요."

"그래. 잘했다."

골목길의 소란한 인기척 때문에 어두운 창들에 하나씩 불이 켜졌다. 토막토막 끊어졌던 골목이 곧 빈틈없이 환해졌다.

42

"다 끝난 판인데 선무당은 왜 온답니까?"

"선무당이 아니고 프로파일러라니까. 최신 과학수사 기법이라고, 위에서 협조하라잖냐."

"차라리 무당이 낫지. 잡아놓은 범인한테 물어보는 걸 누가 못해요. 잡은 물고기 밥 주는 것도 아니고."

"저, 문밖에서도 다 들리는데, 좀 더 있다 들어올까요?"

한지수가 신문실에 딸려 있는 관찰실의 문을 열고 들어섰다.

"미안합니다. 우리가 좀 촌스러워서요."

강력2팀장이 피곤한 표정으로 입에 발린 사과를 했다.

"아직은 행동 분석 기법이 잘 알려지지 않은 탓이죠."

"쓸데없이 시간 끌지 맙시다. 형량이 큰, 주된 범죄를 용의자가 인정했는데, 영양가도 없는 부스러기까지 털 필요는 없잖아요?"

"나가서 식사라도 하고 오세요. 그동안 끝낼게요."

"둘이 뒀다 쟤 튀면, 막을 수나 있겠어?"

마르고 날카롭게 생긴 형사가 여자인 한지수를 무시하는 말투로 혼잣말처럼 내뱉었다.

"뭐, 감추는 게 있나? 조작이라도 하셨나?"

한지수 역시 혼잣말처럼 내뱉었다.

"뭐라고? 말이면 다인 줄 알아?"

"그러니까요. 말이면 다가 아니죠. 조심 좀 하죠."

한지수와 날 선 말을 주고받은 형사를 나이 든 형사가 끌다시피 데리고 나갔다. 문이 거칠게 닫혔다.

"너무 고깝게 생각하지 말아요. 프로파일링이라는 게 우리 입장에선 좀 그러니까."

"이해합니다. 천천히 다녀오세요. 그동안 끝낼게요."

강력2팀이 자리를 비웠다. 매직미러 너머에 그가 수갑을 찬 채 앉아 있었다. 얼굴을 알아볼 수는 없었지만 그가 강은호라는 것을 한지수는 한눈에 알아볼 수 있었다.

한지수는 신문실의 문을 열고 들어갔다. 그의 시선이 한지수의 얼굴에 머물렀다.

"서울청 행동과학팀 한지수 경장입니다."

"우리가 초면은 아닌가 봐요?"

"낯이 익은가 보죠?"

"제가 사람 얼굴을 좀 못 알아봐서요. 누군지는 모르겠네요."

한지수가 강은호의 앞에 앉았다. 그가 고개를 돌려 시선을 피했다.

"진술서 보니까 강간은 인정했네요?"

"술에 취해 기억은 안 나지만 증거가 그렇다니까, 제가 한 거겠죠."

"집에서 여자들 속옷이 많이 나왔는데, 취미가 아주 독특해요?"

"여자 속옷 사 모으는 취미가 있어요. 여자 친구가 생기면 모두 선물할 생각이에요."

"사이즈도 다 다르고, 디자인을 보면 중학생용에서부터 할머니용까지 다양하던데."

"남자가 여자들 속옷에 대해 뭘 알겠어요. 그냥 눈에 띄는 대로 하나씩 사 모았을 뿐이에요."

"중고 속옷도 살 수 있나 봐요?"

"돈이면 다 되죠."

강은호는 조금도 주저하지 않고 느물대며 대답했다. 놈은 자신이 훔친 속옷에서 DNA 등의 직접증거가 검출되지 않을 거라는 걸 확신하고 있었다. 증명할 수 없는 걸 추궁할 수가 없어 강력2팀도 이쯤에서 신문을 끝냈을 것이다.

"훔친 건 아니고요?"

"그럴 리가요. 이미 형사님들한테 진술을 다 한 것 같은데,

그만 끝내죠."

강은호는 전과자답게 대답을 회피했다. 한지수가 강은호를 똑바로 바라보았다.

"넌 5년 뒤에 아무 죄 없는 여자 두 명을 살해하지. 난 당신의 미래를 기억해."

"아하. 얼굴을 알아볼 수 없다 했더니 당신이 그 여자군. 3년 전, 그 골목에서 나를 신고한."

"마지막 기회였는데. 전과는 다른 삶을 살 수 있는."

"난 당신을 찾아내기만 하면 됐어. 몇 번이고 되돌릴 수 있으니. 이번이 나의 몇 번째 삶이지?"

"첫 번째 삶을 되돌린 이유를 기억하지?"

"죽일 마음은 없었어. 칼은 그저 호신용이었을 뿐이거든. 다 너 때문이야. 네가 너무 일찍 귀가한 탓이야. 널 보고 욕심이 생겼거든. 결과적으로 네가 내 말을 듣지 않은 탓이고, 노인네들이 덤빈 탓이야."

"넌 노부부가 선의로 준 은색 총알을 악의로 되갚았어."

"숨이 끊어지기 전에 사람들은 자신의 가장 중요한 걸 찾게 되지. 노인네는 죽어가는 널 살리려고 나에게 은색 총알을 준 거야. 선의가 아니고. 내가 시간을 되돌리면 너한테도 한 번 더 기회가 생기니까."

"어쨌건 너에게도 기회였잖아."

"자신이 살해한 사람이 말한 걸 그대로 믿고 머리에 총을 쏠 사람이 세상천지에 있겠어?"

"결국 넌 노부부가 준 기회를 썼어."

"DNA 분석 기술이 발전해서 쫓기지 않았으면 총을 쏠 일은 없었을 거야. 아니, 네가 차정후에게 살해되지 않았으면 은색 총알 따윈 잊어먹고 살았을 거야. 그런데 노부부의 딸이 살해당한 채 냉장고에서 발견됐어. 경찰은, 딸의 죽음과 미제 사건으로 남아 있던 10년 전 노부부 사건의 인과관계를 의심했어. 가능한 모든 경찰력을 동원했으니 결국 나만 막다른 곳에 몰렸지. 그래서 총을 쐈어. 잡히는 것보단 죽는 게 나았으니까."

"근데 넌 다시 노부부의 집 담을 넘었어. 은색 총알로 새로운 인생을 살 수도 있었는데 말이야."

"노부부의 말이 맞았어. 총을 쏘고 눈앞으로 머리가 터져나가는 게 보였는데 눈을 떠보니 10년 전의 나로 돌아와 있더라고. 근데 진짜 과거로 돌아가니까, 로또 번호 하나 외워 오지 않은 게 절망스럽더군. 별 볼 일 없는 삶이 똑같이 되풀이된다는 걸 알면 참 지루해. 자극이 필요하지. 그래서 다시 담을 넘었지. 네가 시간을 되돌려 그 골목길에 와 있는 줄은 몰랐지만."

"이제 넌 끝났어."

"아니, 다시 시작이야. 차정후라는 사냥개는 늘 너를 찾아낼 테고, 난 널 살해할 거야. 그러면 또 새로운 시간이 시작되겠지. 그럼, 내 시간도 다시 시작되는 거고. 내가 은색 총알을 얻을 때까지 반복되는 거지."

"누군가가 시간을 되돌리면 그의 시간이지, 너의 시간이 되지는 않을 텐데?"

"괜찮아. 로또가 없는 삶 대신 다른 생이 있잖아. 자유롭고 자극적인 삶."

"겁나지 않아? 이번 생엔 네 삶의 끝이 어떻게 될지?"

"당신이 있잖아. 언제나 다시 되돌릴 수 있는. 난 당신의 죽음과 함께 새로운 삶을 시작하는 거지."

"넌 다르게 살 기회를 몇 번이나 얻었지만 한 번도 다르게 살지 않았어."

"몇 번이라……."

"이제 너의 삶은 다시 되풀이되지 않을 거야. 마지막 은색 총알을 내가 쏘았거든. 너의 삶은 이렇게 여기서 계속될 거야. 죽는 순간까지. 넌 이번엔 네 삶의 끝을 몰라 하루가 지나가는 게 두려울 거고, 네가 기억하는 하루가 되풀이되면 못 견디게 지루할 거야. 넌 별 볼 일 없는 삶이 어떻게 끝나는지 모른 채 오늘을 살게 될 거야."

매직미러 뒤편이 소란스러웠다. 그녀가 미덥지 않아 형사

몇이 서둘러 식사를 마치고 돌아온 것 같았다. 한지수는 자리에서 일어났다.

"내 삶은 몇 번이나 되풀이된 거지?"

"세 번, 혹은 네 번, 혹은 다섯 번."

"그러니까 그렇게 많이 되풀이한 삶의 결과가 지금이라는 거네."

한지수는 아쉬웠다. 그녀는 프로파일러임에도, 강은호의 표정을 읽을 수가 없었다. 그가 절망하고 있을까? 그녀는 신문실을 나왔다. 매직미러 뒤편 관찰실에서 형사들이 강은호를 보고 있었다.

"그래, 속옷 절도에 대해 인정합디까?"

강력2팀장이 떠보듯 물었다.

"끝까지 여친 주려고 사서 모았다고 하네요."

"프로파일러도 별거 없구만요."

마르고 날카로운 인상의 형사가 빈정거렸다.

"강간범도 알량한 자존심이 있더라고요. 중학생 속옷이든 할머니 속옷이든 남의 속옷을 훔친 잡종 변태 놈일 뿐인데 말이죠."

"잡은 물고기한테 밥 주는 것도 아니고 그게 무슨 의미가 있다고 송치도 못 하게 하고 시간을 끕니까?"

"재범 가능성을 판단하기 위해 자료가 필요합니다. 데이터가 쌓이면 제가 나중엔 진짜 점쟁이 노릇을 하게 될지도 모르고요."

"하여간 입으로 범인 잡는 건 현장 말고 TV에 나가서나 하쇼."

날카로운 인상의 형사가 마지막까지 이죽거렸다.

"아무튼 협조해주셔서 감사합니다. 참, 추가적인 내용은 없어서 진술 녹음은 하지 않았습니다."

"그래요. 수고했어요."

강력2팀장이 그만 끝내자는 뜻으로 형식적인 인사를 했다. 한지수는 목례를 하고 관찰실을 나왔다.

한지수는 신문실을 지나 복도 끝에 있는 비상구 계단을 향해 걸었다. 시도 때도 없이 찾아오던 공황발작은 거의 사라졌지만 그렇다고 아예 공황장애가 사라진 것은 아니었다. 그녀는 여전히 엘리베이터를 타는 게 불편했고, 큰 소리에 예민했다.

한지수는 복도 끝에 있는 비상계단을 향해 걸었다. 퇴근하지 못하고 감식 중인 동료들의 모습이 현장분석실 유리문 너머로 보였다. 그들 뒤편에 적힌 에드몽 로카르의 글이 눈에 들어왔다.

'모든 접촉은 흔적을 남긴다.'

한지수는 고개를 끄덕였다.

43

요란하게 울려대는 휴대폰의 진동 소리에 한지수는 잠을 깼다. 행동과학팀장이었다. 창밖은 캄캄했고 아직 밤에 더 가까운 시간이었다. 급하게 출동할 일이 없는 프로파일러의 특성상 이 시간에 걸려오는 전화는 대형 사건이 터졌다는 걸 의미했다.

한지수는 목소리에 묻은 잠기운을 털어내고 전화를 받았다.

"사건입니까?"

"야, 너 어제 신문을 어떻게 한 거야?"

"무슨 일 있습니까?"

"어제 네가 신문했던 강은호가 유치장에서 자살했다."

"아……."

"그냥 강간으로 끝내지, 왜 입증도 어려운 속옷 절도를 물고 늘어졌냐고 강력팀에서 난리다."

"재범 위험성에 대한 프로파일링이 필요했습니다."

"프로파일러가 범인 심리 하나 못 읽어서 애를 자살하게 만들어? 강력팀장이 너 감찰에 찔러서 옷 벗기겠다고 난리야. 너도 너지만 우리 팀 존폐까지 검토해야 한다고 막무가내다."

"죄송합니다."

"그건 그렇고 정말, 별거 없었던 거지?"

"없었습니다. 추가 진술도 없어서 따로 녹음 파일도 만들지 않았습니다."

"그건 잘했네. 하여간 당장 튀어와. 과수계장님도 입장 곤란하시니까 경위 잘 말씀드리고."

"죄송합니다."

한지수는 전화를 끊었다. 창문 밖은 아직 어두웠다. 창문에 비친 여자의 얼굴이 모자이크처럼 깨져 알아볼 수 없었다. 그녀는 창문에 비친 여자의 표정을 읽을 수는 없었지만 여자가 미소 짓고 있다는 건 알 수 있었다. 예상대로 강은호는 심리적으로 버티지 못했다.

한지수는 휴대폰을 꺼내 캘린더에 일정을 확인했다. 그리고 5년 뒤의 날짜에 메모를 남겼다.

'차정후에게 냉장고 AS를 받을 것.'

〈끝〉